grafit

© 1995 by GRAFIT Verlag GmbH
Chemnitzer Str. 31, D-44139 Dortmund
Internet: http://www.grafit.de
E-Mail: info@grafit.de
Alle Rechte vorbehalten.
Umschlagzeichnung: Peter Bucker
Druck und Bindearbeiten: GGP Media GmbH, Pößneck
ISBN-13: 978-3-89425-048-5
ISBN-10: 3-89425-048-8
24. / 2008 2007

Jacques Berndorf

Eifel-Filz

Kriminalroman

grafit

Der Autor

Jacques Berndorf (Pseudonym des Journalisten Michael Preute) wurde 1936 in Duisburg geboren und wohnt – wie sollte es anders sein – in der Eifel. Berndorf kann ohne Katzen und Garten nicht gut leben und weigert sich, über Menschen und Dinge zu schreiben, die er nicht kennt oder nicht gesehen hat. Ist unglücklich, wenn er nicht jeden Tag im Wald herumstreifen kann, und wird selten auf ausgefahrenen Wegen gesehen.

Nach *Eifel-Blues* (1989) und *Eifel-Gold* (1993) ist *Eifel-Filz* der dritte Eifel-Krimi mit Siggi Baumeister. Es folgten *Eifel-Schnee* (1996), *Eifel-Feuer* (1997) und *Eifel-Rallye* (1997; alle GRAFIT Verlag, Dortmund).

... Wissen Sie, was die Leute in Kolumbien sagen? Du hast die Wahl. Entweder machen wir dich reich, oder wir machen dich tot ...

John le Carré in *Der Nacht-Manager*

Für die Römers und Matthias Nitzsche. Dankbar an Birgit Rath, die kluge Fragen stellte, und Manfred Silwanus, der unermüdlich den Computer besprach – und an Gaby Trosdorff und Andreas Kittler, die sehr resolut geholfen haben.

Erstes Kapitel

Meine Katze Krümel ist tot. Leukose. Sieben Jahre begleitete sie mich, dann warf es sie nieder. Sie lag zwei Tage herum, fraß nicht mehr, hatte hochgelbe Ohren, der Blick war verschleiert. Sie maunzte nicht, sie hatte Fieber, 39,8 Grad, sie schleppte sich, konnte die Hinterläufe nicht mehr bewegen, fühlte wohl auch starke Schmerzen. Ich fuhr an einem Samstag mit ihr zum Berthold Mettler nach Daun. Es war nichts mehr zu machen, das Zauberwort hieß T 61, ein starkes Barbiturat, das augenblicklich zum Blackout führt.

Sie hat nichts gespürt, oder wenigstens machte das so den Anschein. Wahrscheinlich hockt sie jetzt auf der Wolke Sieben im Katzenhimmel und grinst über mich, weil ich trauere. Sie hatte so eine unnachahmliche Art, sich quer über das Telefon zu legen oder diagonal über die Tastatur der Schreibmaschine, sie war so unnachahmlich arrogant.

Momo ist mir geblieben, der fuchsige Kater, der nach acht Monaten satte fünf Kilo wiegt und den Kopf eines kleinen Löwen hat. Zuweilen rennt er gehetzt durch das Haus auf der Suche nach Krümel, und es hat den Anschein, als trauere auch er. Wahrscheinlich ist das Theater, wahrscheinlich hat er nur ausgerechnet, um wieviel sein Anteil am Fressen steigt. Wenn ich ihm einen Napf voll erstklassiger Katzenkonserve hinstelle, frißt er den im Handumdrehen leer, wendet sich mir mit großen Bernsteinaugen zu und maunzt sich mit weit offenem Maul das Hungerelend aus der Katzenseele. Nach etwa fünf Minuten geht er dann genußvoll kacken, kehrt zurück, dreht und wendet sich, als wolle er sagen: »Guck mal, wie schlank der Hunger macht!« – und maunzt weiter. Er gehört zu den Kreaturen, die ich gelegentlich gerne strangulieren würde, aber wenn er den Haß in meinen Augen sieht, verschwindet er.

Das dritte Familienmitglied ist Paul. Paul ist ein grau-getigertes Wesen, das ein paar Wochen alt und vater- und mutterlos irgendwo im Dorf aufgefunden worden ist. Wahrscheinlich hat jemand gesagt: »Frag mal bei die-sem Baumeister nach«, und so stand eine verlegene Zwölfjährige vor der Tür, die stockend erklärte: »Also, jemand meinte, daß Sie vielleicht die Katze nehmen ...«

Ich nahm sie, ich hob ihr den Schwanz, ich taufte sie Paul, und dann war Momo da, der der Konkurrenz die erste Tracht Prügel verabreichte.

Nach etwa 24 Stunden drehte sich der Spieß um, weil Paul als der wesentlich Jüngere blitzschnell herausgefun-den hatte, wie er Momo um die Katzenpfote wickeln konnte. Man neigt elegant das Köpfchen bis auf den Bo-den und bietet den Bauch. Das wird sofort zum Ritual: Wann immer sich Momo oder Baumeister nähern, fällt Paul mit der Geschwindigkeit eines Infanteristen im Ge-fecht zu Boden und mimt toten Mann. Umgekehrt hat er in Zeiten jugendlichen Übermutes herausgefunden, daß Jeans an menschlichen Beinen hervorragende Kratzbäu-me sind. Er springt locker aus einer Entfernung von ei-nem Meter an den Oberschenkel und nagelt sich fest. Baumeister wimmert, hat aber Disziplin genug, nicht sofort nach dem Hackebeilchen zu greifen.

Also Momo und Paul. Meine Katzenwelt ist wieder in Ordnung, und wenn ich beobachte, wie Momo Paul bei-bringt, die Zahl der heimischen Mäuse zu dezimieren, wird mir warm ums Herz.

Momo weckte mich an jenem Morgen gegen sechs Uhr, legte eine nicht ganz tote Maus neben den Wecker und knurrte dann wild, weil Paul hinter ihm auftauchte und die Maus für sich beanspruchte. Wenn Katzen sich prü-geln, ist die Nacht grundsätzlich zu Ende. Momo hatte das Schwanzende der Maus im Maul und Paul den zierli-chen grauen Kopf. Vor dem Frühstück ist mir so viel Natur einfach zuwider. Ich brüllte also: »Raus!« und sprang auf. Das hatte zur Folge, daß ich mit einer geköpf-ten Maus allein blieb, schlecht gelaunt war und überlegte, ob das Landleben wirklich so schön ist, wie ich immer zu behaupten pflege.

Es war ein Montag, die Eifel explodierte in den wildesten Herbstfarben, der Indian Summer in Vermont ist dagegen ein matter Abklatsch. Über den Hügeln drückte sich behutsam der Nebel, und die Sonne lag noch im Schlaf. Die Katzen erschienen wieder und rieben sich an meinen Beinen, weil ich der Herr des Dosenöffners bin. Paul schnurrte, und Momo behauptete wieder, in den letzten Zügen zu liegen. Katzen können ekelhaft sein.

Ich machte mir einen Pulverkaffee von der Sorte Zementmixer, hockte mich an den kleinen Küchentisch und starrte in den Garten. Ich sah zu, wie mein Hausmaulwurf mitten im frisch gemähten Rasen langsam und stetig einen wunderschönen Hügel hochschob und wie die Amsel die ganze Sache neugierig mit schief gehaltenem Kopf beobachtete und dabei von fetten Regenwürmern träumte. Landleben ist aufregend.

Gegen sieben Uhr schellte das Telefon, und ich dachte, das sei ein Irrtum. Das Klingeln hörte auf. Dann begann es wieder. Viermal. Dann hörte es auf. Beim dritten Mal griff ich verwegen zu. »Baumeister hier.«

»Ja, ja«, sagte Erwin. Dann machte er eine Pause. Seine Sprechweise besteht im wesentlichen aus Pausen. »Also, ich muß dich mal anrufen.«

Ich sah sein rotes, lebenslustiges Gesicht, seine Augen in den Unmengen streng parallel laufender Lachfalten. »Erwin, guten Morgen. Was ist denn?«

»Ist ja noch sehr früh«, meinte er bedachtsam.

»Es ist sehr früh«, bestätigte ich.

»Es ist nämlich so«, sagte er. »Ich denke, ich muß mal anrufen, weil du ja Ahnung von diesen Dingen hast. Also, von so Sachen.«

»Von welchen Sachen, Erwin?« fragte ich. Ich bemühte mich, ebenso langsam zu sprechen.

»Von solchen Kriminalitätssachen«, erklärte er.

»Was für Kriminalität?« fragte ich. Ich sah, wie er sich in den eisgrauen Haaren kraulte.

»Na ja, alles, was mit Mord und Totschlag zu tun hat«, murmelte er. »Ich dachte also, ich ruf dich mal an. Habe ich dich aus dem Bett geholt?«

»Nicht die Spur. Was für ein Totschlag denn, und was für ein Mord?«

»Na ja, weiß ich doch nicht«, sagte er. »Ich bin auf dem Golfplatz, Loch sechzehn, du weißt schon.«

»Ich weiß gar nix, Erwin«, erwiderte ich in slow motion. »Wieso auf dem Golfplatz um diese Zeit? Und wieso telefonierst du mit mir?«

»Na ja.« Ich konnte sehen, wie er sich wiederum den Kopf kratzte, und diesmal grinste er wohl auch. »Wenn wir hier arbeiten, haben wir ein Handy, vom Verein. So ein Telefon ohne Schnur, du weißt schon. Wir müssen ja immer im Clubhaus anrufen können, wenn irgendwas ist, also, wenn irgendwo was am Platz nicht in Ordnung ist, also, wir wollen mal sagen, wenn ...«

Ich mag Erwin aufrichtig, aber je komplizierter der Alltag wird, um so länger braucht er, das in Worte zu fassen. Ich trällerte also: »Erwin-Schätzchen, warum rufst du an? Was ist passiert?«

»Das weiß ich eben nicht«, gab er zu. »Also, ich kann mir keinen Reim drauf machen. Eigentlich müßte ich ja den Clubvorstand anrufen oder den Geschäftsführer. Aber wenn ich die jetzt anrufe, kann ich meine Papiere abholen und bin arbeitslos, und da dachte ich ...«

»Erwin-Schätzchen, nun mach mal langsam«, beruhigte ich ihn. »Irgendwas ist passiert, aber was? Also, ich denke mal, du sitzt auf einem kleinen Traktor oder sowas. Um dich herum ist ein bißchen Nebel, der Tau glitzert im Gras, alles ist friedlich, und du bist dabei, den Rasen zu mähen ...«

»Nein, nein, ich kehre den Rasen, ich habe den großen Rasenkehrer unterm Arsch. Ich komme von Loch fünfzehn – du weißt schon, die lange Bahn – auf die sechzehn. Und die macht ja eine Kurve. So um die Waldnase rum, weißt du ja. Und in dem Knick ... na ja, ich denke also: Ich rufe den Siggi an.« Er schnaufte.

»Erwin«, flüsterte ich behutsam, »was siehst du denn?«

»Es sind zwei«, sagte er. »Ein Mann, eine Frau. Also, der Mann ist so ein Junger und die Frau so eine blonde Junge. Jedenfalls, die liegen da und sind irgendwie tot.«

»Was heißt irgendwie, Erwin?«

»Ich faß die nicht an. Ich doch nicht! Hinterher heißt es, ich hab was falsch gemacht. Also, ich dachte, ich ruf dich an.«

»Beweg dich nicht, bis ich komme. Tu keinen Schritt. Telefonier auch nicht mehr, mach gar nichts. Ich bin schon unterwegs. Loch sechzehn? Verdammt noch mal, wo ist das?«

»Du fährst also die Straße durch den Golfplatz, dann kommst du auf die Bundesstraße. Einfach überqueren bis zum Zaun. Da mußt du rüber, ich habe keinen Schlüssel. Dann hältst du dich rechts den Hügel rauf, gleich dahinter. Was mache ich, wenn die doch noch leben?«

»Oh Scheiße!« sagte ich erstickt.

Ich rannte auf den Hof in die Garage und fuhr los. Normalerweise habe ich mit meiner Garage keine Schwierigkeiten, aber diesmal gab es so ein merkwürdig knirschendes Geräusch, das in ein gellendes Kreischen überging, weil die rechte Tür meines wackeren Gefährts offen stand. Ich bremste, stieg aus und trat die Tür in die richtige Position. Diesmal blieb sie geschlossen, hatte allerdings eine kräftige Falte und eine erheblich bemerkbare Schieflage. Menschenwerk ist alles Tand.

Der Tag hatte noch nicht begonnen, das Dorf war still, aus den Schornsteinen kräuselte Rauch und gab den Dächern das Aussehen von Spielzeug. Als ich die Kölner Straße hochzog, querte ein Habicht schnell wie ein Geschoß meinen Weg und fegte mit einem hellen Schrei hinter die Haselbüsche. Wen auch immer es traf, requiescat in pace. Im Osten bekam der grünblaue Himmel einen rosafarbenen Schimmer, links in den beiden Pappeln räkelten sich Krähen. Dann das Golfclubhaus mit den roten Dächern, die sich in eine Senke duckten, rechts

Alwins großer Teich, seine Herde Böcke und Rehe, dann der Fischweiher, die Bundesstraße. Ich schoß geradeaus über die graue Asphaltbahn in den Wald. Endlich zog ich rechts ran, ließ mir kaum Zeit, den Schlüssel zu drehen, und kletterte über den Zaun.

Ich rannte mit kurzen Schritten die Wiese hinauf und war erstaunt, daß ich das mühelos schaffte, obwohl ich in der letzten Zeit ziemlich viel rauchte. Die Szene war komisch, denn ich sah nur Erwin auf seinem Rasenbesen hocken, der so aussah wie ein teures Kinderspielzeug. Der Motor lief nicht, Erwin hockte in dem Luxussitz mit dem Rücken zu mir und bewegte sich nicht. Er zeigte einfach geradeaus.

»Da sind sie. Die leben nicht mehr, also, wenn du mich fragst, leben die wirklich nicht mehr.«

Ich blieb neben seinem Rasenbesen stehen. »Wie nah warst du dran?«

»Also, ich habe die gesehen, dann habe ich die Karre stehenlassen und bin rangegangen. Du siehst ja, die Frau liegt mit dem Gesicht hierher. Ziemlich blaß, also weiß, würde ich sagen. Siehst du den Mann, der dahinter liegt? Ich bin sofort umgekehrt und habe das Handy genommen und dich angerufen. Sie bewegen sich nicht. Und jetzt?«

»Ich weiß es nicht«, sagte ich.

Die beiden Menschen lagen in zwanzig Metern Entfernung. Es hatte den Anschein, als habe eine furchtbare Gewalt sie einfach zu Boden geworfen und jede weitere Bewegung blockiert.

»Also, unten rum ist sie nackt«, murmelte Erwin.

»Wie bitte?«

»Also, sie ist unten rum nackt. Also, das kannst du von hier nicht genau sehen, weil sie ja das Knie so komisch angewinkelt hat.« Er schnaufte, weil ich so schwer von Begriff war. »Also, du weißt doch, wie Frauen unten rum aussehen. Die meisten Frauen, die hier spielen, tragen ja auch Hosen, also lange Hosen. Die Frau da vorne trägt einen Rock ..., also, sie hat keine Buxe an.«

»Wie lange bist du jetzt hier?«

Er sah auf die Uhr. »Genau sechzehn Minuten. Und sie rühren sich nicht. Kein Muckser, jedenfalls habe ich nichts gesehen.«

»Lauf mal runter zu meinem Auto. Im Handschuhfach ist eine Kamera. Kennst du die eigentlich?«

Erwin nickte. »Also, er ist Banker oder sowas. Und sie macht irgendwas mit Hotel. Sie sind verheiratet, das weiß ich. Aber nicht miteinander. Also, er hat eine zierliche, dunkelhaarige Frau. Kinder hat er auch. Und sie hat einen Mann, der ... Moment mal, jetzt weiß ich es wieder ... also, der Mann von ihr ist Schreiner oder sowas. Hat einen eigenen Betrieb ...«

»Das ist jetzt nicht so wichtig. Was erzählen die Leute im Club?«

»Das weiß ich nicht. Die bezahlen mich, aber sie reden nicht mit mir.«

»Galten sie als ein Liebespaar?«

»Also, das weiß ich wirklich nicht. Ich gehe jetzt mal den Fotoapparat holen. Aber ich weiß nicht, ob du hier fotografieren darfst. Ist ja Clubgelände.« Er kratzte sich wieder in den Haaren. Er war blaß, es ging ihm gar nicht gut.

»Ich sage den Bullen, daß ich fotografiert habe«, beruhigte ich ihn. »Und komm schnell wieder. Bist du um sie herumgegangen?«

Er schüttelte den Kopf. »Nein. Kannst du auch im Gras sehen. Ungefähr bis fünf Meter ran. Ich habe nur geguckt. Dann bin ich in meiner eigenen Spur zurück.«

»Sehr gut«, sagte ich.

Erwin kletterte von der Maschine. Ich ging langsam auf die Leichen zu.

Beide trugen nicht die typische Golfkleidung, die sich im wesentlichen durch ungeheure Schlabbrigkeit und ebenso ungeheure Preise auszeichnet.

Von mir aus gesehen, befand sich der Mann leicht seitlich rechts hinter der Frau. Er lag auf der Seite mit dem Rücken zu mir. Er trug ganz normale Sommerhalbschu-

he, ganz normale neuwertige Jeans, ein ganz normales
kariertes Baumwollhemd, rot-schwarz, mit langen, halb
aufgerollten Ärmeln. Er hatte dunkle, sehr dichte, ordentlich geschnittene Haare. Unterhalb des Haaransatzes
klaffte ein rundes, blutiges Loch. Es sah aus wie eine
Einschußwunde.

Ich schlug mit weiten Schritten einen Halbkreis, wobei
ich sehr genau darauf achtete, nichts im Gras zu übersehen. Aber dort war nichts. Ich ging so weit, daß ich dem
Mann ins Gesicht sehen konnte. Das Gesicht war sehr
weiß und wirkte ausgeblutet, die Augen weit auf. Vielleicht war er dreißig oder fünfunddreißig Jahre alt, sicher
nicht älter. Er war sorgfältig rasiert. Unterhalb seines
Kinns hatte sich der Hemdkragen hochgeschoben und
war total verkrustet. Das Blut war rabenschwarz und
glänzte trocken. Merkwürdig war, daß er beide Arme
sehr weit vor dem Körper hielt und daß alle zehn Finger
weit auseinander gespreizt standen.

Ich kniete mich nieder und legte die letzten Zentimeter
in der Hocke zurück. Ich faßte einen der Finger an. Die
Totenstarre hatte eingesetzt.

»Hier ist dein Fotoapparat«, sagte Erwin.

»Komm her, aber geh in meiner Spur.«

Er näherte sich vorsichtig. »Und wen rufen wir jetzt
an?«

»Langsam, der Reihe nach«, meinte ich. Ich fotografierte das Gesicht des Toten, den ganzen Mann, ging um ihn
herum, das Loch im Genick. »Du rufst jetzt die Bullen in
Daun über 110. Die sagen dann der Mordkommission
Bescheid.« Ich drehte mich zu der Frau um.

Sie war hübsch, sie war sogar ausgesprochen hübsch,
wenngleich der Tod ihr Gesicht verzerrt hatte. Sie trug
einen leichten Sommerpulli in Schwarz über einem sandfarbenen Rock. Der Rock war über dem linken Bein
hochgerutscht. Es war, wie Erwin erzählt hatte, darunter
war sie nackt. Sie trug leichte blaue Sommerslipper aus
dünnem Wildleder. Ich faßte sie vorsichtig am Kinn,
dann sah ich das Loch über dem rechten Ohr.

»Das kannst du nicht machen«, sagte Erwin.

»Was kann ich nicht machen?«

»Die anfassen«, präzisierte er unwillig.

»Sie ist steif, sie liegt seit Stunden tot. Sie ist über dem rechten Ohr in den Kopf getroffen worden. Ruf die Polizei.«

»Machst du das nicht besser? Ich meine, du hast doch Erfahrung mit den Bullen. Und wenn das ihr Mann war? Ich meine, wenn die was hatten und ihr Mann ist dahintergekommen ...?«

»Gib mir das Handy, wir brauchen die Bullen jetzt.«

»Und mein Vorstand oder der Geschäftsführer?«

»Die rufst du dann an.«

Ich tippte die Dauner Nummer, und jemand meldete sich gelassen: »Polizei.«

»Ich brauche Ihre Hilfe. Auf dem Golfplatz in Berndorf liegen zwei Leichen. Erschossen. Ein Mann und eine Frau.«

Eine Weile sagte er nichts. »Wer sind Sie denn?«

»Baumeister, Siggi.«

»Der?«

»Genau der. Also, was ist?«

»Ich schicke wen«, versprach der Bulle. Ehe er auflegte, brüllte er noch: »So eine Scheiße!«

Ich reichte Erwin das Handy. »Jetzt zieh mal den Rock etwas höher«, bat ich.

»Bist du verrückt?« Er konnte es nicht fassen.

»Ich will das fotografieren«, sagte ich. »Nimm den Zipfel da, und heb den Rock hoch.«

»Aber die ist nackt.«

»Eben deswegen«, bekannte ich. »Glaubst du vielleicht, ich gehe hier meinen abartigen Neigungen nach?«

»Aber wieso denn?« Er war verwirrt.

»Es ist ganz einfach«, erklärte ich. »Wenn die beiden unterwegs auf dem Golfplatz waren, um eine Runde zu spielen, wenn die Frau dabei keinen Slip trug, dann wollten sie vermutlich mal kurz in die Büsche. Ist doch menschlich, oder?«

»Kann schon sein«, murmelte er und guckte irgendwohin.

»Na gut. Jetzt blitze ich aus rund dreißig Zentimetern Entfernung unter den Rock. Weil ich dann vielleicht sehen kann, ob sie etwas miteinander hatten.«

»Ach, so ist das?«

»So ist das«, nickte ich. »Heb also mal den Rock hoch.«

Er hob den Rock hoch. »Ist ja kriminalistisch«, murmelte er. »Das weiß man ja nicht als einfacher Angestellter. Also, du kannst sehen ... Darfst du sowas?«

»Natürlich nur, wenn ich nicht frage«, sagte ich. Dann drehte ich mich um und stand auf. Ich fotografierte vom Platz der Toten aus die ganze Runde.

»Erklär mir mal diese Bahn. Wie wird sie gespielt?«

Jetzt war Erwin in seinem Element. »Sie ist ziemlich zickig, die sechzehn. Also, du spielst da hinten an, zweihundert Meter ungefähr. Du mußt den Ball in diesen Knick spielen. Du kannst nicht direkt aufs Grün spielen, weil du das vom Abschlag nicht sehen kannst. Die Bahn wird halbiert gespielt. Also: erst hierhin. Du mußt verdammt gut plazieren. Wenn du nur zehn Meter zu weit spielst, landest du da vorne zwischen den Tannen. Da kommst du nicht mehr raus, dann ist over. Du mußt in diesen Knick. Und dann mußt du aus diesem Knick die nächsten hundertzwanzig Meter durch die schmale Schneise aufs Grün. Anders geht es nicht. Wer hier mit drei Schlägen durchkommt, schafft den Volvo-Cup oder sonstwas. Anfänger können gleich ein Zelt mitbringen. Die sechzehn hat's in sich, Mann. Da fällt mir auf, wo sind denn deren ... wo sind die Schlägertaschen? Ich meine ... Die haben doch Golf gespielt. Moment mal, da hinten, da hinten am Abschlag ...«

»Fahr hin, aber rühr nichts an«, sagte ich. Ich ging fünf Meter zurück und fotografierte die Szene. »Scheiß Liebe«, murmelte ich.

Ich sah, wie Erwin zum Abschlagplatz fuhr, dann drehte und sofort wieder zurückkam. »Beide Taschen sind da, beide am Abschlag. Ein Schläger liegt daneben.

Damenschläger. Wo ist denn ...?« Er schaltete den Motor aus und näherte sich dem toten Mann. Dann sah er zum Abschlagplatz und ging los. Nach zehn Schritten rief er: »Hier ist das Eisen. Er hat es hier hingelegt. Warum hat er es da liegenlassen?«

»Weil er getroffen wurde, weil er es dabei verlor. Dann ging er noch ein paar Schritte, dann war es aus.«

Erwin kratzte sich am Kopf. »Kann sein, kann sein. Ich rufe jetzt den Geschäftsführer an. Der wird mich fragen, ob ich noch alle Tassen im Schrank habe.«

»Wird er nicht«, beruhigte ich. »Er wird dir sagen, du hättest schnell und umsichtig gehandelt. Und erst dann wird er aus dem Bett fallen.«

»Na ja«, murmelte er pessimistisch.

Ich hörte, wie er die Nummer eintippte, ich hörte, wie er betulich sagte: »Also Chef, ich weiß, es ist ja ein bißchen früh am Tag, aber ich meine mal, Sie müßten was davon wissen ...«

Er redete noch eine Weile weiter, klappte dann das Gerät zu und erklärte grinsend: »Er hat gesagt, ich hätte schnell und umsichtig gehandelt. Und ich habe ihm nicht gesagt, daß du hier bist.«

»Also gestern abend«, überlegte ich. »Sonntag abend. Gibt es hier eine Regel, bis wann gespielt wird?«

Erwin schüttelte den Kopf. »Keine Regel. Solange das Licht noch gut ist, also bis in die Puppen. Zeigst du mir die Fotos mal? Ich meine, auch die unterm Rock? Mich würde das interessieren.«

»Na sicher, wenn dein Vater es erlaubt.«

»Ich bin fuffzich«, grinste er.

»Trotzdem«, murmelte ich. »Können in diesem Club zwei Leute eine Liebesbeziehung haben, von der niemand weiß?«

Er schüttelte den Kopf. »Das ist nicht möglich«, sagte er entschieden. »Was war das für ein Kaliber?«

»Zimmerflak. Mindestens neun Millimeter.« Ich stopfte mir die Jahrespfeife von *Butz-Choquin*, Erwin zündete sich eine Zigarette an.

So standen wir da in geziemendem Abstand von den beiden Toten, schwatzten miteinander und bemühten uns, nicht dauernd hinzusehen.

»Kannste mal sehen, was so ein Golfclub alles mit sich bringt«, seufzte er. »Wo hat wohl der Schütze gestanden?«

»Hinter den Weißtannen da vorn. War ziemlich einfach.«

Er spitzte die Lippen. »Eigentlich ist es nicht so einfach«, widersprach er. »Du mußt den Platz verdammt gut kennen, du mußt wissen, daß die beiden auf dem Platz sind, du mußt ungefähr wissen, wann sie hier ankommen.«

»Wie komme ich denn hinter die Tannen da vorne, wenn ich den Golfplatz nicht betreten will?«

»Das ist einfach. Du kannst in Wiesbaum in den Wald fahren, drei Kilometer durch den Wald. Dasselbe aus Richtung Hillesheim. Wenn du ganz raffiniert bist, kannst du schon zwischen Birgel und Hillesheim nach links in die Wälder abbiegen. Dann hast du gut sechs, sieben Kilometer Waldwege. Da ist kein Mensch. Aber dann mußt du wirklich raffiniert sein.«

»Der hier war raffiniert, der war garantiert sehr raffiniert.«

»Irgendwann werden die doch alle erwischt«, meinte Erwin hoffnungslos naiv.

»Es kommt darauf an, wie gut du dich vorbereitest«, sagte ich weise. »Sieh an, da kommen die Ordnungshüter.«

Zuerst sah man nur ihre Uniformmützen. Sie umrundeten den Hügel und näherten sich schnell. Sie nickten und sagten im Chor: »Guten Morgen.«

»Guten Morgen. Da liegen die beiden«, grüßte ich.

»Waren Sie dran?« fragte der Ältere.

»Nicht richtig. Wir mußten feststellen, ob sie tot sind oder nicht.«

»Das ist richtig. Haben wir Ihre Angaben zur Person?«

»Können Sie haben«, sagte ich.

18

»Und Sie dürfen den Platz hier nicht verlassen, bis die Kommission eintrifft.«

»Wann kommt die denn?« fragte Erwin. »Ich muß die Kühe melken.«

»Das wissen wir nicht. Sie müssen hierbleiben.«

An diesem Punkt ist Erwin sein Leben lang pingelig gewesen. Er warf den Kopf hoch und röhrte: »Nä, geht nicht. Melken ist melken. Ihr könnt euch Zeit lassen, aber ich nicht. Ich muß melken und dann wieder hier auf den Platz.«

Sie stritten eine Weile, bis Erwin entschied: »Also, ich gehe melken, ich bringe euch einen Schnaps mit, und ihr sagt nicht, daß ich melken war.«

Das war ein Vorschlag, auf den sie sich einließen. Erwin setzte sich auf seinen Besen und zog davon.

Die beiden Beamten näherten sich den Leichen bis auf etwa fünf Meter und betrachteten sie. Dann sagte der Ältere: »Wir sperren erstmal ab. Irgendwas müssen wir ja tun.« Er schob elegant seine Mütze nach vorn, der Schirm rutschte über die Augen, und er hob den Kopf: »Soweit ich weiß, müssen die doch mit einem Auto gekommen sein. Wo ist das Auto?«

»Wahrscheinlich auf dem Parkplatz am Clubhaus«, antwortete der Jüngere.

»Feststellen und einziehen. Nicht, daß irgendwer sich reinsetzt und abhaut.«

»Wer sind denn die beiden?« fragte ich.

»Golfspieler«, sagte der Jüngere. Wahrscheinlich mochte er mich nicht.

»Mein lieber Mann!« schnaufte der Ältere und starrte die tote Frau an. »Die hat ja Nahkampfposition.«

»Also, wer sind sie?« fragte ich erneut.

»Der Mann ist von der Sparkasse«, gab der Ältere sein Wissen preis. »Die Frau kenne ich nur vom Sehen. Aus Daun, aus Stadtkyll oder Jünkerath? Ich glaube, sie heißt Kutschera oder so.« Er grinste flüchtig. »Man sagt, sie hatte was mit dem Banker.«

»Wer ist man?«

»Na ja, was die Leute so reden. Haben Sie etwa fotografiert?«

»Nicht die Spur«, verneinte ich.

Es wirkte komisch: Die Uniformierten schlugen kleine eiserne Stäbe rund um die beiden Toten in den Boden und bildeten mit einer Plastikschlange, weiß-rot gestreift, einen Ring von etwa fünf Metern Durchmesser. Der Ring hatte eine scharfe Delle – ungefähr an der Stelle, wo man der Frau unter den Rock sehen konnte. Der Jüngere brauchte eine Viertelstunde, um die Delle auszubügeln. Er machte das schwer atmend mit einer rosafarbenen Zungenspitze, die ihm unterhalb des martialischen Schnäuzers aus dem Mund ragte. Ich kann wirklich begreifen, daß Polizisten ihre schlechte Bezahlung anmahnen, aber ich kann auch die begreifen, die schlicht behaupten, Polizisten seien viel zu gut bezahlt.

Plötzlich kam ein baumlanger Mann über den Hügel. Er rannte, und während er rannte, keuchte er: »Das haben wir gleich, das haben wir gleich!« Dann sah er die Polizisten und mich und sagte: »Ich hoffe nicht, daß es irgendwelche Schwierigkeiten gibt.«

Der ältere Beamte legte etwas Eiflerisches hin. Er bemerkte: »Das ist eine Definitionsfrage. Bleiben Sie stehen, gehen Sie nicht weiter. Wer sind Sie?«

»Der Geschäftsführer«, antwortete der Geschäftsführer. »Mein Name ist Dell, Ferdinand Dell. Hier soll etwas passiert sein.«

»Das ist richtig«, nickte der ältere Beamte freundlich. »Sehen Sie sich diese beiden Toten dort vorne einmal an. Kennen Sie die?«

Der Mann namens Dell beugte sich vor und murmelte: »Ja, schon. Wir haben da Frau Heidelinde Kutschera und Herrn Pierre Kinn, beide das gleiche Handicap, beide im Mittelfeld, clubmäßig. Aber sonst weiß ich nichts.«

Der ältere Beamte entgegnete freundlich: »Sonst habe ich ja auch noch nichts gefragt.«

»Sicher Selbstmord«, vermutete der Mann namens Dell beruhigend.

»Das weniger«, widersprach der jüngere Beamte. »Beide mit Einschüssen.«

»Aber sicher bald aufzuklären«, sagte Dell bittend. »Sicher hat irgendwer die hierhin gepackt.« Er war beleidigt.

Der ältere Beamte sah ihn an. »Das glaube ich nicht, mein Guter. Und nun rennen Sie mal in Ihren Club. Ich will die genauen Personalangaben der Toten haben. Und zwar alles: Kinder, warum und wieviele, mit wem verheiratet, seit wann, finanzielle Verhältnisse und, wenn möglich, die Farbe der Unterwäsche – falls sie welche tragen. Ist das klar?« Er war wirklich gut.

Ferdinand Dell wollte widersprechen, begriff dann aber, daß das möglicherweise für seinen Golfclub Folgen haben könnte. Daher nickte er knapp und verschwand im Sturmschritt über den Hügel.

Der jüngere Beamte schnaufte: »Arschloch!«

So ging die Zeit dahin. Die Sonne war freundlich und legte wilde Farbkleckse in die herbstlich glühenden Bäume.

Gegen neun Uhr kam Erwin wieder auf seinem Rasenbesen angefahren und brüllte: »Sie sind schon da, sie kommen durch das Gatter!« Im gleichen Moment kamen sechs Männer im dichten Trupp aus der Richtung, aus der auch ich gekommen war. Hinter ihnen holperte ein Anderthalbtonner-Mercedes. Die Mordkommission war eingetroffen.

Mit Mordkommissionen habe ich so meine Erfahrungen, zumal mit denen, die von leibhaftigen karrieresüchtigen Staatsanwälten befohlen werden. Aber es war kein Staatsanwalt dabei, und deshalb benahmen sich die sechs äußerst diszipliniert. Der Mann, der das Team leitete, war klein, kugelig, rundgesichtig, spröde und sachlich. Er sah erst die Beamten an, dann mich und erklärte: »Guten Morgen. Räumen Sie bitte mal diesen blöden Plastikstreifen da weg. Bewegen Sie sich vorsichtig. Johnny, du gehst in das Clubhaus. Sämtliche Informationen über die Toten. Ich will keinen Menschen hier sehen, nicht mal den Präsidenten von diesem Verein hier. Keinerlei Auskünfte. Klaus, du nimmst die Temperatur der Toten. Und zwar die von oben, aber auch die von Körperteilen, die den Rasen berühren. Falls es geht, brauche ich die Rektaltemperatur. Zumindest bei der Frau wird das möglich sein. Die Körperlage nicht verändern. Werner, du fotografierst, was du sehen kannst, ohne die Leichen zu bewegen, besonders die Wunden. – Baumeister? Sie sind doch der Baumeister, oder?«

»Bin ich«, bestätigte ich.

»Gut, mein Name ist Wiedemann. Erzählen Sie mal, wie Sie hierher gekommen sind und was Sie bisher unternommen haben. Und sagen Sie nicht, Sie hätten nicht fotografiert. Rodenstock hat erzählt, Sie haben alles längst getan, wenn andere es Ihnen verbieten wollen.«

»Ich habe fotografiert, besonders die Frau. Ich vermute Sperma.«

Wiedemann nickte, es machte ihm anscheinend nichts aus, einem Laien recht zu geben. »Sonst noch etwas?«

»Ja. Weit vorgeschrittene Totenstarre. Ich vermute, es passierte gestern abend. Wenn eine Stelle auf dem Platz ideal für einen Mord ist, dann diese.« Ich wies auf die Toten. »Die beiden kamen auf den Täter zu, und sie sahen ihn nicht, wenn er dort hinter den Tannen stand. Und er hatte massenhaft Zeit. Teuflisch gut.«

Der Beamte dachte darüber nach und nickte wieder. Dann drehte er sich um. »Wolf, du gehst an den Abschlag der Bahn. Dann gehst du den Weg. Du hast eine Stunde Zeit. Ich will wissen, wie sie sich bewegten, wo sie getroffen wurden.«

Der Mann, den er Wolf nannte, war ein älterer Mann, der ihn nur ansah und sich dann entfernte.

Wiedemann erläuterte: »Wolf ist ein Spezialist. Er wird uns am Ende sagen können, ob die Toten Blähungen hatten und bei welcher Wegmarke sie furzten.«

Dann kam er auf mich zu und setzte sich neben mich ins Gras. »Das ist wirklich ein eiskaltes Ding«, murmelte er. »Wie geht es Rodenstock?«

»Ich weiß es nicht, ich habe lange nichts mehr gehört«, sagte ich.

Er grinste mich von der Seite an. »Holen Sie ihn her«, meinte er. »Der alte Mann wird hier gebraucht. Wissen Sie, was mir Sorgen macht?«

»Ja«, nickte ich, »die Einschußkanäle. Beim Mann im Nacken.«

Wiedemann schüttelte sanft den Kopf, sah mich aber nicht an. »Das wäre zu einfach. Das Loch im Nacken des Mannes ist kein Einschuß. Es ist ein Ausschuß, mein Lieber. Daran gemessen hat der Mörder schlicht und ergreifend eine Waffe benutzt, die mindestens mit dem Kaliber zehn Millimeter arbeitet. Haben Sie auch die Wunde über dem rechten Ohr der Frau gesehen? Genau gesehen? Einschuß? – Quatsch, Ausschuß! Der Einschuß liegt oberhalb des linken Ohres. Mit anderen Worten: glatter Schädeldurchschuß. Also, holen Sie Rodenstock. Wissen Sie, warum?«

»Weil Sie ihn mögen«, vermutete ich. »Ich mag ihn ja auch.«

Er lächelte leicht. »Weil Rodenstock ein Spezialist für merkwürdige Tötungsarten ist. Wußten Sie das nicht?«

»Das wußte ich nicht«, gab ich zu.

»Sie können natürlich verschwinden«, ergänzte er gutmütig. »Wenn ich Sie brauche, werde ich Sie finden.«

»Im Dorf, neben der uralten großen Linde«, sagte ich. »Das riecht nach einem deutschen Melodram.«

»Liebe und so?«

»Liebe und so. Hier wird erzählt, die beiden hatten was miteinander.«

»Hm, und wenn wir die jeweiligen Partner kassieren?«

»Ich würde das sofort tun«, stimmte ich zu.

Wiedemann überlegte und sagte dann laut zu den beiden Uniformierten: »Sammeln Sie mal sanft die beiden jeweiligen Ehepartner ein. Nach Daun auf die Station bringen, ganz sanft verhören, ganz sanft fragen, nichts von Alibi wissen wollen. Aber bitte darauf achten, ob sie eins haben. Auf keinen Fall dulden, daß sie an den Tatort kommen. Sagen Sie ihnen, die Freigabe der Leichen erfolgt frühestens in etwa fünf Tagen. Benehmt euch so salbungsvoll wie ein Bestattungsunternehmer. Wissen Sie, ob in diesem Golfclub irgendein Zoff herrscht?« fragte er mich.

»Das weiß ich nicht. Ich verstehe sowieso nicht, wieso jemand, nur weil er spazierengehen will, einen Haufen eiserner Schläger mit sich rumschleppt und auf einen kleinen weißen Plastikball eindrischt.«

»Menschen sind so«, meinte Wiedemann. »Scheiße, ich habe Karten für ein Konzert von Al di Meola heute abend in Trier.«

»Ich auch«, seufzte ich. »Statt dessen hangeln wir uns hier durch die Bäume.«

»Sie können doch fahren«, sagte er gutmütig.

»Will ich nicht. Meola spielt eine gute Gitarre, aber diese Toten sind irgendwie spannender. Oder auch nicht.«

»Der Tatort paßt mir nicht. Golfclubs sind sehr elitär und sehr diskret. Wieso gibt es hier einen Golfclub?«

»Es geht die Sage, daß ein paar Jäger die Idee hatten. Ihnen war stinklangweilig, bevor sie abends und morgens auf die Hochsitze gehen konnten. Weil sie genügend Kleingeld hatten, machten sie den Club auf.«

»Woher kommen die Mitglieder?«

»Köln, Düsseldorf, Aachen, Koblenz, Brüssel, ein bißchen die ganze Welt. Manche haben sich sogar eine Zweitwohnung hier gekauft oder ein altes Bauernhaus umgebaut. Sie haben recht, das wird schwierig. Sind Sie eigentlich ein Lehrling vom alten Rodenstock?«

Er grinste augenblicklich, gluckste vor Heiterkeit. »Oh ja, und was für einer! Der Alte muß streckenweise verrückt gewesen sein. Zuerst war ich nicht mal leichenfest. Ich sah eine Leiche, zum Beispiel eine alte Dame, friedlich im Bett entschlafen ... und mir wurde schlecht, ich kriegte das Zittern, ich wußte meinen eigenen Namen nicht mehr. Der Zustand hielt manchmal stundenlang an ...«

»Aber der alte Rodenstock hat Sie geheilt.«

»Und wie! Das muß so fast dreißig Jahre her sein. Wir

hatten einen unklaren Todesfall. Eine Frau, so um die Vierzig, lag ordentlich zugedeckt im Bett. Rodenstock schickte mich hin. Bleib sitzen, und sieh dich um! sagte er. Ich saß da. Eine Stunde, zwei Stunden, drei Stunden. Dann tauchte Rodenstock grinsend auf und fragte: Woran ist sie gestorben? – Das weiß ich doch nicht, sagte ich empört. Ich sollte hier sitzen und mich umsehen. – Ich seh ihn noch heute, wie er fassungslos den Kopf schüttelt, dann die Decke von der Toten reißt und mich anbrüllt: Guck hin, Junge! – Ich guckte hin, ich sah nichts. – Sanfte Rotstellen am Hals! brüllte er. Noch was? – Also, ich sehe nichts, sagte ich. – Scheide leicht offen! schrie er. Die Frau wurde getötet, nach Beischlaf getötet, klar? – Seitdem habe ich keine Schwierigkeiten mehr.« Er lachte laut. »Alles, was ich weiß, habe ich von ihm. Ich würde mich freuen, ihn zu sehen.«

»Ich hole ihn«, versprach ich.

Ich beobachtete, wie der Mann namens Wolf unendlich langsam die erste Hälfte der Bahn vom Abschlag her abging. Zuweilen kniete er bewegungslos im Gras und sah aus wie ein Opa, der mit dem Enkel Häschen in der Grube spielt. Dann ging er zwei Schritte nach rechts, drei nach links, schräg nach vorn, sah sich um, drehte sich, machte ein paar schnelle Schritte hinter eine niedrige Krüppeleiche und blieb dort volle zehn Minuten.

Wiedemann kommentierte: »Der Mann ist irre, aber leider hat er nicht die richtige Schulbildung. Nur zugelassen für die mittlere Laufbahn. Der schlägt, wenn es um Spuren geht, sogar den ollen Winnetou. Aber niemals käme ein Regierungsrat auf die Idee, den an der Polizeischule unterrichten zu lassen. Scheißapparat! – Sie mögen die Polizei nicht, wie ich hörte.«

»Das ist falsch«, widersprach ich. »Ich mag nur dumme Polizisten nicht.«

Er sah mich an und griente. Dann wurde er unvermittelt ernst. »Wenn das Loch im Hals des Toten von Ihnen als Einschuß gesehen wurde, ich aber sag, es ist ein Ausschuß, können Sie sich dann die Waffe vorstellen?«

»Nein«, sagte ich.

»Ich auch nicht«, nickte er. Er zündete sich einen rabenschwarzen Stumpen an und paffte nachdenklich vor sich hin. Das Ding stank entsetzlich.

Der Mann namens Wolf erreichte die Toten und stellte sich neben sie. Er sah sie an, nahm einen Block aus der Tasche und schrieb etwas auf. Schließlich ging er in die Knie und starrte über die Leichen hinweg in den Wald. Plötzlich bewegte er sich unglaublich schnell, als versuche jemand, vor ihm zu fliehen. Er machte zehn, zwölf Schritte und war hinter den ersten Tannenstämmen verschwunden.

»Chef«, rief jemand seitlich von uns. Es war der Mann, dem Wiedemann befohlen hatte, sich um die Temperatur der Toten zu kümmern. Er wirkte eifrig.

»Also, die Temperatur sagt, sie liegen dort an der Stelle ungefähr vierzehn Stunden, plus minus eine Stunde. Der Einschuß oder Ausschuß im Nacken des Mannes ist komisch, Chef.«

»Wieso komisch?«

»Fettschlieren, würde ich sagen. Aber ganz besonderes Fett. Es sieht so aus wie Margarine.«

»Wie was, bitte?«

»Wie Margarine, Chef.«

»Na gut, du Margarinespezialist. Sonst was Besonderes?«

»Nichts, Chef.« Der Mann ging wieder davon.

Dann trollte Wolf heran und schaute streng auf den Rasen vor seinen Füßen. Er hockte sich neben uns und konzentrierte sich. »Wir haben es mit einer richtig leidenschaftlichen Liebe zu tun, wenn ich mal so sagen darf. Hier ist der Ball, den der Mann gespielt hat. Er lag vom Abschlagplatz aus gesehen ungefähr zwanzig Meter vor den Toten.« Er schnippte den Ball in das Gras, der trudelte ein wenig und blieb liegen. »Es war zwischen 18 und 19 Uhr gestern abend. Ich vermute mal, der Nebel kam nach Mitternacht. Sie betraten diese Bahn, also die sechzehn. Sie waren die letzten auf dieser Bahn, denn spätere

26

Spuren fand ich nicht. Diese Grassorte federt ziemlich schwach. Fünf Meter links vom Abschlagpunkt beginnt ein dichtes Gebüsch von alten Krüppeleichen, das in eine Gruppe Kiefern übergeht. Sie spielten keinen Ball, sondern waren jetzt in einem Bereich, in dem sie von einer anderen Bahn aus nicht mehr gesehen werden konnten. Sie sind dann nebeneinander, und zwar die Frau links von ihm, in das Gebüsch gegangen. Sie haben es dort getan. Dabei ist eindeutig, daß der Mann unten lag ...«

»Woher wissen Sie denn das?« fragte ich verblüfft.

»Eindeutig an den Absätzen seiner Schuhe zu erkennen. Diese Absätze haben Einschnitte im Boden unter den Eichen hinterlassen. Ich vermute, der Mann hat einfach die Hosen runtergelassen, sonst nichts. Wo das Höschen der Frau ist, weiß ich nicht. Ich vermute weiter, wir finden es im Auto. Sie sind dann zum Abschlagplatz zurück. Der Mann hat als erster geschlagen und ist losgegangen. Und zwar ging er ziemlich leicht und locker geradeaus. Da fragt sich der Fachmann: Warum ist der losgegangen und hat sich die Tasche mit den Schlägern nicht über die Schulter gehängt, wie Golfer das so tun? Er ließ die Tasche bei der Frau. Warum?«

»Bietest du mir eine Lösung an?« Wiedemann lächelte.

»Wie du weißt, kann ich es nicht lassen. Ich denke, sie wollten die Bahn zwei- oder dreimal spielen. Diese erste Hälfte hier.« Wolf lächelte versonnen. »Sie wollten zurück unter die Eichen, sie wollten es ein zweites Mal haben, vielleicht ein drittes Mal. Weißt du, es wirkt auf mich wie ein Ritual. Aber zurück zum Vorgang. Ich sage, der Mann ging gutgelaunt. Er drehte sich sogar dreimal zu ihr herum. Normalerweise hätte jetzt die Frau abschlagen müssen. Das hat sie aber nicht getan. Irgend etwas passierte mit dem Mann. Ich vermute, er wurde ungefähr zwanzig Meter vor dem Punkt, an dem er jetzt liegt, getroffen. Er strauchelte, fiel, wahrscheinlich schrie er wie am Spieß. Die gespreizten Hände lassen auf große Schmerzen schließen. Die Frau ließ ihren Schläger fallen und rannte los, so schnell sie konnte. Während der Mann rund achtzig bis hundert Meter von ihr entfernt starb, aber noch die Kraft hatte, sich aufzuraffen und vorwärtszustolpern. Das Stolpern konnte ich einwandfrei feststellen. Zuweilen sind seine Abdrücke so scharf, daß man daraus schließen kann, daß er zu fallen drohte, sich verzweifelt aufrecht hielt, sich sozusagen im Boden festkrallte. Währenddessen rannte die Frau wie besessen. Übrigens, sie stolperte auch, ungefähr zwanzig Meter von ihm entfernt. Das muß wie eine wahnsinnige Slow Motion gewesen sein, wenn du mich fragst.«

»Was heißt das?« fragte Wiedemann trocken.

»Normalerweise wird jemand getroffen und getötet. Hier wurde auch jemand getroffen, aber eben nicht sofort getötet. Er starb, während er sich weiterbewegte. Während er starb und sich weiterbewegte, kam die Frau angerannt, panisch vor Angst ...«

»Lieber Himmel«, drängte Wiedemann, »nun sag schon, was du meinst.«

»Ich meine, wir haben es mit einem eiskalten Killer zu tun. Siehst du die Weißtannen da? Da stand er, da muß er gestanden haben. Kannst du dir einen Mörder vorstellen, der über einen Zeitraum von rund sechzig Sekunden nach dem ersten Schuß Ruhe bewahrt und dabei darauf wartet, daß eine rennende Frau ihm ein sicheres Ziel bietet?«

»Du willst also sagen, das war geplant. Du willst also sagen, der Mörder ist sozusagen ein As.«

»Richtig«, nickte Wolf. »Der muß ein As sein. Wahrscheinlich ist er ziemlich krank, aber auf jeden Fall hat er eiserne Nerven.«

»Die Waffe macht mich verrückt«, sagte Wiedemann.

Der Mann, der mit den Temperaturmessungen zu tun gehabt hatte, kam heran und hockte sich zu uns. »Es ist Sperma«, berichtete er. »Ich weiß es nicht genau, aber mit hoher Wahrscheinlichkeit ist es Sperma.«

»Ich habe den Platz gefunden«, nickte Wolf. »Bis auf die Waffe, die wir nicht kennen, ist es eine miese bürgerliche Affäre.«

»Was ist mit der Margarine?« fragte ich.

»Das kann ich nicht beantworten, das muß die Analyse ergeben«, sagte der Spurenmann. »Wenn ich die Wunden genau bedenke, muß es etwas sein, was ein vierkantiges, sehr massives Profil verschießt.«

»Warum nicht gleich ein Blasrohr?« fragte Wiedemann, ärgerlich. Dann reichte er mir ein Handy. »Holen Sie mal den Rodenstock ran? Sagen Sie ihm schönen Gruß vom Knubbel, dann weiß er Bescheid. Wenn er will, schicke ich ihm einen Wagen.«

Ich trollte mich ein paar Meter abseits. Rodenstock war zu Hause und meldete sich, als sei das Leben unerträglich langweilig. Er röhrte unendlich langsam: »Ja, bittähhh?«

»Wir haben einen Doppelmord«, säuselte ich. »Auf dem Golfplatz. Schönen Gruß vom Knubbel. Wir brauchen Sie hier. Sie können einen Wagen haben.«

»Her mit dem Wagen«, krächzte Rodenstock. »Ich bin verrotzt, totale Herbstgrippe, aber her damit. Alles, nur nicht diese Scheißwohnung. Sie schickt der Himmel.«

»Das ist eher unwahrscheinlich«, murmelte ich.

Ich wußte, was jetzt kam. Irgendein Staatsanwalt würde kommen, sich rasch und oberflächlich informieren, eine Pressekonferenz im *Augustiner Kloster* ansetzen und endlos drauflos schwafeln. Er würde sich gerührt und bewundernd selbst zuhören und ständig betonen: »Ich denke, wir haben gewisse Spuren, können aber aus verständlichen Gründen, Ihnen, meine Damen und Herren, noch nichts sagen. Wir bitten um Ihre Geduld.«

Das gilt für alle Behörden: Immer, wenn sie etwas absolut nicht erklären können, bitten sie um Geduld, als gelte es, irgendwo Reste von Gehirn ausfindig zu machen.

»Ich fahre heim. Ich brauche ein Frühstück, ich brauche meine Katzen.«

»Wir sehen uns«, nickte Wiedemann träge. Er blinzelte in die Sonne. »Ich mag diese Eifel. Sie ist schön.«

Zweites Kapitel

Ich fuhr nicht nach Hause. Nach Frühstück war mir nicht, und eine Erörterung des Falles mit meinen Katzen war nur sehr begrenzt möglich. Wenn jemand – von mir aus mit einem Maschinengewehr – dieses Liebespaar getötet hatte, dann mußte es mehr sein als das Ende eines bürgerlichen Dramas.

Ein eifersüchtiger, der Tobsucht naher Ehemann? Gut, aber wie würde er es machen? Eine Ehefrau, die sich um ihr Leben betrogen sah? Auch gut, aber wie würde die vorgehen? Stundenlang auf dem Golfplatz warten? Vielleicht sogar geduldig warten, bis das Paar die Liebe genossen hatte und sich anschickte, die Bahn sechzehn zu meistern? Dann mit einer geradezu übernatürlichen Ruhe erst den Mann und dann die Frau erschießen? Vielleicht noch darauf spekulierend, daß zum Motiv Eifersucht die Perfektion der Tat auf keinen Fall paßte.

Ich rollte die lange Gerade nach Hillesheim hinein und ging im *Teller* einen Kaffee trinken. Ich kann mich nicht einmal mehr daran erinnern, wer mich bediente, ich weiß nur noch, daß ich fragte, wo denn Pierre Kinn von der Sparkasse stationiert sei. Ich bekam die Antwort: »In Daun.«

Dann begriff ich, mit wem ich sprechen mußte, dann begriff ich auch, was mich an diesem Fall so verwirrte. War es möglich, daß einer dieser höchst ehrbaren, gläsern lebenden, stets mit Krawatte versehenen Banker eine leidenschaftliche Liebe zur Ehefrau eines anderen pflegen konnte, ohne daß er gewarnt, ohne daß ihm im Wiederholungsfall sofort der Stuhl vor die Tür gesetzt wurde?

Verbotene Liebe in der Eifel ist eine Form von Selbstzerstörung. Aber Selbstmord war es nicht. Und wenn sie sich so sehr liebten – warum waren sie nicht einfach fortgegangen? Nach Kanada oder Australien oder wohin auch immer ...

»Scheißliebe!« wiederholte ich.

Ein Kombi eines Bestattungsunternehmens kam mir entgegen, ich vermutete, sein Ziel war der Golfplatz.

Auf der Höhe hinter Zilsdorf lag das Land in ganzer Pracht, über Stroheich tummelte sich ein Turmfalkenpaar, die Kirche von Oberehe versteckte sich in einer hauchdünnen Nebelwolke, die langsam aufwärts stieg, von der Sprudelquelle in Dreis schleppten sich drei schwerbeladene Lastzüge an mir vorbei, deren Fahrer über Funk miteinander sprachen und lachten – es war ein geruhsamer, sonnendurchfluteter Herbsttag, zwei grausam Ermordete wirkten da vollkommen fehl am Platz, unwirklich.

Ich fuhr über Rengen nach Daun hinein und erwischte einen passablen Parkplatz, was man ein Erfolgserlebnis nennen kann. Ich war nicht richtig gekleidet, trug ein buntes Sommerhemd, das Kilo zu zwanzig Mark, einfache, bereits angedreckte Jeans und meine geliebte Lederweste, von der Freunde behaupten, sie stamme aus dem 17. Jahrhundert. So marschierte ich unrasiert zu Hans-Jakob Udler, dem Herrn der Sparkasse, dem nachgesagt wurde, er liebe den Stil Ludwigs XIV.

Seine Sekretärin betrachtete mich mit der edlen Abscheu, die Figuren mit meinem Outfit erregen, und plapperte obenhin: »Ich fürchte, der Chef hat keine Zeit.«

»Doch, hat er«, lächelte ich. »Sagen Sie ihm, Pierre Kinn ist tot.«

Sie wollte etwas erwidern, führte den Zeigefinger der rechten Hand durchaus grazil zum Mund, aber sie sagte nichts und entschwand hinter einer Tür. Es dauerte kaum zehn Sekunden, da trällerte sie: »Der Herr Direktor Udler hat jetzt Zeit.«

»Siehste«, sagte ich und ging an ihr vorbei.

Ich bin immer wieder äußerst verblüfft über die Phantasielosigkeit, die in den Arbeitsräumen der Mächtigen waltet. Alles ist Mahagoni oder Walnuß oder Rosenholz, der Teppich ist gedeckt, irgendwo kümmert etwas Grünliches in geschmacklosen Keramiktöpfen und verbreitet die Heimeligkeit eines feuchten Aschenbechers. Auf dem Schreibtisch liegt gewöhnlich nichts, was wohl darauf hindeuten soll, daß der Hausherr alles im Griff hat. Bei Udler war das genauso.

Er hockte hinter seinem leeren Schreibtisch wie hinter einer Brustwehr, und er hatte ein vollkommen graues Gesicht wie aus pulvrigem Zement. Er sah mich an, und er sah mich doch nicht. Um seinen Mund zuckte es, die Finger beider Hände rangen miteinander und verschränkten sich. Er war ohne Zweifel ein sehr betroffener, tieftrauriger Mann.

Ruckartig stand er auf und stieß den Stuhl mit den Kniekehlen heftig zurück. Zittrig fragte er: »Unfall, nicht wahr? Pierre fuhr immer zu schnell. Viel zu schnell.«

Weil ich den Atem seiner Sekretärin im Genick spürte, antwortete ich nicht.

Er stierte mich mit weiten Augen an und beugte sich dabei vor. Dann drehte er sich blitzschnell zur Seite, als habe ihn ein körperlicher Schlag getroffen, und schloß die Augen. »Er fuhr immer zu schnell. Wie oft habe ich ihn gewarnt. Mein Gott, Pierre.«

Die Tür hinter mir klackte.

»Aber Sie sind nicht von der Polizei, oder?«

»Ich bin nicht von der Polizei«, bestätigte ich. »Aber die wird bald hier sein. Pierre Kinn ist erschossen worden. Auf dem Golfplatz. Gestern abend.«

Diese wirklich mächtigen Brieftaschenherren in der Provinz beherrschen den Trick des Understatements auf eine geradezu erschreckende Weise. Sie sehen wie gütige Väter aus, tragen den Kranz weißer Haare wie einen Orden, gehen sonntags brav in die Kirche und sind wie Geier auf dein Geld aus. Sie wirken oft wie langweilige Typen, aber das ist gewollt. Diese Maske fehlte Udler jetzt, er war fassungslos.

Er war so groß wie ich, etwa 175 Zentimeter. Er war leicht dicklich, aber nicht fett, hatte einen zu hohen Blutdruck, sein Hals war gedrungen und rot. Er trug einen dunkelblauen Anzug mit Weste und schwarz-weiß gestreifter Krawatte. Seine Augen waren ganz leer, im Grunde war sein Gesicht hager, was durch die breite Stirn verwischt wurde, und er trug nicht einfach eine Uhr, er trug eine Breitling.

Udler flüsterte: »Ich habe ihn so gemocht. Er war wie ein Sohn.«

Dabei wußte er immer noch nicht, ob er mir einen Stuhl anbieten sollte. Ich setzte mich erst einmal.

»Selbstverständlich«, murmelte er und ging hinter seine Brustwehr zurück. »Erschossen? Wie denn das?«

»Wir kennen die Waffe noch nicht. Kennen Sie jemanden, der diesen Pierre Kinn genügend haßte, um ihn zu erschießen?«

Er hockte da wie ein Häufchen Elend und starrte mich an, legte beide Hände vor sein Gesicht. »Sowas Verrücktes«, hauchte er. Dann fiel ihm etwas auf. »In welcher Funktion sind Sie hier? Ich meine, was haben Sie eigentlich damit zu tun?« Plötzlich hatte er wachsam funkelnde Augen.

»Ich bin Journalist«, erklärte ich.

»Aha.« Das gefiel ihm nicht, aber er nahm es hin. »Pierre Kinn war einer meiner engsten Mitarbeiter. Sehr eifrig, sehr talentiert, sehr nah am Kunden. Er hatte eine große Karriere vor sich. Erschossen, sagen Sie? Gestern abend? Golfplatz? Ich erinnere mich, er spielte Golf, ja. Was weiß man denn schon?«

»Nichts«, sagte ich.

»Er hat eine entzückende Frau ... und entzückende Kinder.« Da war die Maske.

»Und eine entzückende Geliebte«, schob ich schnell nach. »Deswegen bin ich hier.«

»Davon weiß ich nichts«, entgegnete Udler hart mit Augen wie Kiesel.

»Das glaube ich nicht. Es ist unmöglich, daß Sie nichts davon wissen.«

»Ich bediene die Sensationspresse nicht.«

»Die bin ich nicht. Ich will wissen, was Sie von der Geliebten des Pierre Kinn wissen. Ich glaube nicht, daß Sie nichts wissen. Die Geschichte läuft seit zwei Jahren. Sie wußten davon.«

»Haben Sie selbst schon mit der Frau gesprochen?« erwiderte er und sah mich ganz ruhig an.

Ich schüttelte den Kopf. »Das geht nicht, sie wurde ebenfalls erschossen.«

»Etwa zusammen mit Pierre?« fragte er.

»Richtig«, nickte ich.

»Ach, so ist das«, murmelte er. »Das war seine Privatsache.«

»Lieber Gott, das war es nicht.« Ich wurde wütend. »In der Eifel wird an diesem Punkt genauso gelogen wie überall. Da wird gesagt, es ist deine Privatsache, die geht mich nichts an. Aber hintenrum wird getuschelt, moralisiert und verurteilt. Es wird auch gehandelt, übel gehandelt. Sie sind Boß dieser Bank, also was wußten Sie? Und noch etwas: Ich lebe seit elf Jahren hier. Ich weiß, daß Kinn einen guten Ruf hatte. Ich weiß aber auch, daß er keinen Dünnschiß haben konnte, von dem diese Bank hier nichts wußte.«

Ich hatte ihn, und er war klug genug, das zu bemerken. Er lächelte nun das offene unverbindliche Bankerlächeln, das deutlich machte, daß sein Zahnarzt merkwürdigerweise die Dritten zu hell gemacht hatte. Udlers Augen waren vollkommen tot, nur seine Hände wurden weiß, weil er sie so hart verschränkte. »Pierre Kinn kam vor anderthalb Jahren zu mir. Er berichtete mir von dieser Sache. Er sagte auch: Ich biete dir die Kündigung an. So war er: immer offen, immer angriffslustig. Ich beruhigte ihn: Das ist deine Privatsache, das geht die Bank nichts an.« Der Bankerboß war nervös, er suchte einen Halt für seine Hände, aber auf dem Schreibtisch war nichts.

»Welche Nachteile hatte diese Geliebte für ihn?« hakte ich nach.

»Keine«, antwortete er schnell. »Von uns aus keine. Nicht die geringsten. Aber ich denke, ich kann Ihnen nicht mehr sagen. Ich muß ja auch an den Datenschutz denken.«

34

»Erzählen Sie das mal dem Pierre Kinn«, schlug ich vor. »Er wird es Ihnen danken.« Ich stand auf, nickte ihm zu und ging.

Die Blonde im Vorzimmer hielt theatralisch eine elegante Hand vor den leicht offenen Mund. »Wie entsetzlich«, hauchte sie. »Ich mußte einfach zuhören.«

»War das Gerede hier schlimm?« fragte ich freundlich.

»Ach Göttchen«, sie kicherte, »Sie wissen doch, wie das hier in der Eifel so ist. Den meisten ist so langweilig, daß so eine Sache wochenlang geht. Was sage ich, wochenlang! Monate und so. Der Pierre war aber auch einer! Schrecklich.«

»War er ein lustiger Vogel?«

»Das auch«, sie nickte eifrig. »Immer ein Scherzchen, wissen Sie, immer ein Scherzchen. Es konnte noch so ernst sein, er sagte immer zu mir: Monika, bevor das Schiff kentert, will ich dich noch knutschen! Das sagte er immer.« Dann begann sie unvermittelt zu weinen. »Aber das hat er nicht verdient. Erschossen.«

»Hat Ihr Chef ihn wirklich geliebt?«

Sie tuschelte. »Er ist gar nicht mein Chef, ich bin nur die Aushilfe. Sonst sitze ich in der Kreditabteilung. – Und Sie sind Journalist? Für wen denn? Ja, die waren ein Herz und eine Seele.«

»Das weiß ich in diesem Fall nicht«, erklärte ich wahrheitsgemäß. »Wo wohnen Sie denn?«

»In Dockweiler«, sagte sie. »Aber meistens bin ich bei meinem Freund in Gerolstein. Ich heiße Monika Hammer.«

»Und wo hat Pierre Kinn gewohnt?«

»Er hatte ein Häuschen in Berlingen«, plauderte sie weiter. »Ich war bei der Einweihungsparty damals. Das war wild. Na ja, hat nichts gebracht.«

»Wie war denn diese Frau?« fragte ich.

»Das weiß ich nun wirklich nicht«, sagte sie. »Die kenne ich nicht. Soll von Jünkerath sein, wurde gesagt. Muß ja wohl Liebe gewesen sein. Na ja, sie sollte ja Pressechefin werden von dem Bad und dem Hotel in Kyllheim.

Das hat ja Pierre gebaut, also betreut; Öffentlichkeitstante sollte sie da werden.«

»Kyllheim? Das Riesenprojekt? Das hat Pierre Kinn betreut?«

»Er ist das Lieblingskind vom Chef!« Sie deutete mit dem Daumen auf die geschlossene Tür. »Er wollte das Ding, er setzt es hin. Pierre war Objektleiter. Ach, das wußten Sie nicht?«

»Das wußte ich nicht«, gab ich zu. »Aber das ist heute wohl egal. Wo wohnt denn die Familie dieser toten Frau?«

»In Kelberg. Der Mann soll ja ziemlich viel getrunken haben. Immer schon. Du lieber Himmel, hier wird ja auch viel gesoffen. Der hat in Kelberg eine Bauschreinerei. – Erschossen? Sagen Sie mal, wie denn? Mit einem Gewehr oder einer Pistole, ich kenne mich da nicht aus.«

»Das weiß man noch nicht«, sagte ich. »Wenn ich noch etwas wissen muß, kann ich Sie fragen?«

Sie sah mich mit leicht geneigtem Kopf an und erwiderte: »Ich weiß zwar wirklich nichts, aber Sie können es ja versuchen. Haben Sie denn schon die Villa Wasserbett besichtigt?«

»Bitte, was?«

»Die VW. Also, Pierre und die Heide, also die Heidelinde Kutschera, haben einen Freund. Der ist Jäger, genauso wie Udler, unser Chef. Und dieser Freund hat eine Jagdhütte. Bei Bleialf. Da wird erzählt, Pierre und die Heide hätten sich ein Wasserbett reingebaut, damit es mehr Spaß macht.« Monika Hammer grinste wie ein Lausebengel. »Na ja, kein Mensch weiß was Genaues. Aber die Jagdhütte war der Liebestempel. Da bin ich aber erstaunt, daß Sie das noch nicht wissen.«

»Ich weiß eigentlich gar nichts«, erklärte ich. »Und von der Jagdhütte weiß wahrscheinlich ansonsten jeder.«

»Na sicher«, sagte sie verschmitzt. »Nur eins macht in der Eifel mehr Spaß als Fernsehen: tratschen.«

Plötzlich ging die Tür hinter ihrem Rücken auf, und Udler sagte: »Wir müssen ein paar Briefe fertig machen.«

»Sofort«, sagte sie, »sofort, Chef.« Sie blinzelte mir zu und begab sich ans Tagwerk. In der letzten ihr verbleibenden Sekunde hob sie die Hand, und ihre Fingerchen wedelten mir einen Abschied zu.

Zuweilen hasse ich die Trivialitäten deutscher Lust. Jetzt auch noch ein Wasserbett in verschwiegener Jagdhütte bei Bleialf. Ich machte mich auf den Heimweg und hörte unterwegs mit Inbrunst ein Band: Eric Claptons *Unplugged.*

Es gab zwei Möglichkeiten: Entweder lösten Wiedemann und seine Truppe das Rätsel um die beiden Toten sehr schnell – dann brauchte ich erst gar nicht mit der Recherche anzufangen. Oder aber, sie konnten das Rätsel nicht knacken – dann mußte ich genau überlegen, bei wem ich meine Nachforschungen am besten beginnen konnte. Nichts in meinem Beruf ist gefährlicher als eine scheinbar sichere Auskunft von der falschen Person, auf der man sich länger als vierundzwanzig Stunden ausruht. Regel: Streue dein Wissen mit Vorsicht, und erinnere dich genau an das, was du gesagt hast. Dann warte ruhig auf das, was man dir aufgeregt zuflüstert.

Sofort fiel mir eine Zielperson ein: Flora Ellmann von den Grünen, die angeblich der aussichtsloseste Versuch ist, einen Pudding an die Wand zu nageln.

Also rollte ich in dem Bewußtsein, ein gutes Programm zu haben, befriedigt auf den Hof. Ich konnte nicht ahnen, daß ich zunächst nur dem Mörder diente. Weil ich unklare Angaben nicht mag, sage ich auch gleich, warum ich ihm diente: Ich verschaffte ihm Zeit.

Momo kam laut schreiend aus dem Garten, weil ständige Hungersnot ihn marterte. Allerdings hörte er auf zu schreien, als ich ihn kraulte. Paul fauchte irgendwo, und ich war zufrieden, meine Verwandtschaft um mich herum zu haben.

Ich schickte Flora Ellmann, von der die meisten Kundigen behaupteten, sie sei im wesentlichen mit ihrem Faxgerät verheiratet, eine schnelle Botschaft in der Hoffnung, sie aufzuscheuchen. Das Fax lautete: *Achtung, Flora! Dop-*

pelmord auf dem Golfplatz. Ziemlich grausame Geschichte mit einer unbekannten Waffe. Ruf mich an.

Dann sah ich zu, wie das Gerät das Blatt Papier schluckte, und noch ehe die Bestätigung des glatten Durchlaufs kam, klingelte das Telefon, und Flora schrie im Diskant: »Mach mich nicht schwach, Baumeister. Tote? Gleich zwei? Golfplatz? Muß ich hin!«

»Langsam«, sagte ich, obwohl diese Mahnung bei Flora gänzlich blödsinnig ist. »Was weißt du über einen jungen Banker namens Pierre Kinn?«

»Nichts Besonderes. Ist zweiter Mann unter Hans-Jakob Udler bei der Kreissparkasse. Ziemlich heller Junge. Kümmert sich um Investitionen. Wieso? Ist er der Mörder? Ich sag's ja, diese stillen Wasser!«

»Flora, langsam. Der Knabe ist ein Toter.«

»Ich sag's ja, immer diese stillen Typen. Erst bei ihrem Tod stellt sich raus, daß sie Schweine waren. Und wieso hat den jemand umgebracht?«

»Ich weiß es nicht«, antwortete ich. »Kennst du eine Frau namens Heidelinde Kutschera?«

»Ja klar, kenne ich. Nicht genau, aber ich weiß, wen du meinst. Steht die im Verdacht? Das ist so 'ne Blonde, Hochtoupierte. So 'ne *Brigitte*-Tussi.«

Ich dachte an Floras schmuddelige Pullover und mußte Heidelinde Kutschera verteidigen. »Sie ist auch tot«, informierte ich Flora. »Fünf Minuten vorher hatte sie einen Orgasmus auf Pierre Kinn. Hoffe ich.«

Es war eine Weile sehr still, was wahrscheinlich damit zu tun hatte, daß Flora sich ein Bild malen mußte.

»Wieso auf? Ich meine ... Willst du sagen, beide sind tot? Liebesdrama oder so? Auf dem Golfplatz?«

»Bahn sechzehn.«

»Und wer war's?«

»Weiß noch keiner. Erkundige dich mal nach den beiden Toten. Du wirst bei deinen intimen Kenntnissen der Gesellschaft in der Eifel schneller was herausfinden als ich.«

Da sie nicht genau wußte, ob ich sie veräppelte oder

nicht, murmelte sie: »Ach weißt du, mein gesellschaftliches Engagement bezieht sich ja mehr auf ökologische Themen und so. Falls ich was erfahre, rufe ich dich an. Klar.« Dann hängte sie ein.

Ich konnte davon ausgehen, daß innerhalb der nächsten drei Stunden mindestens zweihundert Leute ganz genau informiert werden würden. In der Eifel braucht man keine Zeitung, man braucht Flora Ellmann.

Dann rief ich die Redaktion in Hamburg an, und ein sehr müder Kollege namens Bacharach stöhnte: »Was soll ich mit einem Doppelmord im Blatt?«

»Was du damit sollst, weiß ich nicht. Vielleicht liest es jemand«, erwiderte ich sauer. »Hör zu: Es sieht nach einer verdammt exotischen Waffe aus, ferner nach einem eiskalten Killer, ferner nach einem Liebesdrama mitsamt vier unmündigen Kindern oder so. Willst du es oder nicht?«

»Mein Verleger sagt, er hätte schon Scheiße genug im Blatt. Also, ich will es nicht.«

Die Konkurrenz nebenan war nicht aufmerksamer. Eine jung klingende Dame namens Wetterstein murmelte gedankenvoll: »Wir könnten so verbleiben: Wenn wirklich eine gute Geschichte dabei rauskommt, lesen wir sie mal und entscheiden dann.« Die journalistische Zugriffsfreudigkeit dieser Redaktion beruht im wesentlichen auf diesem Satz. Das hat zur Folge, daß ganze Hefte langweilig sind, weil die gesamte Redaktion gerade liest.

»Es muß nicht sein«, sagte ich hoheitsvoll und hängte die Dame ab. Dann hatte ich die wahnwitzige Hoffnung, daß jemand in München vielleicht Interesse haben könnte. Der Chef vom Dienst wehrte ab. »Och nöööhhh, nicht sowas! Deutsche Dramen haben was von literarischem Tee. Die machen wir nicht so gerne.«

Im gleichen Moment wußte ich, daß ich die Geschichte zu früh offeriert hatte. Man muß warten, bis die Deutsche Presse Agentur eine Blitzmeldung absetzt. Dann werden die Redakteure wach, dann sind sie munter und meistens sogar richtig freundlich.

Also betrieb ich mein eigenes Geschäft, indem ich die Deutsche Presse Agentur in Bonn anrief, mich mit dem Chef vom Dienst verbinden ließ und artig meine Mitgliedsnummer im Deutschen Journalisten Verband nannte. »Ich habe zwei Tote für euch. Ermordet. Ziemlich grauenhaft. Auf einem Golfplatz ...«

Ich schilderte munter, was denn so passiert sei, und wartete genau fünfzehn Minuten bei stiller Betrachtung meines Gartens. Dann rief der Mann an, der was von deutschen Dramen und literarischem Tee gemurmelt hatte, und erklärte süßlich wie in einer Therapiestunde: »Also, erst mal entschuldige ich mich. Und dann hätten wir eine Bitte ...«

»Jetzt habe ich aber keine Zeit mehr«, sagte ich.

»Aber wir hätten gern die Fotos, die Sie haben.«

»Die sind verkauft«, behauptete ich mit unendlich viel Schmalz in der Stimme. So rächt sich ein Kleinbürger aus den Bergen der stillen Eifel.

Es folgte die Hamburger Konkurrenz und säuselte herum, vor ein paar Minuten hätten sie nicht richtig einschätzen können, was ich habe. Nun sei ihnen klar, daß es sich um eine sehr tiefgehende deutsche Tragödie handele, und sie hätten gern die Fotos, die ich sicherlich sicherheitshalber gemacht hätte. »Besonders die von den beiden Liebenden«, meinte die Dame ganz entzückt.

»Ach«, sagte ich betulich, »die sind vergeben«, und hängte ein.

Dann meldete sich Flora Ellmann mit ungefähr folgendem Monolog: »Also, weißt du, mein Lieber, mich trifft der Schlag. Also mindestens. Die waren ja ein total sexistisches Paar, und noch dazu eines auf dem Konsumtrip. Kein Wunder, daß die den Löffel abgeben mußten. Also ich sage immer wie meine Oma: Der Krug geht so lange zum Brunnen, bis er bricht. Da hat ja wohl der Ehemann der Dame zugeschlagen. Und soweit ich weiß, ist der in einem Club für Bogenschützen. Sag mal, ist das ehrlich so, daß die mitten auf dem Golfplatz ... also, ich will sagen, daß die sowas machten? Und dann dieser Bogenschütze! Herrlich. Wie Robin Hood, würde ich mal sagen ...«

»Flora, bitte. Was hast du über die Toten erfahren?«

»Also, eigentlich nix«, antwortete sie erstaunlich offen.

»Dann mach weiter«, hängte ich sie ab.

Gerade als ich vorhatte, mir einen Kaffee zu kochen, rief der Hamburger Redakteur an und erklärte lapidar: »Ich habe das eben nicht so klar mitgekriegt. Aber jetzt ist es sauber. Hast du Tatortfotos?«

»Na sicher.«

»Bekommen wir die?«

»Na sicher.«

»Wieviel Text?«

»Weiß ich nicht. Laßt mich erst den Mörder fangen, dann sage ich euch, wieviel Text. Die Preise sollten wir kurz erwähnen.«

»Das Übliche«, sagte er. »Aber nur, wenn es exklusiv ist.«

»Ist es«, versprach ich. Dann trennten wir uns.

Ich erklärte Momo und Paul genau, wieviel Whiskas ich liefern könnte, und sie zwinkerten zufrieden und knurrten sich ausnahmsweise nicht an.

Erneut klingelte das Telefon, und Wiedemann teilte mir mit: »Damit Sie sich nicht das Gehirn verrenken – wir haben einen Hauptverdächtigen.«

»Der Ehemann der Frau ist Bogenschütze.«

»Richtig«, sagte er knapp. »Er hat ein mieses Alibi, er wirkt eiskalt, und er verweigert die Aussage. Er hat einen Anwalt zugezogen, der plötzlich Sorgenfalten trägt. Das freut einen deutschen Beamten.«

»Herzlichen Glückwunsch«, meinte ich nicht sehr überzeugt. »Kann ich ein Interview mit ihm machen?«

»Wenn er zustimmt, jederzeit. Aber erst nach den Verhören.«

»Soll mir recht sein«, sagte ich tapfer. Es war, als hätte man eine Nadel in einen prallgefüllten Luftballon gestochen.

Ich erinnere mich gut, daß ich wie ein Traumwandler

zur Anlage ging und wieder Eric Clapton auflegte. *Blues before sunrise ...*

Die Katzen verdrückten sich vorsichtshalber. Nun gut, es würde ausreichen, spannende journalistische Bilder zu liefern. Die Fotos hatte ich, ein paar Tage intensive Recherche – Liebesdrama in einer wertekonservativen Gesellschaft. Es würde keinem Leser die Schuhe ausziehen, aber es würde meinem Konto dienen.

Das Telefon klingelte schon wieder, aber ich wollte nicht abheben. Das Band schaltete sich ein, eine Frau meldete sich geradezu unheimlich ruhig: »Das tut mir leid. Ich hätte Sie gern gesprochen.«

Ich nahm ab. »Baumeister hier.«

Die Frau sagte: »Guten Tag auch. Es ist ja egal, wer ich bin, oder?«

»Wenn Sie wollen.«

»Stimmt es, daß Frau Kutschera tot ist?«

»Das stimmt.«

»Und der Pierre auch?«

»Der auch.«

»Stimmt es, daß die Polizei Kutschera verhaftet hat? Das hört man so.«

»Das weiß ich nicht. Sie haben ihn wohl zu einem Gespräch gebeten.«

»Er war es aber nicht. Ich meine, wenn das gestern abend passiert sein soll, dann war er es nicht.«

»Wer sind Sie denn?«

»Ist das wichtig?«

»Es wird immer wichtiger.«

»Na gut. Ich bin Ruth Möller. Ich bin ... ich bin eine Freundin von Heidelinde. Aber auch eine Freundin von ihrem Mann. Der war gestern hier. Mit Waltraud Kinn. Ich denke ja, man muß die Wahrheit sagen. Die waren gestern abend hier.«

»Was heißt hier?« fragte ich vorsichtig.

»Hier bei mir. Ich habe ein Haus, ich meine, sie kamen hierhin.«

»Wieviel Uhr war das?«

42

»Fünf, also siebzehn Uhr. Ich wollte ... ich habe damit ja nichts zu tun ... die wollten miteinander reden. Denen ging es dreckig, wissen Sie.«

»Bis wann sind die bei Ihnen gewesen?«

»Bis um zwei heute nacht.«

»Ist das beweisbar?«

»Na sicher. Ich hab ihnen doch Tee und Kaffee gemacht.«

»Ruth Möller, das ist mehr als wichtig. Wo wohnen Sie?«

»In Walsdorf.«

»Und der Kutschera hat Ihr Haus nicht verlassen?«

»Nicht eine Minute. Ich habe den noch nie so erlebt. Er hat geweint, richtig geweint.«

»Ich möchte mit Ihnen sprechen.«

»Ja, sicher. Birkenweg sechs.«

»Bis gleich«, sagte ich.

Ich wollte alles Mögliche gleichzeitig tun. Dann fiel mir Wiedemann ein. Ich rief die Polizei in Daun an, und man sagte mir, sie könnten verbinden. Es gab merkwürdige Pieptöne, dann ein kräftiges Rauschen.

»Baumeister hier. Ich denke, Sie haben Ihren Mörder verloren.«

»Wieso?«

»Weil ich die Frau habe, die ihm ein Alibi gibt.«

»Scheiße!« rief er heftig. »Die Adresse bitte.«

Ich gab sie ihm.

»Fahren Sie nicht dorthin«, befahl er knapp. »Ich will zuerst mit ihr sprechen.«

»Klar«, versprach ich.

»Vielen Dank. Rodenstock muß gleich eintrudeln. Ich lasse die Leichen nach Daun bringen. Krankenhaus. Wir sehen uns dort. Übrigens noch etwas: Es handelt sich wirklich um Margarine. Streng genommen um ein Erzeugnis unter dem Handelsnamen *Rama*.«

»Wie haben Sie das so schnell rausgekriegt?«

»Mein Chemiker ist gut. In dieser *Rama* war ein Stoff, der nicht auf den Frühstückstisch gehört und ... «

»Curare«, tippte ich schnell.

»Das nicht«, sagte er. »Wir wissen noch nicht, um was für ein Gift es sich handelt.« Dann hatte er aufgelegt.

Paul lief auf mich zu und fiel wie üblich auf der Stelle um. Er wedelte mit allen Pfoten, und ich kraulte ihn und sagte: »Ich weiß, mit wem ich sprechen muß, mein Lieber. Mit Charlie. Und Charlie mag Katzen nicht, also mußt du zu Hause bleiben.«

Paul war das ganz egal.

Ich spielte die kleine Hausfrau, richtete Rodenstock das Gästezimmer her und bezog ein Bett. Er sollte es richtig gut haben bei mir. Ich spielte sogar mit dem Gedanken, ihm ein paar wilde Rosen neben das Bett zu stellen, aber das ließ ich doch sein.

Es schellte, ich schrie: »Reinkommen! Kognak kommt, Kaffee kommt, bittere Schokolade habe ich auch.«

Jemand sagte etwas schrill: »Wie?«, aber es war nicht Rodenstock, es klang eher weiblich.

Also polterte ich die Treppe hinunter, und da stand sie. Sie war etwas kleiner als ich, stämmig und wirkte hoffnungslos freundlich. Dunkle, schulterlange Haare rahmten eine Brille, die auf erhebliche Kurzsichtigkeit hinwies. Aber die Augen strahlten. Sie trug eine Lederjacke aus dem Krieg 70/71, Jeans und die Sorte schwarzer Stiefel, die im australischen Outback sehr beliebt ist. Sie sagte: »Ich wollte zu Herrn Baumeister.«

»Der bin ich.«

»Ich habe Sie schon angerufen, aber Sie waren nicht da«, erklärte sie. Vielleicht war sie 28, vielleicht 30, nein, eher 25.

»Was kann ich für Sie tun?«

Sie lächelte. »Das geht hier nicht auf der Treppe.«

»Ach, du lieber Gott. Kommen Sie rein. Gleich neben Ihnen sind Sessel und sowas. Viel Zeit habe ich aber nicht.«

»Das macht nichts«, murmelte sie etwas stumpf. Sie drehte sich zur Seite und hockte sich im Arbeitszimmer in einen Sessel.

44

»Ich heiße Marcus«, stellte sie sich vor, »Dinah Marcus. Ich bin aus einem Nest hinter Daun. Da lebe ich. Nun geht das nicht mehr so gut. Ich wollte fragen, ob Sie vielleicht wissen, wo ich journalistisch arbeiten kann. Oder, wie ich an Kontakte komme.«

Du lieber Himmel, jemand der meinen Berufsstand anstrebte. An einem Montag. Eine Frau. Mitten in der Eifel. »Was haben Sie denn bisher geschrieben?«

»Allerhand, einiges, in alternativen Szeneblättern, Sie wissen schon.«

»Ich weiß gar nichts«, meinte ich. »Ich arbeite fast immer allein. Wie alt sind Sie denn?«

»Fünfunddreißig«, antwortete sie. »Ich bin Soziologin. Aber wer braucht schon eine Soziologin?«

»Das weiß ich auch nicht«, gab ich zu. »Haben Sie denn irgend etwas Geschriebenes mitgebracht?«

Mit dem rechten Zeigefinger fuchtelte sie unentwegt in der Luft herum. »Ich könnte was schicken. Aber hat das überhaupt Zweck? Ich meine, lesen Sie das?«

»Das lese ich«, nickte ich. »Aber im Moment haben wir hier einen Doppelmord, da geht es etwas lebhaft zu.« Ich erwähnte das so beiläufig, als handelte es sich um Alltägliches.

Sie war irritiert. Sie sagte: »Aha!« Dann fuhrwerkte sie erneut mit dem Zeigefinger vor ihrem Körper herum. »Ich meine, ich muß irgendwie sehen, wie ich mich in der Eifel durchschlage. Ich liebe die Eifel. Ich will hierbleiben.« Sie hielt inne. »Wer ist denn ermordet worden?«

»Das ist nicht weiter wichtig«, erklärte ich großspurig. »Haben Sie Zeit?«

»Ja. Ziemlich viel.«

»Haben Sie auch ein Auto?«

»Ja.«

»Ist da auch Sprit drin?«

»Wenig.«

»Dann tanken Sie voll. Hier ist Geld. Sie können sofort etwas tun. Ein Paar ist ermordet worden. Der Mann war Banker. Das Paar hatte eine Jagdhütte bei Bleialf. Ich muß verdammt schnell wissen, wo diese Hütte genau steht. Bitte feststellen, nicht reingehen, auch nicht einbrechen. Geht das?«

»Natürlich«, sagte sie. »Aber ich brauche die Namen.«

Ich gab sie ihr, und sie lief zu einem silbrigen Golf, der knatternd von dannen zog. Es klang wie eine Kriegserklärung an sämtliche Eingeborenen.

Mittlerweile war es hoher Mittag, die Sonne stand stark über dem Land, in einem Schattenflecken unter der Birke lagen meine beiden Katzen und dösten vor sich hin, ein ganz matter Wind ließ die Blätter fliegen und übergoß den Baum mit Silber. Es war einen Moment so, als könne die Zeit stillstehen.

Annette kam mit dem kleinen Kevin vorbei und verkündete, ihr Walter feiere Geburtstag in der Schutzhütte und es gebe Spießbraten. Für einen Junggesellen ist das eine wunderbare Nachricht.

Kaum war sie verschwunden, brauste ein leibhaftiger Polizeistreifenwagen auf den Hof, und Rodenstock stieg aus, reckte die Arme gen Himmel und sagte: »Baumeister, ich brauche frische Luft.« Er sah überraschend gut aus, hatte zwar eine feuerrote Nase wie ein Warnzinken, aber seine Augen waren erstaunlich hell. Hinter ihm lud ein Uniformierter zwei Koffer aus und fragte: »Wohin damit?«

»Ich nehme sie«, sagte ich.

»Ich will nur schnell die Scheißkrawatte loswerden«, sagte Rodenstock heiter.

»Warum tragen Sie überhaupt eine?«

»Das weiß ich auch nicht«, meinte er. »Wo sind die Leichen?«

»Im Dauner Krankenhaus. Wir fahren gleich hin. Erst mal Kaffee und so?«

»Erst mal das. Die Toten rennen ja nicht weg. Was haben Sie für einen Eindruck?«

»Ein richtiges Liebesdrama«, gab ich Bescheid. »Mehr ist nicht erkennbar. Aber dieser Mord war ungeheuerlich perfekt.«

»Vielleicht aus Zufall?« fragte er.

»Kann sein«, nickte ich.

Paul kam harmlos um die Hausecke, nahm Anlauf und pflanzte sich an den rechten Oberschenkel meines Gastes.

»Nicht schlagen«, rief ich hastig.

Rodenstock verzog das Gesicht, sagte aber nichts. Er griff Paul behutsam, löste die nadelscharfen Krallen, hielt ihn im Genick hoch. »Du wirst noch lernen müssen, mein Junge«, sagte er. »Aber eigentlich hast du mir beigebracht, wie sich Leben anfühlt.«

»Ich fahre dann«, meldete sich der Uniformierte lahm. Als wir nickten, verschwand er mit Vollgas.

»Wissen Sie«, sagte Rodenstock, »ich wäre wahrscheinlich auch ohne die beiden Toten hier erschienen.«

»Die Gesundheit?« Ich wollte es hinter mich bringen, und er sollte nicht zappeln müssen.

»Erstaunlich«, grinste er. »Ich habe Krebs, aber der rührt sich nicht mehr. Operieren wollen sie nicht, sie sagen, das ist sinnlos, wenn keine Gefahr besteht. Es besteht keine Gefahr.«

»Herzlichen Glückwunsch. Jetzt gibt es Kaffee und so weiter.«

In der Küche plauderte Rodenstock eine Weile über sein Rentnerdasein, rauchte eine Brasil vom Format Kanonenrohr, trank Kognak und Kaffee und aß bittere schwarze Schokolade. Seit ich ihn kannte, hatte ich immer welche im Haus. So ist das, wenn man jemanden mag.

Wenig später zog er sich gemütlich an, wie er das nannte, und wir fuhren nach Daun. Im Krankenhaus Maria-Hilf wurden wir erwartet. Ein junges Mädchen führte uns in den Keller, in einen sehr kalten Raum, in dem Ventilatoren liefen.

Wiedemann stand an einem Fensterschacht und rauchte nachdenklich einen seiner widerlichen Stumpen. Pierre Kinns und Heidelinde Kutscheras Leichen lagen nackt unter sehr grellen grünen Neonstreifen.

»Mensch, Knubbel!« sagte Rodenstock ganz gerührt, und sie umarmten sich.

»Hallo, mein Alter«, brummte Wiedemann etwas verlegen. »Sieh dir die Bescherung an.«

»Habt ihr Gummihandschuhe hier?« fragte Rodenstock.

»Sicher doch, in dem Karton da«, murmelte Wiedemann.

Rodenstock zog die Wolljacke aus, krempelte die Arme hoch und streifte die Gummihandschuhe über. »Welcher interessiert dich mehr?« fragte er.

»Die Frau«, erwiderte Wiedemann knapp. »Kopfdurchschuß. Links rein, rechts raus. Knochen sehr glatt durchschlagen.«

»War es mit Sicherheit Sperma?« erkundigte ich mich.

Er nickte. »Es war Kinns Sperma, sogar das ist glasklar.«

»Seid mal ruhig«, forderte Rodenstock. »Hast du eine Lupe oder ein Vergrößerungsglas?«

Wiedemann reichte ihm eines, das groß und klobig wirkte.

Rodenstock fragte: »Irgend etwas verändert?«

»Nichts«, sagte Wiedemann. »Keine Sonde eingeführt, keine Spiegelung gemacht. Wir wollten warten, bist du da bist.«

»Habt ihr am Tatort Profile gefunden?«

»Nicht die Spur. Wenn etwas dagewesen wäre, hätten wir es gefunden.«

»Also sehr perfekt«, nickte Rodenstock. Er betrachtete die Kopfwunde der Frau aus nächster Nähe, dann bat er unvermittelt: »Dreht sie mal um.«

Wahrscheinlich meinte er Wiedemann und mich. Ostentativ wollte ich sagen: »Das mache ich nicht.« Aber ich machte es, und es war leichter, als ich dachte.

Lange betrachtete Rodenstock den Ausschuß, ließ sich dann ein Zentimetermaß geben und legte es an die Wunde. Er krauste die Stirn, sagte aber nichts. Dann wandte er sich der Leiche Pierre Kinns zu. »Das Weiße ist Bindegewebe, das ist klar. Aber was ist das gelbe, diese Schlieren?«

»*Rama* macht das Frühstück gut«, erwiderte Wiedemann.

»Sonst noch ein Stoff?«

»Ja, hochtoxisch. Das ist das Einzige, was wir bisher wissen. Wir werden draufkommen, fragt sich nur wann.«

»Wenn es hochtoxisch ist«, murmelte Rodenstock und starrte weiter durch das Vergrößerungsglas, »können wir davon ausgehen, daß der sehr genaue Schuß unwesentlich war. Hauptsache, er traf. Er mußte nur irgendwo Blutbahnen treffen, dann setzte eine Vergiftung ein, sehr schnell, sehr kraß. Ich würde dir raten, die Autopsien noch heute nacht durchzuziehen – falls du jemanden im Staatsdienst findest, der Nachtschicht schieben will.« Er grinste.

»Du hast doch einen Hintergedanken«, sagte Wiedemann schnell.

»Habe ich auch«, nickte Rodenstock. »*Rama* macht Sinn, *Rama* bindet Flüssigkeiten, aber auch Körniges. Du kannst Flüssiges unter Margarine verstecken, verstehst du?«

»Und die Waffe?«

»Hm«, murmelte Rodenstock. »Gibt es hier ein Waffengeschäft?«

»Ja«, sagte ich. »Gleich um die Ecke.«

»Dann laßt uns gehen«, forderte er knapp und zog sich wieder an. Er sagte kein Wort mehr, war vollkommen in sich selbst versunken.

»Er hat es schon«, flüsterte Wiedemann.

In dem Geschäft war ein junger Verkäufer, der uns freundlich entgegenlächelte.

»Junger Mann«, begann Rodenstock, »was halten Sie von einer Armbrust?«

»Oh«, sagte der und grinste, »verteufelt gute Sache. Wir haben da neuerdings die *Panzer II*. Darf ich Ihnen das zeigen?«

Der junge Mann verschwand, und Rodenstock trommelte leicht nervös auf die Glasfläche des Verkauftresens. Der Junge kam mit einem großen Pappkarton zurück und öffnete ihn. »Das hier ist *Panzer II*. Ein Glasfiberbogen, *Duran* heißt das Zeug, mit 70 Kilogramm Zuggewicht. Wir haben ein Zielfernrohr. Die Waffe ist auf 40 Meter absolut punktgenau. Und sie entwickelt eine Wahnsinnsdurchschlagskraft.« Er strahlte, er war stolz.

»Kann ich die kaufen? Ohne Waffenschein?«

»Selbstverständlich, die ist waffenscheinfrei.«

»Aber das Ding ist doch absolut tödlich«, mahnte Rodenstock milde.

»Das kann man wohl sagen«, trumpfte der Verkäufer auf. »Sie sollen irgendwann waffenscheinpflichtig werden. Deshalb haben wir dieses Jahr auch schon sechs oder acht von den Dingern verkauft.« Er beugte sich leicht vor. »Ich lasse sie Ihnen für einen glatten Tausender.«

»Mit was schießt man denn?« fragte Rodenstock.

»Aluminiumpfeile, rund, vorne ein Vierkantprofil.«

»Das Pfeilchen will ich sehen«, bat Rodenstock begeistert.

»Selbstverständlich«, nickte der junge Mann. Er kam mit einem Karton wieder, öffnete ihn und ließ die Pfeile über die Theke rollen. Sie waren stark, daumendick und etwa 25 Zentimeter lang.

»Wie macht man das denn?« erkundigte sich Rodenstock.

»Ganz einfach«, erklärte der junge Mann. »Hier vorne ist eine Schlaufe, da stellen Sie den Fuß rein. Dann greifen Sie den Bogen, spannen ihn und klinken ihn ein. Dann legen Sie einen Pfeil in die Führung, und ab geht die Post. Wenn man das übt, erreicht man eine erstaunlich schnelle Schußfolge.«

»Machen Sie das mal vor«, sagte Rodenstock.

Der junge Mann führte es vor, und es sah einfach aus. Schließlich legte er einen Pfeil ein.

»Darf ich mal?« lächelte Rodenstock

»Aber sicher, nur bitte nicht auf irgend etwas, was hier rumliegt oder so. Oder vielleicht nur zielen oder so ...« Jetzt wurde der Verkäufer unruhig, aber es war zu spät.

Rodenstock hob die Waffe sehr professionell, linste durch das Zielrohr. Es gab einen sehr matten Laut, ein kurzes, kaum wahrnehmbares ›Pflop‹, dann federte der Pfeil in der Wandtäfelung. Von den 25 Zentimetern waren nur noch etwa sieben Zentimeter zu sehen.

»Das tut mir leid«, sagte Rodenstock in die Stille.

»D... d... das ist halb so wild. Kann man ja was vorstellen«, stammelte der Verkäufer. Er war einige Schattierungen blasser.

»Das ist es«, nickte Wiedemann. »Haben Sie eine Liste der Leute, die so eine Waffe gekauft haben?«

»Nein«, entgegnete der Verkäufer. »Wozu?«

»Richtig, wozu«, murmelte Wiedemann. »Aber Sie kennen doch sicherlich einige der Käufer privat, oder?«

»Ja, zwei, drei«, sagte der junge Mann.

Wiedemann zeigte ihm seine Marke. »Schreiben Sie die Namen auf, und schweigen Sie gegenüber jedermann.«

»Ach so, ja«, meinte der junge Mann verwirrt. »Von denen schießt aber doch keiner ... ach, du lieber Gott.« Er hatte verstanden.

»Wir schreiben schnell den Hersteller an«, schlug Rodenstock vor. »Dann können wir so ein Ding kriegen. Es ist ganz einfach: der Täter schoß und sammelte die beiden Pfeile wieder ein.«

»Ich müßte mich aber noch erkundigen«, sagte der Verkäufer zaghaft. »Ich weiß manchmal nur die Vornamen.«

»Dann tun Sie das«, lächelte Wiedemann. »Ich schicke morgen jemanden vorbei. Und bemühen Sie sich bitte um jeden Käufer.«

Wir gingen hinaus in die Sonne.

»Das entlastet den bogenschießenden Ehemann aber nicht«, erklärte Wiedemann.

»Und das Alibi?« fragte ich.

»Das Alibi scheint wasserdicht«, gab Wiedemann zu. »Eigentlich zu dicht. Noch nie hat sich der Mann mit der Frau des anderen getroffen. Aber ausgerechnet gestern abend mußte er das tun. Und gleich über viele Stunden.

Irgend etwas riecht. Aber ganz dringend, Baumeister: Nicht schreiben, keine Informationen weitergeben. Versprochen?«

»Na sicher«, sagte ich. Einige Sekunden war ich versucht, ihm von der Jagdhütte zu berichten. Aber ich ließ es sein. Ich kenne die Vorgaben einer Mordkommission in bezug auf Medienleute sehr genau, und Wiedemann war bisher mehr als großzügig gewesen. Nicht etwa, weil ich der Baumeister war, sondern ein Freund des alten Rodenstock. Es konnte geschehen, daß er von einer Sekunde zur anderen zuklappte wie eine Auster – und es würde geschehen. Irgendwann würde er entsetzt begreifen, daß er ausgerechnet einen Journalisten zum Vertrauten gemacht hatte. Keiner von ihnen kann das vertragen.

»Gehen wir ein Eis essen?« fragte Rodenstock unternehmungslustig.

»Ich nicht«, sagte Wiedemann. »Ich habe Schicht.«

Also mümmelte ich brav ein Eis mit Rodenstock, ehe wir uns auf den Heimweg machten.

Im Wagen fiel ihm plötzlich ein: »Dieser Tote ist also Banker, und die Liebesgeschichte lief zwei Jahre. Beruflich muß er schon längst tot gewesen sein, oder?«

»Das war er durchaus nicht«, erzählte ich. »Im Gegenteil, er zog das Lieblingskind des Sparkasssenchefs durch: Ein sogenanntes Erlebnisbad namens *Tropicana* mit Restaurant, Hotel und allen Schikanen. Angeblich hat er dem Bankboß seine Kündigung angeboten, angeblich hat der Bankboß gesagt: Deine Liebesgeschichten gehen mich nichts an, und ...«

»Das ist doch verlogen«, dröhnte Rodenstock.

»Sie sagen es. Was passiert mit einem Banker, der so eine Affäre hat?«

»Banken sind konservativ. Mag sein, daß ein Banker in der Großstadt mit einer solchen Affäre eine Weile leben kann. Hier auf dem Land ist das unmöglich. Er kann sich scheiden lassen und die Geliebte heiraten. Dann kommt er mit schweren Schürfwunden davon. Die Regel ist aber, daß er beruflich aufgeben muß. Wir sollten uns also gele-

gentlich fragen, wieso Pierre Kinn noch Banker war, als
er starb.«

Rodenstock richtete es sich in seinem Autositz gemütlich ein und starrte hinaus in den Wald. »Vielleicht«,
sagte er nach einer Weile tonlos, »vielleicht konnte dieser
Pierre gar nicht entlassen werden und wurde deshalb
erschossen.«

Drittes Kapitel

Rodenstock stellte fest, daß er müde sei, und verschwand
in seinem Bett. Ich nahm an, daß die unternehmungslu-
stige Soziologin noch eine Weile brauchen würde, und
machte mich auf die Reise zu Charlie.

Charlie residierte zur Zeit in seinem Haus in Mon-
schau, wobei nicht klar war, ob dieses Haus überhaupt
noch sein Eigentum war. Charlie besaß dem Vernehmen
nach rund zehn Häuser, von Nizza über Rom bis zu den
kleinen Antillen, Köln und der Eifel. Er ließ die Häuser
munter rotieren, verkaufte mal eines an einen Kumpel,
dann wieder an sich selbst, dann wieder überschrieb er es
seiner Frau – das richtete sich danach, wieviel Bares er
brauchte. Es war durchaus vorgekommen, daß er an einem Tag drei Mietshäuser kaufte, am nächsten Tag total
Pleite war und sich das auch notariell beglaubigen ließ.
Wiederum einen Tag später setzte er locker seine Unter-
schrift unter einen Wechsel über zwei Millionen, und der
Wechsel platzte nicht. Charlie, das war ganz sicher, war
der absolute Schrecken aller Finanzämter.

Charlie trug ständig, selbst in den Heiligen Hallen zu
Bayreuth, Jeanshemden und darüber eine Weste aus
Hermelin, das Ganze zu giftgrünen oder grellroten Jeans
über handgenähten Schuhen aus London, die er bei jeder
Gelegenheit von den Füßen streifte, weil er meinte, sie zu
tragen, sei Buße für das ganze Leben.

Noch niemals hatte irgendein Mensch Charlie richtig
arbeiten gesehen, er verfügte auch nicht über ein büro-

mäßiges Gelaß. Das einzige, was er brauchte, war sein Telefon. Er notierte nie etwas, und böse Zungen behaupteten, das sei auch nicht möglich, denn er sei ein Analphabet. Leute, die ihn ernstnahmen, und deren Zahl überwog, stellten lapidar fest, er vergesse niemals etwas, weshalb er auch den Beinamen ›der Elefant‹ trug.

Von Charlie stammt die beste Definition des Kapitalismus, die ich je gehört habe. Eines Tages lärmte er volltrunken im Clubhaus des Golfplatzes, richtete sich mit wäßrigen Augen über die normalen 160 Zentimeter Körpergröße auf und erklärte in seiner unnachahmlich schlunzigen rheinischen Sprechweise, die mich an Heinrich Böll erinnerte: »Also, ich bin ein beschissener Kapitalist, wenn ich ein Hotel in die Eifel baue und dann hoffe, daß irgendein Reisender in Damenunterwäsche vorbeikommt und nach den Zimmerpreisen fragt. Aber wenn ich dreißig Männergesangvereine und den Hauptbetriebsrat von VW in Wolfsburg dazu kriege, ihre Kegelpartien und Jahresausflüge in meinem Hotel zu verbringen, küßt mir die Deutsche Bank den Arsch und kriecht vor Demut unter dem Teppich her. Dat, meine Damen und Herren, is Kapitalismus!«

Charlie, auch das war sicher, mischte in dem Hotel- und Badekomplex in Kyllheim mit, und sicherlich geschah nichts Wichtiges ohne ihn und sein Telefon.

Er hatte einen alten Bauernhof gekauft, der hinter einer haushohen Hecke aus Hainbuchen stand und so außerordentlich heimelig wirkte, als hätte Walt Disney ihn bauen lassen. Ein wenig abseits auf einem Rasenfleck standen ein Maserati und ein Mercedes S, weil Charlie niemals etwas anderes fuhr und von BMW behauptete, das seien Autos für Neureiche. Den Autos nach zu schließen, mußte er also vorhanden sein, wenngleich auch das Gerücht ging, er habe vor jedem Haus einen Maserati und einen Mercedes stehen.

Ich läutete und faßte energisch an die Türklinke. Es war allerdings keine Klinke, es war ein etwa zwei Kilogramm schwerer Amethystklumpen, und wahrscheinlich hatte nicht Charlie ihn anbringen lassen, sondern seine Frau, die im Golfclub auch gemeinhin ›Klunkerchen‹ genannt wurde, was durchaus zärtlich gemeint war.

Ein junges weibliches Wesen in einem strengen mittellangen schwarzen Kleidchen mit weißer Schürze und entzückend gestärktem Häubchen öffnete mir.

»Ich bin der Baumeister, ich muß dringend zu Charlie.«

Das erstaunte sie nicht weiter. Sie sagte: »Ich frage nach«, und ließ mich stehen. Dann erschien sie wieder: »Rechts die Treppe runter, geradeaus. Er ist in der Sauna.«

»Das riskiere ich.« Ich folgte ihren Anweisungen und mußte husten, als ich in den Nebel stolperte. Ich sah nichts, und augenblicklich begann ich zu schwitzen.

»Du ziehst dich am besten aus, Jung«, sagte Charlie von irgendwoher.

»Mache ich«, keuchte ich und tastete mich wieder hinaus. Ich zog mich aus und griff erneut an. »Charlie, ich komme wegen Pierre Kinn und Heidelinde Kutschera. Weißt du von ihrem Schicksal?«

»Na, sicher weiß ich dat. Ach, Baumeisterchen, wieso hast du auch so ein Scheißgewerbe? Du solltest meine Memoiren verfassen. Ja, Mensch, wie wäre es damit? Du schreibst meine Memoiren, ich bezahle dich gut. Aber ja, also der Pierre. Du hast sie gefunden, nicht?«

»Nicht ich, sondern Erwin.«

»Die Frau war allererste Sahne.« Charlie grunzte. »Aber es geht eben nicht an, daß jemand rumbumst und seine Kinder vergißt. Geht einfach nicht. War der Ehemann der Täter?«

»Ich weiß es nicht. Vielleicht ja, vielleicht nein. Glaubst du, es könnte jemand aus dem Club gewesen sein?«

»Sehr unwahrscheinlich«, entschied er. »Der Pierre Kinn war ein lustiger Typ, immer gut drauf. Na sicher, er weiß eine Menge über ein paar Clubmitglieder, schon wegen seines Berufes. Ich kann mir aber nicht vorstellen, daß jemand hingeht und ihn mit einer Armbrust umlegt. Und die Frau gleich dazu.«

»Wieso weißt du das mit der Armbrust?«

»Seit einer Stunde. Die Vögelein haben es mir berichtet. Armbrust stimmt doch, oder?«

»Im Ernst, wer hat es dir gesagt?«

»Da ist jemand im Morddezernat, der mal Wirtschaftssachen gemacht hat. Der ist mir was schuldig. Versuch nicht, ihn rauszukriegen. Was denkst du?«

Langsam konnte ich ihn erkennen, langsam schälten sich seine Umrisse heraus. Bis jetzt hatte ich gestanden, jetzt setzte ich mich auf einen Schemel. Charlie lag nackt auf einer Holzbank. »Es sieht alles nach einem Liebesdrama aus. Aber die Erschießung selbst war unheimlich perfekt. Das paßt nicht zusammen, verstehst du?«

»Verstehe ich nicht«, meinte der kleine fettige Berg auf den Holzlatten. »Stell dir vor, ein Ehemann ist stinksauer, dann erledigt er das vielleicht ganz cool. Oder er beauftragt jemanden. Ich sage dir: Ich würde jemanden beauftragen. Es gibt solche Leute, ich weiß das.«

»Was kostet das?«

»Du findest Kosovo-Albaner, die das für fünfhundert erledigen. Westeuropäer sind teurer. Bis zu zwanzigtausend. Aber gut.«

»Ein Eifler Handwerker, der einen Mordauftrag vergibt?« zweifelte ich.

»Warum nicht?« fragte er kühl. »Wir sind doch lernfähig. Im Ernst, Baumeister, das Motiv ist doch verdammt stark. Bei euch Pressefritzen kann man nie sicher sein. Endlich habt ihr ein Liebesdrama, dann wollt ihr eine Verschwörung daraus machen. Das ist doch unlogisch!«

»Kennst du den Tötungsvorgang? Ich meine, hast du dir genau berichten lassen?«

»Der Geschäftsführer hat was geschwafelt. Aber nichts Klares. Wie ist es abgelaufen?«

»Bahn sechzehn«, sagte ich und berichtete. »Und dann ging er seine Pfeile suchen und verschwand. Das ist nicht kühl, das ist unterkühlt. Ein eifersüchtiger Ehemann kann das gar nicht. Kommt hinzu, daß der Mörder mit irgendeinem Gift arbeitet, das wir noch nicht genau kennen.

56

Das setzt eine verdammt lange Planung voraus, denn Gifte – egal welche – kannst du nicht in der nächsten Apotheke kaufen.«

Charlie lachte leise und sehr satt. »Warum kann ich das nicht, Baumeister? – Sei ganz sicher, daß eine Schubkarre Bares dein ganzes Lebensbild verändert. Wenn das Wort ›cash‹ aufkommt, ist das ganze Abendland im Eimer, mein Guter. Nee, nee, Baumeister, Liebe ist Liebe, ich sehe nichts anderes. Ich will ja meinen eigenen Golfclub nicht niedermachen, aber einen Mörder sehe ich da nicht, soviel Intelligenz könnten wir auch nicht gebrauchen. Lang mal auf das Regal da. Da steht eine Pulle.«

Ich goß ihm etwas von dem Whisky ein und reichte ihm das Glas. »Hattest du jemals mit Pierre Kinn beruflich zu tun?«

»Sicher. Laufend in den letzten zwei Jahren. Er hat das *Tropicana* gesteuert, er hat es verdammt gut und straff gemacht. Der Junge hatte Talent. Zwar noch ein paar Stellen, die zu weich waren, aber das hätte sich gegeben.«

»Hättest du ihn angestellt?«

»Niemals. Ich hatte noch nie im Leben einen Angestellten fürs Geschäftliche und werde auch niemals einen haben. Irgendwann fangen sie alle an, den Chef zu hassen. Ich bin doch nicht verrückt! Aber der Junge war gut. Am Anfang hatten wir Schwierigkeiten mit der Finanzierung. Der Junge hat das schnell und effektiv gedreht. Richtig gut.«

»Hast du Kapital drin?«

»Ist das eine Frage oder ein Verdacht?« Er kicherte plötzlich im Falsett.

»Eine Frage, Charlie, nur eine Frage.«

»Ich habe Freitag meine Einlage rausgenommen. Aber das hat mit Pierre Kinn und seiner schnuckeligen Geliebten nichts zu tun.«

»Womit hat es denn zu tun, Charlie?«

»Das ist schwer zu erklären. Ich hatte nicht viel drin, drei Festmeter, also drei Millionen. Ich habe sie rausgenommen, weil ich im Urin hatte, daß es nun genug ist.«

57

»Das ist mir zu schwammig. Was ist denn genau passiert?«

Charlie hielt die Augen geschlossen und die Hände brav auf dem weißen Bauch gefaltet. »Passiert ist nix, Baumeister. Wenn ich im Urin habe, daß ich rausgehen soll, gehe ich raus. Natürlich willst du wissen, warum ausgerechnet Freitag. Also, weil ich dachte, genug ist genug. Und weil es was anderes gab, was mir besser erschien.«

»Du kannst aber doch nicht einfach mit drei Millionen aus so einem Objekt rausgehen. Die sind doch verplant, mit denen wird kalkuliert.«

»Freitag endete die zweite Finanzierungsstrecke. Ganz offiziell. Und weil jemand anders bereit war, meine drei zu ersetzen, habe ich sie rausnehmen können. Ganz einfach. Niemand ist nervös deswegen. Außerdem mag ich Hotels nicht. Ich bin mal mit einem baden gegangen. Sowas merkt man sich.«

»Hast du mit den drei Millionen gut verdient?«

»Peanuts. Aber was tut man nicht alles für die Eifel.«

»Du hättest dein Geld aber nicht abgezogen, wenn die Sache bombensicher ertragreich sein würde, oder?«

»Ein bombensicheres Geschäft gibt es in dieser Milchstraße nicht mehr«, erklärte Charlie voller Verachtung. »Vielleicht noch hier und da in alten Mafiakreisen, aber die sind so gottverdammt elitär, daß sie dich niemals reinlassen, es sei denn, du hast ein paar gemeinsame Leichen im Keller.«

»Hast du Leichen im Keller?«

Er kicherte wieder hoch. »Selbstverständlich, Baumeister. Aber ich werde dir ihre Namen nicht sagen. Was ist? Schreibst du meine Memoiren?« Er wollte das Gespräch beenden.

»Sagst du mir Bescheid, wenn du irgend etwas erfährst?«

»Sicher«, nickte er milde, wobei klar war, daß er allein entscheiden würde, ob und was er mir sagte. Er war ein kleiner, fetter, sehr mächtiger reicher Mann, runde sechzig Jahre alt und kaum zu überlisten. Das alles wußte er sehr genau.

Vom Hohen Venn her blies ein kühler Wind, der Winter kämpfte gegen die Sonne. Klunkerchen kam in einem mausgrauen Trainingsanzug um die Ecke und winkte aufgeregt. Sie sah aus wie eine Sozialhilfeempfängerin, die die Hoffnung aufgegeben hat, das Leben zu treffen. Aber sie war ausgesprochen guter Dinge, und alles an ihr bebte und wogte. Sie war so dick wie ihr Mann und ebenso angriffslustig, und man sagte, sie bei schlechter Laune anzutreffen sei unwahrscheinlicher als ein Lottogewinn.

»Baumeisterchen, wie steht es um die Morde? Verrat mal, was du weißt.«

»Sie sind tot, mehr weiß ich auch nicht. Was erzählen deine zahllosen Schwestern, alle die Wißbegierigen?«

Sie hatte plötzlich ein kummervolles Gesicht. »Liebe, sehr viel Liebe – aber aussichtslos. Irgendein Schwein hat es gemacht. Die meisten tippen auf einen bezahlten Killer, weil es so grausam gelaufen ist. Ich mochte den Pierre irgendwie. Er war ein Filou, aber ein guter. Der Mann von der Heidelinde scheint ein ganz Cooler zu sein. Möglich, daß der dahinter steckt. Es ist irgendwie blödsinnig, die Hauptdarsteller abzumurksen. Das Stück ist dann zu Ende. Was sagt mein Charlie?«

»Das meiste, was er weiß, sagt er nicht.«

»So ist er nun mal. Hast du dich mal mit Pierre oder Heidelinde unterhalten?«

»Niemals«, sagte ich. »Andere Welten. Und du?«

»Ich habe mal mit ihr ein Stück Torte gegessen. Im Clubhaus. Sie war aber ziemlich schweigsam. Damals waren sie gerade aus Hawaii zurück und schwammen im Glück.«

»Sie waren in Hawaii?«

»Ja, wußtest du das nicht? Also, sie waren zusammen in Hawaii. Wie ich so mit ihr Kuchen esse, kommt Piere um die Ecke und sagt ganz versunken, mehr zu sich selbst, was H. J. U. wohl sagen würde, wenn er das wüßte. Dann sah er mich und schwieg natürlich.«

»Wer ist H. J. U.?«

»Wahrscheinlich sein Chef, Hans-Jakob Udler.«

»Wann war denn der Hawaii-Trip?«

»Im Sommer vor einem Jahr, als alles anfing. Stimmt die Sache mit dem Wasserbett mitten im Wald?«

»Ich weiß es nicht, das wird überprüft. Hast du eine Ahnung, warum dein Mann sein Geld aus der Kyllheim-Geschichte genommen hat?«

»Ich weiß nur, daß er in solchen Sachen einen Riecher hat. Und meistens hat er recht.«

»Ruf mich an, wenn du etwas erfährst.«

»Mache ich«, nickte Klunkerchen, und sie würde es wohl wirklich tun.

»Noch eine Frage. Haben die beiden Hawaii damals hier gebucht, also in der Eifel?«

»Das weiß ich nicht, aber das ist doch egal.«

»Das ist nicht egal«, sagte ich. »Mach es gut. Weißt du, ob Walburga zu Hause ist?«

»Weiß ich nicht. Aber sie hat bestimmt wie immer Migräne. Es ist wurscht, ob ihr ein Liebhaber abhaut oder das Heizöl zu spät kommt: sie hat Migräne.«

Ich brauste los Richtung Walburga, von der erzählt wurde, sie habe mit großem Erfolg vier sehr reiche Männer überlebt und sei dabei immer vergnügter geworden. Sie mußte ebenfalls an die Sechzig sein, war gute zehn Zentimeter größer als ich und hätte bei den ollen Römern sicher den Spitznamen ›Faba‹ geführt, was Bohnenstange heißt. Kein Mensch wußte, warum sie Mitglied im Golfclub war, denn Golfspielen war nicht ihre Sache, weil sie den Ball zu ihren Füßen nicht mehr erkennen konnte. Sie spielte trotzdem eine gewichtige Rolle im Club, und niemand traf eine wirklich wichtige Entscheidung, ohne Walburga zu hören. Es ging die indiskrete Sage, daß sie mindestens zwei Herren aus dem Club eine Weile in ihrem Bett besichtigt und ihnen zudem Kredite zu enorm günstigen Zinsen zugespielt hatte. Ob das der Wahrheit entsprach, wußte keiner genau, aber derartige Gerüchte sind so edel, daß Wahrheitsgehalte keine Rolle spielen.

Ich fuhr also die B 258 zurück Richtung Blankenheim und bog in Sistig nach Nettersheim ab. Walburga hatte ein ziemlich umfangreiches altes Gasthaus gekauft und umrüsten lassen, was heißt, daß sie mindestens zwanzig Gästezimmer in jeweils verschiedenen Farben installiert hatte. Kein Mensch verstand, warum sie so scharf auf Gäste war und das Haus ständig voll hatte, denn sie ging mit ihren Gästen um wie ein Dorfschullehrer um 1900 mit den Erstkläßlern.

Das Haus war ein Granitbau und wirkte abweisend. Auf dem Kies davor standen mindestens fünfzehn Autos der oberen Klasse, und es war totenstill. Jemand hatte erzählt, Walburga zwinge ihre Gäste täglich zu Bridgepartien und niemand mogele so offensichtlich wie sie, aber es sei streng verboten, das zu merken.

Ich schellte, und es rührte sich nichts. Die Tür war offen, also trat ich ein. Es roch intensiv nach Bohnerwachs, und der Holzboden spiegelte so extrem, daß man auf die Idee kommen konnte, man habe seine Schlittschuhe vergessen.

»Hallo!« rief ich.

Jemand erwiderte betulich: »Hallo«, und kam herbeigeschlurft. Es war ein sehr alter dürrer, lächelnder Mann, der sich vor mir aufbaute, sich nach vorn beugte wie ein Japaner und ergeben murmelte: »Ich bin Hansi, einer ihrer Verblichenen.«

»Ich bin Baumeister. Wo ist sie denn?«

»Sie hat eine neue Allergie entdeckt. Es sind Ärzte bei ihr. Fünf oder sechs, was weiß ich. Das wird eine Weile dauern.«

»Ich habe keine Weile Zeit. Können Sie ihr ausrichten, Baumeister ist hier und es geht um den Pierre?«

»Ich versuche es«, sagte er wildentschlossen.

Ich hockte mich in einen alten schwarzgelackten Stuhl, der irgendwann im Mittelalter vermutlich als Folterinstrument gedient hatte.

Es dauerte ungefähr zwanzig Minuten, dann kam Walburga, weiß in Seide, steif wie ein Stock, die Treppe hinunter, geführt von einem etwa zwanzigjährigen jungen Mann mit sehr hellen Augen, der so aussah und sich so gebärdete wie die, die man bei den alten Griechen Epheben genannt hatte. Er ging leicht seitlich hinter ihr und bemühte sich, den Eindruck zu erwecken, als sei jede Stufe für seine Schutzbefohlene ein lebensgefährliches Hemmnis.

»Herr Baumeister«, stellte Walburga mit tiefer Stimme fest. »Ich vermute, Sie wollen mir Fragen stellen, die ich ohnehin nicht beantworten kann.«

»Ich habe eigentlich nur eine Frage«, erklärte ich. Der junge Gott machte mich unsicher. Er hatte so einen Ausdruck totaler Verachtung in den Augen.

»Fragen Sie ruhig«, nickte Walburga und erreichte die unterste Stufe.

»Das geht nicht«, sagte ich stur. »Es ist vertraulich. Es geht Sie an und mich und niemanden sonst.«

Der junge Gott erstarrte.

»Ich will mir keinen Hundertmarkschein pumpen«, beruhigte ich ihn.

Der junge Gott rührte sich nicht, und Walburga lächelte maliziös. »Er würde wirklich nichts annehmen.«

»Ich bleibe lieber«, bekannte der junge Gott.

»Es ist aber eine Vorstellung für Erwachsene«, sagte ich.

Der junge Gott war sehr beleidigt. »Walburga«, klagte er, »wir haben ausgemacht, daß ich dich beschütze. Immer.«

»Nun hör mal eine Weile auf damit«, meinte sie zärtlich.

Ich hatte einen Feind fürs Leben gewonnen. Er schlich die Treppe hinauf wie Waldemar, des Försters Dackel, der nicht mit auf die Jagd darf.

»Legen Sie los«, sagte Walburga. Sie blieb stehen.

»Ich war bei Charlie und Klunkerchen«, begann ich. »Sie wissen nichts, oder sie sagen nichts. Das ist auch in

Ordnung. Klunkerchen erzählte nur, Pierre Kinn und Heidelinde Kutschera seien zusammen in Hawaii gewesen und ...«

»Das ist richtig«, nickte sie. »Vier Wochen. Was ist daran schrecklich? Sie liebten sich, sie wollten irgend etwas neu beginnen, sie hatten eine Chance. Da ist Hawaii doch wunderhübsch, nicht wahr?«

»Das ist richtig«, sagte ich. »Aber ...«

»Sehen Sie mal, Baumeister«, unterbrach sie mich nachdenklich, »es ist doch so im Leben. Erst sind wir arm und sparen, dann sind wir gesättigt und sparen noch immer. Dann begreifen wir, daß wir nichts vom Sparen haben. Dann hängen wir uns die Klunker auf die welke Haut und hoffen auf ein Wunder, nicht wahr? Pierre und Heidelinde waren jetzt jung, und sie brauchten Hawaii jetzt, nicht irgendwann. Ist das so schwer zu verstehen?«

»Durchaus nicht«, murmelte ich. Sie war eine kluge Frau. »Es stellt sich nur eine Frage. Sie waren beide verheiratet, hatten beide Kinder, und sie verdienten gut. Aber wer, um Gottes willen, kann dreißig- oder vierzigtausend Mark ausgeben, um vier Wochen nach Hawaii zu verschwinden? Woher ist das Geld gekommen?«

Walburga sah mich an und lächelte. »Von mir«, sagte sie einfach. »War das alles?«

»Nicht ganz«, sagte ich hastig. »Hatten Sie auch Geld im Kyllheim-Projekt?«

»Nicht eine müde Mark«, behauptete sie. »Wenn Charlie drin ist, gehe ich nicht rein. Sowas mache ich nicht. Er ist ein bißchen schmuddelig, und er erzählt immer drekkige Witze.«

»Können Sie sich vorstellen, wer Pierre und Heidelinde getötet hat? War das wirklich nur eine Liebesgeschichte?«

»Das frage ich mich, seit ich davon gehört habe.«

»Lassen Sie mich eine andere Frage stellen. Haben Pierre und Heidelinde sich Ihnen anvertraut?«

»Das haben sie, aber darüber rede ich nicht. Eigentlich war es absolut nichts, was ihre Ermordung rechtfertigen würde.«

»Wollten die beiden die Eifel verlassen?«

»Das ist mir nicht bekannt. Sie wollten aus dem Bereich Hillesheim-Daun weggehen, aber nicht weit.«

»Sie meinten es also ernst miteinander?«

»Todernst«, murmelte Walburga. Dann geschah etwas Bedrückendes, sie begann lautlos zu weinen.

»Es tut mir leid, ich wußte nicht, daß sie Ihre Schützlinge waren.«

»Ist schon in Ordnung«, schnaufte sie. »Es ist so elend, zu lieben und dafür getötet zu werden.«

»Haben die beiden sich bedroht gefühlt?«

Walburga ging schnell auf ein Fenster zu und starrte hinaus. »Es wird kühl«, meinte sie. »Dann kommt der Winter, alles geht schlafen. Nur ich kann nicht mehr schlafen.« Sie wandte sich mir wieder zu. »Wenn so etwas geschieht, fragt man sich verzweifelt, ob man sich an irgendeine Bemerkung erinnern kann, die auf eine Bedrohung schließen läßt. Ist die Polizei gut?«

»Ich denke, ja. Die Mordkommission ist schnell, und außerdem ist der alte Rodenstock bei mir zu Besuch, ein Profi.«

»Sind die menschlich?«

»Sehr.«

»Werden sie hier auftauchen?«

»Mit Sicherheit. Ebenso wie meine Kollegen von der schreibenden Zunft. Und die vom Fernsehen. Die Geschichte riecht nach Drama, und Dramen werden gefressen.«

»Sollte ich wegfahren? Was meinen Sie?«

»Ich würde Ihnen raten, selbst die Mordkommission zu rufen. Dann haben Sie es hinter sich, werden nicht gesucht und können verschwinden. Sagen Sie mir, wohin?«

Sie lächelte. »Ich werde einen Monat früher nach Chamonix gehen als sonst.«

»Sie wollten noch etwas sagen zu der Frage möglicher Bedrohung.«

»Sie sind ekelhaft beharrlich«, sagte sie und drehte sich wieder zum Fenster. »Da war eine Bemerkung von Heidelinde. Die beiden waren hier, weil sie hier zusammensein konnten, ohne sich verstecken zu müssen. Heidelinde sagte zu Pierre: Wenn unser Baby das erfährt, schleift er die Messer. Sie lachten beide. Das ist alles.«

»Baby? ... Haben Sie sonst den Mäzen gespielt, irgend etwas finanziert, irgendwie geholfen?«

»Ich habe ihnen eine Jagdhütte bei Bleialf geschenkt.«

»Geschenkt? Das waren Sie?«

Walburga drehte sich nicht um. »Was soll ich mit einer Jagdhütte? Ich habe sie damals einem Freund abgekauft, als der klamm war. Ich bin keine Jägerin, und Bambis im Wald finde ich lächerlich. Also habe ich die Hütte der Heidelinde geschenkt. Ganz offiziell mit Papieren. Falls etwas geschieht: Würden Sie mich anrufen? Ich gebe Ihnen die Adresse in Chamonix.«

Ich reichte ihr meinen Block und Schreiber, und Walburga schrieb die Adresse auf. Dann reichte sie mir die Hand. Es war so, als wollte sie mich zu ihrem Verbündeten machen. Sie murmelte: »Verurteilen Sie die beiden nicht. Sie hatten anderes verdient.«

»Schon gut«, meinte ich und ging.

Ich hockte mich in meinen Wagen und schrieb erst mal auf, was Charlie, Klunkerchen und Walburga erzählt hatten, ehe ich mich auf die Heimreise machte.

Es war sehr kühl geworden, und plötzlich war ich müde.

Rodenstock saß mit der Soziologin am Küchentisch und sagte gerade: »Sieh mal an, da studieren Sie und wissen, daß es keinen Job geben wird. Wie lebt man damit?«

»Beschissen«, antwortete die Soziologin trocken.

»Ich grüße euch«, gesellte ich mich zu ihnen. »Haben Sie die Hütte gefunden?«

»Kein Problem«, sagte sie. »Eine richtig schöne Hütte mit einem richtig schönen Kamin und einem Wasserbett und mit überhaupt allen Schikanen. Keiner weiß so richtig, wem sie gehört.«

»Ich weiß es«, erwiderte ich. »Waren Sie drin?«

»Nein«, sie schüttelte den Kopf. »Ein Waldarbeiter turnte da rum. Der hat erzählt, was er wußte.«

»Wir haben einen dritten Toten«, berichtete Rodenstock. »Die gleiche Tötungsart. Ein alter Witwer, ein Bauer, der zwischen dem Golfplatz und Birgel neben einem Waldweg gefunden wurde. Der Mann war über Siebzig. Vermutlich mußte er sterben, weil er dem Mörder begegnete.«

»Stimmt der Zeitpunkt?« fragte ich.

»Exakt«, nickte Rodenstock. »Gestern abend, etwa gegen 18 bis 20 Uhr.«

»Sind Reifenspuren gefunden worden? Das Genie Wolf müßte doch irgend etwas entdeckt haben.«

»Hat er«, bestätigte er. »Der Mörder hat etwas genial Einfaches gemacht: Er hat Schneeketten aufgezogen. Es ist unmöglich, auch nur den Hauch einer Reifenspur zu bestimmen.«

»Es wird immer perfekter.«

»Das schon«, meinte er. »Aber es zeigt auch Risse. Es zeigt dir, daß die Liebesgeschichte nicht so wichtig war. Es muß ein ganz anderes Motiv geben.«

»Aber Liebe ist doch ein schönes Motiv«, murrte die Soziologin.

»Richtig«, fand ich. »Fast zu schön, um wahr zu sein. Ich erzähle mal, wenn ich darf. Ich habe nämlich Nachrichten aus Hawaii.«

»Nur zu«, ermunterte mich Rodenstock. »Oder sollen wir Wiedemann dazu holen? Dann brauchen Sie es nicht zweimal zu berichten.«

»Das ist eine gute Idee«, sagte ich. »Sagen Sie mal, kann eine Soziologin kochen?«

Dinah Marcus strahlte mich an. »Die hier nicht. Ich würde Ihnen auch nicht raten, das herausfinden zu wollen. Ich habe bereits ganze Familien auf die Intensivstation gekocht.«

»Die großen deutschen Hausfrauenwerte zerfallen!« seufzte Rodenstock. »Was ist, wenn wir zu Wiedemann ins Hotel gehen?«

»Gute Idee«, meinte die Soziologin. »Ich habe seit gestern nichts Vernünftiges mehr gegessen.«

»Das hebt die Figur«, sagte ich. »Liegt die Jagdhütte einsam?«

»Total. Kein Mensch kann im Grunde kontrollieren, wer ein- und ausgeht. Nachts, das habe ich herausgefunden, kann man von der Ortschaft aus nicht mal die Scheinwerfer der Autos sehen. Das liegt daran, daß die Hütte oberhalb eines Hohlwegs liegt und ganz verstellt ist von jungen dichten Hainbuchen. Und außerdem sagte eine alte Frau, spukt es da oben.«

Wir fuhren also nach Hillesheim ins *Augustiner Kloster*. Wiedemann war anfangs sehr muffig, weil er zum Umfallen müde war.

Ich berichtete, was ich herausgefunden hatte, und verschwieg nichts.

Wiedemann schickte sofort zwei seiner Leute aus zu Charlie und Walburga. Er murmelte: »Die Hütte hat Zeit bis morgen.«

Wir aßen lustlos etwas, das den Namen Hirschgulasch trug und fade schmeckte. Dann trennten wir uns.

»Haben Sie zufällig Vivaldis *Vier Jahreszeiten*?« fragte Rodenstock, als wir wieder zu Hause waren.

»Habe ich.« Ich schob die CD ein.

Die Soziologin hatte sich vor den Fernseher gesetzt, die Kopfhörer übergestülpt und sah Nachrichten. Nach einer Weile zupfte ich die Kopfhörer beiseite und fragte: »Ist das Schloß kompliziert?«

»Nicht sehr«, antwortete sie nicht im mindesten überrascht. »Es ist ein dickes Vorhängeschloß. Wenn Sie vielleicht einen Seitenschneider haben?«

»Habe ich«, sagte ich.

Rodenstock wollte nicht mit uns fahren. Er meinte, auch ein pensionierter Beamter dürfe nicht so ohne weiteres irgendwo einbrechen. »Aber ich verpfeife euch nicht.«

Wir luden also die Werkzeugkiste in den Jeep und

machten uns auf den Weg. Wir fuhren über Lissendorf, Steffeln, Schwirzheim auf die B 51 und dann über die Schnellstraße an Prüm vorbei.

»Wie kann man um Gottes willen mit Ihrem Beruf in der Eifel hängen?«

Die Soziologin kicherte. »Ich wollte mich selbst entdecken. Jetzt fahre ich für den Erzbischof in Trier die Bistumszeitung aus, beaufsichtige am Wochenende Mehrfachsüchtige in einer Klinik und denke darüber nach, wer ich bin. Im Ernst, es gefällt mir, aber es ernährt mich nicht. Ich will unbedingt eine Spur erwachsener werden und rausfinden, ob ich das will. Ist das schwer?«

»Ich weiß es nicht genau. Ich bin noch nicht erwachsen. Jemand hat mal depressiv geäußert: Wenn wir erwachsen geworden sind, ist es Zeit, sich auf den Tod vorzubereiten. Vielleicht findet man deswegen so wenig Erwachsene.«

»Wenn Sie diese Geschichte schreiben, haben Sie dann einen Abnehmer?«

»Ja, habe ich.«

»Kann man davon leben?«

»Manchmal ja, manchmal nein. Man tut gut daran, einen Gemüsegarten zu haben und eine Ecke für Kartoffeln.«

»Meine Eltern hatten früher Karnickel. Ich kann keine Karnickel mehr sehen. Und ich hasse Koteletts aus der Tiefkühltruhe. Aber wir leben sowieso fast vegetarisch.«

»Wer ist wir?«

»Na ja, diese Kommune in Niederstadtfeld.«

»Kommune in der Eifel klingt nach sittlichem Zerfall.«

»Wir sind aber genauso harmlos wie ein Haufen Pflastersteine. Nur der Pfarrer ist der festen Überzeugung, wir seien Kommunisten. Dabei haben wir alle Bausparverträge.« Sie lachte.

»Aber todsicher habt ihr alle ein zerrüttetes Privatleben, oder?«

»Zerrüttet irgendwie schon, aber schön. Sie müssen jetzt die nächste Ausfahrt nehmen, dann links ungefähr einen halben Kilometer. Oben auf der Kuppe dann rechts in den Wald.«

Anfangs ging es durch einen Tannenhochwald, dann wurde der Weg kurvenreich und schmal, rechts Krüppeleichen, links junge Buchen. Es folgten beidseitig Kiefernpflanzungen mit hohen Zäunen, eine Senke mit einem Bach, der laut schäumte, schließlich eine Steilstrecke in den Hohlweg.

»Jetzt scharf rechts«, dirigierte Dinah Marcus.

Ich schaltete die Scheinwerfer ein. Das Holzhaus lag geduckt unter einer Gruppe haushoher Buchen. Es sah so aus, als sei es aus der Erde gewachsen, und es hatte einen Hauch von Schneewittchen.

»Traumhaft«, seufzte die Soziologin. »Ich habe keine reichen Freunde.«

»Das kann sich ändern, bis Sie achtzig sind«, sagte ich. »Kommen Sie, wir schauen uns an, was wir tun können.«

»Was wird Wiedemann sagen, wenn wir hier einbrechen?«

»Ich möchte vermeiden, daß er es erfährt.«

Sie zuckte zusammen, als ein kurzer hoher Schrei erschallte.

»Schleiereule«, erklärte ich. »Wir müssen erst die Tür untersuchen.«

Das Vorhängeschloß hielt einen schweren handgeschmiedeten Riegel vor der Tür fest. Außerdem hatte die Tür ein Sicherheitsschloß.

»Das ist schlecht«, stellte ich fest. Das Fenster rechts davon war lückenlos in die Holzwand gefügt. Wahrscheinlich war es von innen verriegelt, und wahrscheinlich war nicht feststellbar, in welcher Höhe der Riegel saß.

»Haben Sie bei Tageslicht irgendeine Schwachstelle entdeckt?«

»Auf der Rückseite ist ein Fenster, an dem die Läden nicht schließen«, erzählte sie. »Da müßte es irgendwie gehen.«

Ich stopfte mir die *Prato* von *Lorenzo* und schmauchte

eine Weile. »Also gehen wir hinten rein«, sagte ich. »Fahren Sie den Wagen mal auf die Rückseite, damit wir Licht haben.«

Ich nahm den Werkzeugkasten und ging um das Haus herum. Als die Soziologin den Jeep langsam zwischen drei Baumstämmen durchlotste, sah ich den VW-Polo neben einem Gebüsch stehen und wollte entsetzt abwinken. Es war zu spät.

Jemand atmete hinter mir und befahl zittrig: »Stehenbleiben.« Es war eine sehr junge Stimme, männlich. »Nicht umdrehen!«

Rechts von mir war eine zweite Figur, ungefähr zehn Meter entfernt.

Die Stimme hinter mir rief aufgeregt: »Wir haben ihn! Hol die Frau aus der Karre raus.«

Die Figur rechts von mir bewegte sich auf Dinah Marcus zu und riß die Tür auf. »Komm raus. Schluß jetzt.«

Dinah Marcus stieg aus, stand dann sehr still.

»Der hinter mir hat ein Gewehr oder sowas«, sagte ich laut. »Seien Sie ruhig, nicht nervös werden.«

»Es ist Schrot«, ergänzte die Stimme hinter mir. »Ich kann dich damit totblasen.«

»Sehr eindrucksvoll«, entgegnete ich. »Seid ihr von eurem Kindergarten geschickt worden?«

Es gibt Bemerkungen, die einfach dumm sind, meine war sehr dumm. Zuerst trat er mir mit aller Gewalt in den Hintern, dann schlug er zu und traf in die linke Halsbeuge. Es schmerzte ekelhaft.

»Marcus, seien Sie ruhig«, nuschelte ich.

»Scheißkerl«, zischte der hinter mir. »Du gehst allen auf den Wecker, sonst nichts.«

Ich kniete auf dem weichen Waldboden, und mein Kopf schmerzte sehr intensiv. Irgend etwas lief auf mein Hemd und war warm und klebrig.

»Baumeister«, die Stimme der Marcus war sehr schrill. »Was ist los?«

»Nichts«, sagte ich gepreßt.

Der, der bei der Marcus stand, fragte heftig: »Und jetzt?« Es klang ratlos.

Der hinter mir wußte keinen Rat. »Sind zwei Arschlöcher«, sagte er verächtlich. »Wußten wir doch. Abreibung reicht.« Er atmete jetzt schneller, er bereitete sich auf irgend etwas vor.

»Aber doch keine Frau«, sagte der andere ängstlich.

Ich spuckte ein bißchen Blut. »Wer eine Frau schlägt, bezahlt bar«, sagte ich undeutlich.

Der hinter mir verstand es gut, und er trat zwischen meine Beine. Er traf punktgenau, weil ich ohnehin kniete. Der Schmerz kam mir wie eine langgezogene Explosion vor. Der Schmerz blieb. Dann sah ich rechts von mir den Doppellauf des Gewehres auf dem Boden. Ich wußte, daß ich wahrscheinlich nur diese eine lächerliche Chance hatte. Ich beugte mich sehr tief hinunter und drückte mich nach hinten ab. Zwischen Körper und Oberschenkeln traf ich ihn und warf ihn zurück. Aber ich hatte erhebliche Schwierigkeiten, mich aufzurichten, weil es höllisch schmerzte. Ehe ich stand, war er über mir und drückte mich nach hinten. Er war sicherlich anderthalb Köpfe größer als ich und entschieden stärker. Seine rechte Hand lag auf meiner linken Schulter, und seine linke Hand kroch an meinem Hals entlang. Ich spürte Panik, ich lag flach auf dem Rücken, und unter meiner rechten Hand hatte ich den kühlen Doppellauf der Flinte. Ich griff sie und stieß ihm das Metall mit aller Gewalt in die Seite. Er schnappte nach Luft, und ich sah, wie seine Augen vor Schmerz ganz weit wurden. Dann war er schlaff.

Ich tauge nicht für Gewalt, ich tauge schon gar nicht für Gewalt gegen Kinder. Die Sekunden danach sind die Zeit der Scham, und sie sind bohrender als körperlicher Schmerz.

»Tut mir leid«, sagte ich. »Scheiße!« Es wäre gut, sich auf den Waldboden zu legen und den Atem ruhig werden zu lassen. Es wäre gut, ihn zu bitten, ob wir vielleicht zusammen eine Zigarette rauchen könnten. Es wäre sehr gut, ihm sagen zu können: »Hör zu, du probierst das Leben aus, ich kann das verstehen.« Aber diese Welt funktioniert nicht so.

Ich stieß ihn von mir herunter, nahm die Waffe und richtete sie auf seinen Kumpel, der leicht seitlich versetzt hinter Dinah Marcus stand. »Komm her, Sauhund«, sagte ich. »Ich schieße, wenn du dich nicht beeilst.« Es erschreckte mich, als ich begriff, daß ich wirklich schießen würde.

»Ist ja nichts passiert«, stotterte er mit einer Kleinjungenstimme. Dann kam er langsam über die zehn Meter zu mir; er hatte Angst.

»Im Werkzeugkasten ist ein Strick«, sagte ich. Das Hemd klebte auf der Schulter, und es schmerzte höllisch, als es durch die Bewegung losriß. »Ich brauche ein Pflaster.«

»Ich hole alles«, sagte die Soziologin erstickt.

Der Junge, der auf mich zukam, war vielleicht achtzehn oder neunzehn Jahre alt. Er war schmächtig, trug Springerstiefel und einen Bundeswehrpullover.

»Setz dich auf den Boden«, befahl ich.

»Das Gewehr funktioniert doch gar nicht mehr richtig«, sagte er heiser.

»Das ist mir wurscht«, erklärte ich. »Was wolltet ihr hier?«

»Na ja, gucken, was in dem Blockhaus ist.« Es klang unsicher.

»Woher seid ihr?«

»Aus Daun.«

»Ihr seid also sechzig Kilometer gefahren, um nachzugucken, was hier drin ist. Mitsamt einer Schrotflinte.«

»Ja, klar«, nickte er.

»Erzähl das deiner Großmutter«, sagte die Marcus heftig. »Lassen Sie mal sehen, was da ist. – Die Haut ist gerissen, das sieht schlimm aus.«

»Nicht wichtig. Wir werden den Strick zerschneiden und sie fesseln. Dann holen Sie die Bullen: Wiedemann muß her.«

Wir fesselten ihnen die Hände auf den Rücken und packten sie nebeneinander auf den Boden. Der Bewußtlose begann sich zu rühren.

»Fahren Sie zum nächsten Telefon«, sagte ich zur Marcus. »Aber erst mal ein Pflaster auf die Wunde.«

»Das geht doch nicht. Sie müssen zum Arzt«, erwiderte sie ängstlich.

»Später«, entschied ich. »Erst mal ein Pflaster.«

Sie klebte mir ein Pflaster auf die Wunde und fragte sich dann laut, was geschehen würde, wenn ich aus irgendeinem Grund das Bewußtsein verlieren sollte. Als ich nicht darauf einging, fuhr sie lamentierend ab, nachdem sie den Polo der jungen Leute gedreht und seinen Scheinwerfer angestellt hatte. Es war ein Bild des Friedens: Der lädierte Baumeister und seine zwei gefesselten Hobbykriminellen.

»Kommen jetzt die Bullen?« fragte der Schmächtige.

»Und wie«, antwortete ich. »Wer hat euch geschickt?«

»Niemand«, behauptete er. »Wenn du die Stricke losmachst, haue ich auch nicht ab.«

»Was wolltet ihr denn wirklich?«

»In diese Hütte«, sagte er. »Da soll ein Fernseher sein und ein Videorecorder und solche Sachen. Wir wollten das verscheuern.« Das klang verblüffend glaubwürdig.

»Was ist mit deinem Kumpel? Kann er einen Auftraggeber haben?«

»Nein, das hätte der doch gesagt. Er hat nur gesagt, kann sein, daß Leute auftauchen. Aber Leute können überall auftauchen.«

»Wie heißt er denn?«

»Manni heißt er. Aber wir nennen ihn Bulle. Er ist stark.«

Der Bulle rührte sich, versuchte, sich an den Schädel zu fassen, was nicht gelang, und stöhnte dann. Er war übergangslos wach und fluchte: »Scheiße!«

»Wer hat dich geschickt?« fragte ich nun ihn.

»Niemand«, sagte auch er.

»Woher weißt du von dieser Hütte?«

»Hat jemand von erzählt. In der *Stuw* in Daun. Wir wollten nur gucken.«

»Er holt Bullen«, flüsterte der Schmächtige warnend.

»Von mir aus«, sagte der Bulle. »Wir haben schließlich nichts getan.«

»Du hast Bemerkungen gemacht. Du hast gesagt, ihr habt mich erwartet.«

»Nicht doch«, erwiderte er, und er lachte tatsächlich. »Klar, wir haben gedacht, jemand kann kommen, aber ...«

»Du hast nicht an jemanden gedacht, sondern an mich«, sagte ich schnell.

»Ich weiß doch gar nicht, wer du bist! Ist mir auch scheißegal.«

»Du lügst«, brüllte ich.

»Warum soll er denn lügen?« fragte der Schmächtige schrill. »Wir haben hier nichts gemacht, wir sind ja nicht mal in die Hütte rein.« Er hatte recht.

Weil ich ein praktischer Mensch bin und dachte, daß Wiedemann eine Weile brauchen würde, um in diese tiefe Pampa zu gelangen, stand ich auf und marschierte um das Haus herum. Es war sehr still, der Himmel hatte sich bezogen, die Schwärze der Nacht war perfekt. Mit welcher Begründung konnte ich einbrechen? Etwa mit dem Verdacht, das Liebespaar habe ein paar Leichen in diesem Keller deponiert? Es gab keine vernünftige Begründung.

Als ich um die Ecke schlich, um zu meinen Gefangenen zurückzukehren, war die Nacht zu Ende. Der Schlag traf mich seitlich an den Kopf, und ich spürte nicht einmal, wie ich aufschlug. Ich schwamm durch ein sehr warmes Meer, und merkwürdigerweise brauchte ich nicht einmal aufzutauchen, um Luft zu bekommen. Es funktionierte einfach so, Baumeister war zu den Amphibien zurückgekehrt.

Dann explodierte irgend etwas, vermutlich ein Unterwasserfelsenriff oder dergleichen, ich spürte mich nicht mehr, taumelte endgültig im Bodenlosen. Ich erinnere mich undeutlich daran, daß ich ärgerlich war und mir sehnlichst wünschte, jemanden zu verprügeln, statt immer nur verprügelt zu werden.

Als ich aufwachte, lag ich auf etwas Weichem, jemand sagte: »Ganz ruhig, das haben wir bald.«

»Was haben wir bald?« fragte ich, aber vermutlich nahm man mich nicht ernst.

Die Soziologin bemerkte nicht ohne Hohn: »Also, wahrscheinlich hat er den Helden spielen wollen. Wahrscheinlich war er so lässig, daß die beiden bequem abziehen konnten.«

»Amateur«, sagte jemand voller Verachtung. Das war eindeutig Wiedemann.

»Habt ihr sie erwischt?« stammelte ich.

»Ja«, sagte Wiedemann. »Aber nur, weil ihr Auto streikte, nicht, weil Sie sie genagelt haben. Wie geht es?«

»Blendend.«

»Ihre Freundin hier hat dafür gesorgt, daß Sie Hilfe kriegen. Sie sollten ihr dankbar sein. Sie wollten hier einbrechen, nicht wahr?«

»Nicht doch«, meinte ich. Das rechte Auge konnte ich jetzt öffnen. Ich lag eindeutig in einem Ambulanzwagen, und es war angenehm warm.

»Sie haben ein ziemliches Schädeltrauma«, sagte jemand freundlich. »Was hat Sie denn getroffen?«

»Der Kolben einer Schrotflinte. Kann das sein?«

»Das kann sein«, antwortete er. Der Arzt hatte ein breites Vollmondgesicht. Er war der Typ, der ständig die ganze Welt umarmt, um darauf aufmerksam zu machen, wie liebevoll er zu den Menschen ist. »Ich habe Ihnen einen Verband gemacht und die Sache an der Schulter genäht. Sie müssen geröntgt werden.«

»Was ist denn in der Hütte?« fragte ich.

Wiedemann rauchte einen seiner schwarzen Stumpen, es nahm uns den Atem, der Arzt hüstelte abwehrend. »Eigentlich nichts. Es ist eben ein Liebesnest mit allem Drum und Dran. Zehn Hektoliter Körperlotion namens *Moschus*, ziemlich viel Sekt, zwei, drei Dosen Kaviar, ein paar Büchsen Cola, eine Riesenflasche Parfüm namens

Moments, ein paar Liebesfilme auf Video und lauter solche Sachen.«

»Ich denke, wir müssen fahren«, mahnte der Arzt.

»Ich gehe zu Rodenstock und berichte«, erklärte die Soziologin kühl. Ihr Held war ich vermutlich nicht mehr.

»Bis später«, meinte ich. »Oder bleibe ich in der Klinik?«

»Ich denke, nein«, sagte der Arzt. »Wenn Sie versprechen, vernünftig zu sein.«

»Von der Sorte Versprechungen können Sie jede Menge haben«, versicherte ich. Ich war sehr müde, weil der Arzt vermutlich etwas Beruhigendes gespritzt hatte.

Ich wurde erst wieder wach, als sie mich schaukelnd einen hell erleuchteten Gang entlang trugen und einer der Sanitäter vorwurfsvoll klagte: »Und die Würstchen waren schon wieder nicht richtig heiß!«

Der andere schnaubte empört: »Kartoffelsalat können die Weiber überhaupt nicht.«

Ich wurde in einen schneeweißen Raum gefahren und wollte mich tapfer ausziehen. Doch da war ein Drachen, der das nicht duldete und mit Unteroffizierssstimme dröhnte: »Nun laß mich mal an die Buxe, ich kann dat viel besser.«

Dann karrten sie mich auf einen eiskalten Metalltisch, auf dem ich ruhig zu liegen hatte, und jemand beharrte wütend darauf, daß ich meinen Kopf in einem geradezu idiotischen Winkel hielt, obwohl das gemein wehtat. Irgendwann war es vorbei, und ein schmächtiger Weißkittel des Typs Wichtelmännlein erklärte: »Sie haben enormes Glück gehabt. Und nun wollen wir Sie mal rasieren.«

»Rasieren?« fragte ich zittrig. »Warum denn das?«

»Sie haben eine Kopfschwartenwunde, die müssen wir ein bißchen piksen. Und an der Stelle sind Haare, und da sollten keine sein.« Ich vermute, er ging oft mit Kleinen aus dem Vorschulalter um.

Sie kamen zu zweit und wirkten wie eine Abordnung

der Marx-Brothers. Sie piksten mich ein bißchen und machten wichtige Gesichter. In einer auf Hochglanz polierten Tupferschale konnte ich sehen, daß sie bemüht waren, mich zu einem Irokesen umzustylen, ich bekam eine Kahlstelle von der Größe eines Fünfmarkstückes, meine Schönheit schmolz dahin.

Endlich, nach zwei oder drei Ewigkeiten, schob sich der Chef der Truppe einen Stuhl neben mein Bett. »Da ist jemand für Sie«, sagte er und reichte mir unwillig ein Telefon.

Es war Wiedemann. Er fragte: »Waren die Bemerkungen der beiden Jugendlichen eindeutig? Haben die auf Sie gewartet?«

»Eindeutig. Die wußten, daß wir kommen würden. Woher, weiß der Kuckuck, aber sie wußten es.«

»Der Schmächtige nicht«, sagte er. »Dieser Bulle wußte es. Aber er sagt nichts. Na ja, vielleicht morgen, vielleicht übermorgen. Ich lasse die jetzt zu den Eltern bringen. Das ist wahrscheinlich schlimmer als Knast.«

»Sind Sie weitergekommen?«

Wiedemann grunzte unwillig. »Nicht sonderlich. Rodenstock hat was, aber er redet nicht drüber, bis er sicher ist.«

»Was war es für Gift?«

»Wir wissen es immer noch nicht. Wir müssen in die Feinanalyse samt Gewebeschnitten gehen. Morgen wahrscheinlich. Gute Besserung.«

Ich gab dem Arzt das Telefon zurück, und er meinte väterlich: »Sie sollten ein paar Tage unser Gast bleiben.«

»Kommt nicht in Frage. Ich kenne das: Wenn ich erst mal im Krankenhaus bin, werde ich krank. Ich habe keine Zeit.«

»Wegen der zwei Leichen?« Er lächelte ganz fein, wie nur Intellektuelle in der Provinz lächeln können.

»Richtig«, nickte ich.

»Versprechen Sie, sofort zu kommen, wenn etwas nicht stimmt?«

»Ich verspreche alles.«

»Okay, okay. Da ist eine junge Dame, die behauptet, sie fahre mit Ihrem Auto durch die Gegend.«

»Das ist meine Soziologin«, sagte ich grinsend.

»Sie haben sowas?« fragte er.

»Wer hat heute keine?« fragte ich.

Tatsächlich saß Dinah Marcus unten in der Empfangshalle und las Illustrierte. »Hallo«, grüßte sie, »Sie sehen ja wirklich prima aus.«

»Kein Kommentar«, sagte ich. »Schnell nach Hause, ich muß ins Bett.«

»Sehr vernünftig«, murmelte sie. »Ich auch. Ihr Auto finde ich übrigens prima.«

Mir war nicht nach Smalltalk, ich brummte etwas und versuchte frische Luft zu gewinnen.

»Das hätte schiefgehen können«, sagte sie. »Zehn Zentimeter weiter nach rechts, und Sie hätten einen Schädelbruch gehabt.«

»Ich will keine Konjunktive diskutieren. Waren Sie in der Hütte?«

»Na sicher.«

»Irgend etwas gesehen, was Sie neugierig machte? Ich meine, außer den Einzelheiten eines Liebesnestes?«

»Da war ein Video, offensichtlich ein privates. Da stand *Mama Natascha* drauf.«

»Und? Angesehen?«

»Ich habe kein Videogerät. Aber ich habe das Band geklaut. Es liegt im Handschuhfach.«

Einen Moment lang konnte ich nichts sagen. »Sehr umsichtig«, lobte ich dann. »Wiedemann wird Sie dafür hängen.«

»Aber seine Leute waren zu dämlich, es zu sehen.« Ihre Stimme klang vorwurfsvoll.

»Wo war es denn?«

»In einem männlichen klobigen Wanderschuh«, erklärte sie befriedigt.

»Wir kopieren es und schenken es ihm«, entschied ich. »Wenn Sie wollen, können Sie auf dem Sofa im Arbeitszimmer schlafen.«

»Ich habe gehofft, daß Sie so etwas sagen«, knurrte Dinah. »Ich kann nämlich nicht nach Hause.«

»Wieso das?«

»Da liegt ein Macker rum, der sehnsüchtig wartet. Das einzig Gute an ihm ist seine Lederjacke.«

»Auf was wartet er denn?«

»Auf mich natürlich«, sagte sie nicht ohne Stolz. »Er wartet dauernd auf mich.«

»Und wahrscheinlich nimmt er das Geld des Erzbischofs, wenn Sie es verdient haben.«

»Das nimmt er gern«, nickte sie. »Dann geht er Knoblauchspaghetti essen und lobt mich eine Flasche Wein lang für meinen Arbeitseinsatz. Er ist ein ganz sensibler ...«

»So Leute kenne ich auch. Du sagst ihnen, daß du sie nicht magst, und sie fragen dich vorwurfsvoll, ob du es denn vor dir selbst verantworten kannst, Mitmenschen so etwas Mieses zu sagen. Wie lange wird der Macker jetzt warten?«

»Das richtet sich danach, wann ihm der Wein ausgeht und wann das Brot alle ist. Also bis morgen, schätze ich.«

»Das Asylgesuch ist angenommen«, entschied ich.

Rodenstock stand unter der Laterne vor meinem Haus und grinste. Er tönte: »Im Dienste der Gerechtigkeit.«

»Hör auf mit dem Scheiß«, murrte ich.

»Ich habe etwas«, sagte er beschwichtigend. »Ich habe etwas wirklich Wichtiges.«

»Das will ich hören«, forderte die Soziologin.

Wir gingen also ins Haus und setzten uns erwartungsvoll wie Schulkinder.

»Die Kyllheim-Finanzierung ist zusammengebrochen«, berichtete Rodenstock gedankenvoll. »Das Land hatte weitere sechs Millionen versprochen, hat sie aber heute zurückgezogen und auf drei Millionen gekürzt. Das hat dazu geführt, daß einige Handwerker abgesprungen sind. Sie haben sich geweigert und sind samt ihren Bautruppen abgezogen.«

»Kann es sein, daß der Mörder das wußte?« fragte Dinah Marcus.

»Das kann sein«, nickte Rodenstock. »Aber das kann nicht der Grund gewesen sein, Pierre Kinn und Heidelinde Kutschera zu töten. Kinn war nur Vertreter der Banken, und Heidelinde Kutschera hatte überhaupt nichts mit den Finanzen zu tun. Aber das ist noch nicht alles. Die Finanzbasis, auf der das Projekt eigentlich stand, ist auch zusammengebrochen. Da wollen einige Leute verdammt viel Geld wiederhaben. Runde acht Millionen.«

»Charlie!« rief ich und begann zu begreifen.

»Nicht nur Charlie. Der hat rechtzeitig zurückgezogen«, widersprach Rodenstock, »und seine drei Millionen meine ich gar nicht. Als die Planung des Projektes begann, machte man sich erhebliche Gedanken, wie man die erste Finanzierungsstrecke schaffen könnte. Der Trick war uralt. Jeder Handwerker, der in dem Projekt beschäftigt sein wollte, mußte sich schriftlich verpflichten, ein Apartment im Werte von rund zweihunderttausend Mark zu kaufen. Er mußte die Kaufsumme hinlegen. Auf diese Weise konnten die Banken bereits rund 25 bis 30 Millionen nachweisen, ehe überhaupt der erste Bagger auftauchte. Das wiederum verhalf dem Projekt zur notwendigen Glaubwürdigkeit, weshalb Land und Bund mit Krediten winkten. Das heißt, die 30 Handwerker, die eingesetzt wurden, haben zunächst dafür sorgen müssen, daß ihre Arbeit überhaupt stattfinden konnte. Jetzt haben wir den Salat, denn denen gehören jetzt Apartments, die es gar nicht gibt.«

»Wieviel Motive sind denn das?« fragte die Soziologin.

»Dreißig«, antwortete Rodenstock mit leichtem Lächeln. »Und Pierre Kinn war der Mann, der die Apartments verscheuerte, um die Finanzierung sicherzustellen.«

Viertes Kapitel

»Wir brauchen Charlie«, sagte ich. »Er könnte das alles erklären. Ich glaube nicht an dreißig Motive. Ich weiß genau, wie windig diese Finanzierungen sind. Sie sind unsauber, riechen nach Beschiß, sind aber legal. Wir hatten hier einen konkursgegangenen Hotelkomplex, bei dem die Banken frisch, fromm, fröhlich, frei eine Tennishalle mit 1,2 Millionen Wert angaben, obwohl man sie nebenan im Bausatz für die Hälfte kaufen konnte. Da gab es auch 30 Apartments. Die gehörten inzwischen geschiedenen Eheleuten zu gleichen Teilen oder ganzen Erbengemeinschaften. Um das Hotel zu verkaufen, mußte alles renoviert werden. Das ging aber nicht, weil manche Apartments im Besitz von fünf oder sechs Personen waren, die zum Teil nicht einmal mit ihrem Wohnort bekannt waren. – Wir brauchen also Charlie. Warum sollte einer dieser Handwerker den Pierre töten? Und Heidelinde gleich mit?«

»Weil einige Handwerker nicht nur ein Apartment kauften, sondern zwei oder gleich drei. Jetzt sieht es so aus, als würden sie für ihre Arbeit nicht bezahlt werden. Sie haben aber für die Apartments Kredite aufgenommen. Sie können keine zusätzlichen Kredite aufnehmen, damit das Geschäft weiterläuft. Mit anderen Worten: Sie sind pleite. Sie können ihre Läden dichtmachen. Verdammt, Baumeister, was glauben Sie denn, wieviel Wut da entsteht?«

»Nicht unbedingt«, widersprach ich. »Dann steht wie immer die Sparkasse als Retter da und verteilt Kredite an die Handwerker, damit sie nicht schließen müssen.«

»Lieber Gott, welche Abhängigkeiten«, hauchte Dinah.

»Seien Sie froh, daß Sie arm sind«, bemerkte ich. »Ich habe verdammte Kopfschmerzen, ich muß ins Bett. Können Sie Charlie bitten, daß er heute nachmittag vorbeikommt?«

»Das mache ich«, nickte Rodenstock.

»Ich glaube immer noch an das Liebesmotiv«, seufzte die Marcus. »Das ist stark, alles andere ist Tinnef.«

Wir arrangierten uns. Rodenstock verschwand in seinem Zimmer, ich in meinem, und die Soziologin bekam zwei Sofas zur Auswahl. Kurz bevor ich einschlief, kam Paul und kroch in meine Armbeuge. Er seufzte sehr tief, ehe er einschlief.

Dann stand Rodenstock noch einmal in der Tür und meinte: »Sie sind mir teuer, mein Lieber. Das mit den schlagwütigen Jugendlichen war riskant, aber vergleichsweise harmlos. Sie müssen damit rechnen, daß Profis auftauchen. Irgendwer will Ihnen an den Kragen, und es muß nicht der Mörder sein.«

»Wer sonst?«

»Irgend jemand, der nicht will, daß Sie etwas über dieses merkwürdige, im Bau befindliche Luxusbad recherchieren.«

»Dann müßte der aber auch die ganze Mordkommission umlegen, Sie dazu, und die Soziologin.«

»Mörder sind nicht logisch«, widersprach er sanft.

Ich schlief nicht, ich döste bestenfalls. Mein Kopf schien eine Trommel zu sein, und ich spürte an tausend Stellen meinen Herzschlag. Meine Unruhe übertrug sich auf Paul, der schließlich neben der Matratze hockte und wütend maunzte.

Es war Mittag, und draußen schien die Sonne. Im Nebenzimmer schnarchte Rodenstock, und es roch nach Kaffee. Das Telefon schellte, und ich hörte die Soziologin sagen: »Wir haben aber im Moment wenig Zeit.« Das Leben schien weiterzugehen.

Ich schlurfte ins Bad und fand heraus, daß ich mich nicht rasieren konnte, weil mein Gesicht brannte. Also ging ich so nach unten.

Dinah hockte in der Küche und säuselte gerade ins Telefon: »Es war richtig wie im Film, meine Liebe.«

Ich goß mir einen Kaffee ein und verschwand im Arbeitszimmer. Leute, die morgens mein Reich besetzt halten, machen mich grundsätzlich nervös.

Die Soziologin kam mir nach. »Also, ein gewisser Werner hat angerufen, daß er mittags das Brennholz bringt. Dann war eine Frau am Apparat, die unbedingt will, daß Sie irgendeine Rechnung bezahlen. Dann rief eine Redaktion an. Sie bieten fünftausend für das Bild der beiden Ermordeten auf dem Golfplatz. Ich habe gesagt, daß wir uns das überlegen. Es folgte *RTL*, die irgendwas mit *Exclusiv* machen wollen und die trällerten, als singe die Nachtigall ein Liebeslied. Dann kam ein Magazin aus München und meinte, Sie sollten nicht sauer sein und sich noch einmal überlegen, ob Sie die Fotos nicht gegen einen vernünftigen Aufpreis abgeben. Sie haben allerdings nicht gesagt, was vernünftig ist. Dann rief dieser Charlie an, er sei heute nachmittag im Clubhaus und er müsse Ihnen noch etwas sagen. Ich habe ihn dann gebeten hierherzukommen, weil Sie invalide sind. Er sagte, er kommt so gegen sechzehn Uhr. Dann war ein Mann dran, der behauptete, er sei der olle Römer und ob Sie nicht Lust auf einen Tee hätten. Das Ganze so gegen 18 Uhr. Danach rief eine Frau an, die ganz aufgeregt sagte, sie habe sich entschlossen, ein paar Tage bei Ihnen zu verbringen. Ich wußte nicht genau, was ich sagen sollte, ich habe ihre Nummer notiert. Sie ist aus Berlin. Es folgte eine stinksaure Stimme, die einem Verleger gehört. Er will endlich sein Buch, sagt er. Die Nummer habe ich auch aufgeschrieben. Geht das eigentlich immer so?« Sie faltete den Zettel zusammen, auf dem sie das alles sorgsam aufgeschrieben hatte.

»Manchmal geht es etwas hektischer zu«, knurrte ich. »Können Sie Omelettes machen?«

»Das ist so ziemlich das Einzige, was ich kann«, nickte sie. »Ach so, ja, der Wiedemann hat auch angerufen, aber gesagt hat er nichts. Er wollte mit Rodenstock sprechen.«

»Lassen Sie den schlafen. Oder nein, holen Sie ihn raus. Er muß klar sein, wenn Charlie kommt. Und geben Sie mir mal bitte das Telefon.«

Ich rief Walburga an, und die Stimme des jungen Gottes war voller Salzsäure: »Sie wird keine Zeit haben.«

»Sie hat Zeit«, versicherte ich.

Im Hintergrund war ein Stimmengewirr, dann meldete sich Walburga. »Falls Sie fragen wollen, ob ich auch so ein Apartment gekauft habe, lautet die Antwort: nein. Die Behausungen sind mir entschieden zu klein und überdies geschmacklos. Aber, da Sie das alles sowieso rausfinden werden, muß ich gestehen, daß ich einem gewissen Klempner namens Karlheinz Mauer aus Darscheid zwei Apartments finanziert habe, weil der arme Kerl sonst den Auftrag nicht gekriegt hätte. Im übrigen ist der nächste Überbrückungskredit für das Projekt in Kyllheim schon unterwegs, es kann also weitergehen.«

Weil sie natürlich wußte, daß ich ein so dämliches Gesicht machte wie mein letzter Weihnachtskarpfen, lachte sie tief und voller Befriedigung. Dann setzte sie keck hinzu: »Oder wollten Sie etwas anderes fragen?«

»Nein, nein, ich bin nur verblüfft. Von wem stammt dieser Überbrückungskredit?«

»Von einer Schweizer Finanzgesellschaft.«

»Wer hat ihn besorgt?«

»Na, der Herr der Sparkasse, der kleine Udler. Dafür haben wir ihn doch zum Direktor gemacht, oder?«

»Sie haben ihn zum Direktor gemacht?«

»Nicht offiziell.« Sie lachte wieder. »Es ist so, lieber Baumeister: die Leutchen, die erhebliche Gelder einliegen haben, werden natürlich gefragt, ob sie denn mit diesem Herrn Udler eventuell einverstanden sein könnten. Wir gehören nicht zur Demokratie einer Sparkasse, aber wir bestimmen.«

»Können Sie sich denn vorstellen, daß jemand von den Handwerkern den Pierre getötet hat, weil er wegen der Kreditunterbrechung sauer war?«

»Niemals!« dröhnte sie. Dann wurde sie sanft wie ein Lamm. »Es war eine Liebesgeschichte, sonst nichts, mein lieber Baumeister. Das blöde Kyllheim-Projekt ist doch Pipifax.« Das klang aus ihrem Mund verächtlich.

»Sie wollen mir also erzählen, daß der angebliche Kreditzusammenbruch kein Zusammenbruch war?«

»Richtig«, bestätigte sie. »Das passiert bei derartigen Bauvorhaben dauernd. Da kriegen ein paar Ministeriale kalte Füße und kürzen die Kredite. Dann springt jemand ein, und alles geht weiter. Das ist oft so, das ist sogar meistens so.«

»Ich wandere aus«, sagte ich, »das ist mir zu chaotisch.«

Sie lachte wieder und hängte ein.

»Es ist eine Liebesgeschichte, nicht wahr?« fragte meine Soziologin.

»Ich weiß es nicht«, seufzte ich. »Was ist mit der dritten Leiche?«

»Die entstand wahrscheinlich im Vorübergehen«, vermutete sie. »Ich habe gehört, wie Wiedemann sagte, der alte Mann müsse seinen Mörder gekannt haben. Da gibt es irgendeinen Experten bei den Bullen, der hat aus den Spuren gelesen, daß der alte Mann diesen Mörder im Wald traf und sogar noch in aller Ruhe ein paar Schritte auf ihn zu machte. Kein Kampf, kein Weglaufen, nichts. Es war wieder so ein Pfeil mit irgendeinem Gift. Der alte Mann war 78. Wenigstens hat er keine Verwandten mehr, die um ihn weinen. Da war übrigens noch ein Anruf, den ich nicht notiert habe. Die Flora Ellmann, die von den Grünen. Sie wollte etwas loswerden, aber mir hat sie nichts verraten.«

»Flora«, murmelte ich. Ich rief sie an.

»Hör mal«, schrillte sie, »das ist ja vielleicht ein Durcheinander. Und diese Liebesarie, also ich weiß nicht.«

»Was hast du herausgefunden?«

»Hast du *Radio RPR* gehört? Also, das hat der Adamek gut gemacht. Ganz cool, ganz von außen. Sie haben übrigens den Ehemann in eine Zelle gesteckt, also diesen Kerl von der Kutschera. Etwas muß doch sein, auch wenn er angeblich ein Alibi hat.«

»Was ist mit der Frau von Pierre?«

»Die läuft frei herum, das heißt, sie läuft natürlich nicht rum. Sie hockt irgendwo und traut sich nicht raus. Klar, würde mir auch so gehen.«

»Wie hängt das alles mit dem Projekt in Kyllheim zusammen?«

»Ich sehe da keine Verbindung. Das ganze Ding in Kyllheim soll runde sechzig Millionen kosten. Von Anfang an war klar, daß das nicht ganz glatt laufen würde. Erst gab es Grundstücksfragen, dann Handwerkerfinanzierung, dann Dachfinanzierung durch Bund und Land, dann zapften sie irgendwelche EG-Fonds an, dann krachte es mal wieder im Gebälk, dann half irgendeine Bank aus, dann kamen private Geldgeber hinzu, aber da ist nicht erkennbar, weshalb denn die beiden sterben mußten. Nee, nee, Kyllheim ist das normale Chaos, aber kein Grund für einen Mord. Was ich rausbekommen habe, ist, daß Pierre und Heidelinde zusammen auf Hawaii waren.«

»Das weiß ich schon.«

»Warum fragst du mich dann?« sagte sie beleidigt. »Dann weißt du wahrscheinlich auch schon, daß sie öfter in der Schweiz waren. Sie sind richtige Schweiz-Freaks gewesen. Wußtest du das?«

»Nein, wußte ich nicht. Sie machten halt Urlaub. Wenn sie dort Freunde hatten ... Sie brauchten Unterstützung für ihre gebeutelten Seelen. Da fällt mir übrigens ein, daß du von einem Bauernhof stammst, liebe Flora. Der liegt in Kyllheim. Hast du auch abgesahnt beim Hotel- und Badbau?«

»Nicht die Spur. Ich bin mit zwei Grundstücken dabei, aber das lief normal. Nee, da war nichts Krummes. Ich sage immer: Saubere Abmachung, saubere Zahlungen und keiner kann mir an den Karren fahren. – Du sollst ja verprügelt worden sein heute nacht.«

»Woher weißt du das?«

Flora kicherte befriedigt. »Ich habe eine Freundin, Beruf Krankenschwester. Hier läuft nichts, ohne daß alle es wissen, Baumeister.«

»Wo hält sich die Ehefrau auf, die Frau Kinn?«

»Das weiß kein Mensch, aber ich nehme mal an, sie ist bei ihren Eltern. Die haben einen alten kleinen Hof in Jünkerath. Weißt du, wann die beiden beerdigt werden?«

»Keine Ahnung, aber sicherlich erst in der nächsten Woche.«

Dann hatte ich plötzlich eine Idee. »Sag mal, Flora, dir ist doch bestimmt auch angeboten worden, ein Apartment in dem Projekt zu kaufen, oder?«

»Jaaa«, nuschelte sie gedehnt.

»Und? Hast du eines gekauft?«

»Hm, meine Brüder waren dafür, das zu machen. Da haben wir es gemacht. Familienbeschluß, wenn du weißt, was ich meine.«

»Eins oder zwei, Flora?«

»Zwei«, sagte sie widerspenstig. Dann setzte sie schnell hinzu: »Ich konnte nichts machen, meine Brüder haben mich überstimmt.«

»Aha. Nun denn, mach es gut, bis demnächst.«

Das Mitglied im Verbandsgemeinderat Flora Ellmann hatte sich also knietief in den Schlamm begeben. Ich kicherte wie jemand, dem etwas fröhlich Abartiges widerfährt.

»Wir sollten uns dieses Video angucken«, mahnte die Soziologin.

»Nicht jetzt. Ich muß schnell nach Jünkerath. Ich beeile mich.«

»Kann ich mitkommen?«

Sie hatte das Recht dazu, aber ich dachte an die Ehefrau und sagte: »Das geht nicht. Die Frau wird trauern, zwei Leute werden sie sehr verwirren.«

»Pierre Kinns Witwe?«

»Richtig.«

»Viel Glück«, wünschte sie und war ein bißchen beleidigt.

Ich fuhr über Wiesbaum quer nach Birgel und beeilte mich. Es war nicht schwer festzustellen, wohin ich mußte, denn im Laden der Türken, die fraglos das beste Obst in der Gegend verkaufen, gab eine dickliche Frau schnaufend vor Aufregung Auskunft: »Die Eltern von Pierres Frau? Och, das ist ganz einfach. In Richtung Don-Bosco-Haus und dann zweihundert Meter weiter.«

Das Haus war uralt, ich vermutete ein Baujahr um 1800, es lag geduckt an einem sehr steilen Hang und war umgeben von alten Apfelbäumen, von denen zwei noch voller Früchte hingen. Es waren knallrote Äpfel, die in der Sonne schimmerten. Offensichtlich war der Hof nicht mehr bewirtschaftet, denn das Betonviereck der Miste war leer, und auf dem Hof stand kein Fahrzeug. Wahrscheinlich besaßen sie noch einen alten Traktor, mit dem ihr Vater zuweilen nach Jünkerath fuhr, um unterwegs alten Träumen nachzuhängen.

Ich schellte. Der Mann, der mir öffnete, war klein und hager und trug einen Blaumann mit einer flachen Schirmmütze. »Ja, bitte?« fragte er mißtrauisch.

»Ich möchte mit Ihrer Tochter sprechen. Ich weiß, das wird schwer sein, aber ich bitte trotzdem darum.«

Er schüttelte sehr bedächtig den Kopf. »Das geht nicht«, sagte er. »Sie weint nur, sie kann gar nicht reden. Sind Sie von der Presse?«

»Ich lebe hier in der Eifel, und ich bin von der Presse.«

»Sind Sie dieser Baumeister?«

»Ja, der bin ich.«

»Ich frag mal«, murmelte er und verschwand. Es dauerte nicht lange, dann kam er kopfschüttelnd wieder. »Sie kann nicht.«

»Schon gut. Hier ist meine Telefonnummer. Vielleicht ruft sie mich einmal an. Und richten Sie ihr mein Beileid aus.«

»Beileid!« sagte er verachtungsvoll und schloß die Tür.

Ich ging zum Wagen zurück und wollte gerade abfahren, als der alte Mann erneut erschien und winkte. Also stieg ich wieder aus.

»Sie will doch«, sagte er. »Aber regen Sie sie nicht auf.«

»Ich bemühe mich.«

Ich stand in einem dunklen, engen Flur.

»Sie ist oben in ihrem Mädchenzimmer«, erklärte der Vater dumpf. »Oben rechts.«

Die Tür war weißlackiert und hing ein wenig schief in den Angeln. Ich klopfte und ging hinein. Das erste, was ich sah, war ein Ast des Apfelbaums mit den knallroten Früchten.

»Setzen Sie sich«, sagte Kinns Witwe. Sie hockte am Fenster in einem Korbsessel; vor ihr auf einem kleinen Tischchen brannten vier Teelichter. »Wollen Sie einen Tee? Ich habe nur Tee.«

»Tee ist in Ordnung.«

Der Raum war niedrig, die Tapete war mit Monden und Sonnen bedeckt, dazwischen kleine malvenfarbene Rosen. Es war ein Mädchenzimmer.

Sie war eine zierliche Frau mit dunklem Haar, Pagenschnitt. Sie trug einen blauen Pulli zu dicken, dunkelroten Leggings und grauen Wollsocken mit einer feuerroten Kappe an den Zehen. Ihr Gesicht war schmal, ihre Augen wirkten ruhig und waren dunkel, die Lippen voll. Ohne Zweifel war sie eine hübsche Frau von dem Typ, bei dem sich Männer zuweilen fragen, wie so ein zierliches Wesen Kinder auf die Welt bringen kann. Vor ihr stand ein Aschenbecher voller Kippen. Sie rauchte *Reval*, und offensichtlich rauchte sie Kette. Leere Schachteln hatte sie einfach auf den blauen Wollteppich fallen lassen.

»Ich rauche wieder«, erklärte sie. »Ich habe zehn Jahre nicht geraucht. Jetzt hilft es.«

Ich stopfte mir eine *DC*, die ich im *KADEWE* in Berlin gekauft hatte, und zündete sie an. Ich hatte keine Eile, wußte nicht, was ich sagen sollte.

»Was wollen Sie denn wissen?«

»Das weiß ich nicht so genau. Ich möchte Ihnen erst einmal sagen, daß ich nachempfinden kann, wie dreckig es Ihnen geht. Ich werde auch nicht morgen in der *BILD* darüber schreiben. Können Sie sich einen Menschen vorstellen, der hingegangen ist und Ihren Mann und Frau Kutschera getötet hat?«

»Ja«, sagte sie. »Mich zum Beispiel. Und Hans Kutschera auch.« Plötzlich brach ein Lächeln durch. »Natürlich waren wir es nicht, aber vorstellbar ist das. Wenn Sie mich sonst fragen: Nein, ich kann mir keinen vorstellen. Meinen Sie, ob ich ihn noch einmal sehen kann?«

»Das wird sicher möglich sein. Was war er für ein Mann?«

»Tja, Sie können sich vorstellen, daß ich das heute nicht mehr genau weiß. Ich habe immer gedacht, der Alptraum muß doch mal vorbei sein. Aber er wäre niemals vorbei gewesen. Das weiß ich jetzt. Ich nehme mal an, sie war sexuell ein Luder und mein Pierre war abhängig.«

Vorsicht Baumeister, sehr dünnes Eis!

»So etwas habe ich auch bereits gedacht«, log ich. »Hat er sich denn verändert in den letzten zwei Jahren?«

»Ja, das hat er. Bis dahin war er ein guter Vater gewesen, und meine Ehe war in Ordnung. Nicht aufregend, aber es war eine Menge los, und man konnte sich aufeinander verlassen. Zu den Kindern war er gut, ein Freund. Von heute auf morgen kam die Kutschera, und alles war kaputt. Oh ja, er hat sich verändert, er wurde erst kühl, dann kalt, und er redete nur noch über Geld. Er hat ja gut verdient, aber er konnte immer trennen zwischen Leben und Geldverdienen. Das tat er dann nicht mehr.«

»Ist das indiskret, wenn ich frage, wann Sie ihn abgeschrieben haben?«

»Vor einem dreiviertel Jahr. Da habe ich begriffen, daß das alles nichts mehr mit mir zu tun hatte. Da habe ich ihn gebeten, auszuziehen und in die Scheidung einzuwilligen.«

»Und? Was tat er?«

»Er zog nicht aus, und er wollte die Scheidung auch nicht sofort.«

»Kann das sein, daß er mit Rücksicht auf die Bank so gehandelt hat?«

»Nein. Bei der Bank war sein Ansehen schon schlecht genug.«

»Hans-Jakob Udler behauptet das Gegenteil. Er sagt, er habe Pierre sehr gemocht, und er sagt, die Bank hätte kein Recht, ihm in sein Privatleben reinzureden.«

»So ein Scheiß!« rief Kinns Frau. »Die lügen doch alle, die sind doch alle so fromm und edel. Tatsache ist, daß Udler meinen Mann wirklich mochte. Aber da gibt es ja noch andere im Vorstand. Die haben erst mal die Tantiemen meines Mannes beschnitten. Zuletzt kriegte er keinen Siebener-BMW mehr als Dienstwagen, sondern nur einen läppischen Dreier. Pierre hat dann die Differenz selbst bezahlt, weil er sagte, das würden die Kunden sofort merken.«

»Für Sie ist die Situation jetzt günstiger, oder? Sie bekommen doch bestimmt Versicherungsbeträge.« Ich mußte das fragen, obwohl mir jedes Wort schwer fiel.

»So ist es«, bestätigte sie sachlich. »Irgendwie ist es so, als habe er etwas geahnt. Vielleicht hat er das.«

»Hat er nie darüber gesprochen, was er mit Frau Kutschera vorhatte?«

»Doch, das war ganz klar. Frau Kutschera sollte Weiterbildung machen. Sowohl Computer- wie Pressearbeit. Sie sollte die Öffentlichkeitsarbeit für dieses Bad und Hotel in Kyllheim machen. Ich habe ihm gesagt, das geht nicht gut, ich habe ihm gesagt, er soll um Gottes willen aus der Eifel verschwinden. Aber er lachte nur und antwortete, daß Bargeld sich immer durchsetzt.«

»Das heißt also, er wollte in der Eifel und in der Bank bleiben?«

»Ja, und das ist so verwirrend. Sie hätten ihn auf Dauer feuern müssen. Ich verstehe bis heute nicht, warum er das nicht gesehen hat. Er war wirklich ein heller Kopf, aber an der Stelle war er total vernagelt. Die Männer hier sind alle so: Sie wollen sich in der Eifel durchsetzen, sie wollen sich dort durchsetzen, wo sie auf die Welt gekommen sind und wo die Nachbarn sagen: Aus denen wird nie was! Sie wollen den Erfolg um jeden Preis, und die ganze Eifel muß Zeuge sein. Sowas Verrücktes!« Sie schnaufte unwillig. »Er stammt eben aus bescheidenen

Verhältnissen. Die Eltern kriegten die Kinder kaum satt, der Vater war Maurer, die Mutter ihr Leben lang krank. Das steckte in ihm, das kriegte er nicht raus.«

»Kann es sein, daß jemand den Pierre umbrachte, weil er zum Beispiel den Handwerkern Apartments im Kyllheim-Projekt angedreht hat?«

»Warum denn?« fragte sie schrill. »Das ist doch bei so teuren Bauten völlig normal. Pierre hat die Finanzierung durchbekommen, und eigentlich müßten die doch dankbar sein. Er hat niemals jemanden persönlich übers Ohr gehauen, das machte er einfach nicht.«

»Aber jemand muß einen Grund gehabt haben, den Pierre zu töten und Heidelinde gleich mit. Fällt Ihnen gar nichts ein?«

»Wirklich nicht«, flüsterte sie, und ihr Gesicht war ein schwarzer Fleck vor dem hellen kleinen Fenster.

»Hat Ihr Mann eigentlich sich selbst auch ein Apartment gekauft?«

»Nein«, sagte sie. »Nicht für sich. Er hat eins für mich gekauft und eins für die Kinder. Und ich bin dankbar, denn die kann ich jetzt sofort zu Geld machen. Ich muß hier raus, ich muß das alles hinter mich bringen, ich will weg hier.« Ihr Kopf schlug nach vorn, und sie weinte.

»Was ist mit Kutschera? Wollte er sich scheiden lassen?«

Sie schüttelte den Kopf. »Der kam überhaupt nicht mehr klar mit dem Leben. Der hat mir gesagt: Wenn ich mich scheiden lasse, kann ich mich gleich aufhängen. Nein, er wollte sich nicht scheiden lassen.«

»Dann brauchte Ihr Mann die Scheidung auch nicht so eilig«, sagte ich ganz sanft.

»Stimmt«, rief sie plötzlich hell. »Darüber habe ich noch gar nicht nachgedacht. Ja, das stimmt.«

»Woher stammt Pierre?« fragte ich.

»Aus Schutz, das liegt vor Manderscheid.«

»Haben Sie Verbindung zu seiner Familie?«

»Natürlich. Der Vater telefoniert sechsmal am Tag mit mir. Der würde sich am liebsten einen Strick nehmen.«

»Würden Sie ihn anrufen? Würden Sie ihn bitten, fünf Minuten mit mir zu sprechen?«

»Natürlich«, sagte sie, aber sie war nicht mehr bei der Sache.

Sie ging mit mir hinunter und telefonierte mit ihrem Schwiegervater. Dann nickte sie mir zu: »Fünf Minuten, sagt er, nicht mehr.«

»Eine Frage noch. Hans Kutschera wird von der Polizei festgehalten. Kann er der Mörder sein oder der Auftraggeber für den Mord?«

»Niemals. Der Mann ist doch fertig, der ist nur noch ein Wrack.«

»Danke«, murmelte ich und ging.

Ich fuhr, so schnell ich konnte, über Niederbettingen nach Gerolstein hinüber, dann von dort über Gees nach Oberstadtfeld und Schutz. Unterwegs rief ich mich selbst an und erklärte Rodenstock, ich würde mich etwas verspäten. »Und sagen Sie Wiedemann, er kann diesen Kutschera freilassen. Der hat wahrscheinlich nichts damit zu tun.«

»Kutschera ist wieder frei«, sagte Rodenstock. »Beeilen Sie sich. Sie müssen sich ein Video anschauen.«

»Was ist denn drauf?« fragte ich.

»Eine nackte Frau reitet einen nackten Mann«, faßte er das Gesehene zusammen. »Widerlich.«

»Was heißt das?«

»Na ja«, schnaufte er unwillig. »Wir kennen weder die Frau noch den Mann.«

In Schutz kam linker Hand zuerst Bernds Schreinerei, der kleine Kunststücke in Inneneinrichtung liefert, dann die Kurve nach links, dann nach rechts, schließlich die schmale Straße den Berg hinauf. »Es ist ein kleines Haus, in dem man heute gar nicht mehr wohnen würde.«

Sie hatte noch etwas gesagt: Die Eltern hatten die Kinder kaum satt bekommen, die Mutter war immer krank gewesen.

Das Haus war ein uraltes Trierer Einhaus: Wohnhaus,

Stall und Scheune unter einem Dach, in einer Front. Wahrscheinlich war es einer jener Bauten, die Experten begeistert unter Denkmalschutz stellen, dann aber mit Abbruch bestrafen, weil kein Mensch das Geld hat, die uralte Substanz zu erhalten. Der Schimmel war in die Außenmauern gekrochen und ließ sie grünlich und grau aussehen. Um eine bessere Wärmedämmung zu bekommen, hatte jemand Rolläden eingebaut, die allesamt geschlossen waren. Es machte den Eindruck, als sei es ein sehr totes Haus, als sei das Leben vor sehr langer Zeit daraus entwichen. Kein Auto vor der Tür, kein Hinweis auf Menschen, kein Briefkasten, keine Türklingel.

»Da meldet sich bestimmt keiner«, rief eine alte Frau von einem Fenster gegenüber, als ich an die Haustür klopfte.

Ich antwortete nicht, ich klopfte erneut.

Ein junger Mann öffnete, er war vielleicht dreißig Jahre alt, und es war unverkennbar, daß er ein Bruder von Pierre war. Er murmelte ohne Gruß: »Vater wartet in der Küche. Er ... er weint viel. Haben Sie eine Ahnung, wann wir Pierre zur Beerdigung kriegen?«

»Ich weiß es nicht«, sagte ich. »Sie untersuchen wohl noch. Wie geht es Ihrer Mutter?«

»Sie liegt im Bett, sie sagt gar nichts mehr. Aber sie war schon immer krank. Das gibt ihr den Rest. Es ist wirklich scheiße, weil er war doch ihr Liebling. Haben Sie ... ich meine, haben Sie ihn tot gesehen?«

»Ja, das habe ich.«

»Können meine Eltern ihn sehen? Ich meine, man weiß ja nicht, was solche Schüsse anrichten, oder ...«

»Sie können ihn sicher sehen«, meinte ich. »Sie wissen doch, man braucht nur ein winziges Loch zum Tod.«

»Ja. Ich kenne das ja nur aus dem Fernsehen, aber so ist es wohl.«

»Können Sie sich denn vorstellen, wer so etwas hat tun können?«

»Eigentlich nicht«, erwiderte er. »Nein, wirklich nicht. Außer vielleicht, man denkt an Pierres Nachfolger.«

»Nachfolger? Gibt es einen Nachfolger?«

Der Bruder hatte leicht rötliches Haar und ungewöhnlich helle Augen; er war einer dieser Typen, die an unsere Urväter in der Eifel erinnern, die Kelten. Er nickte und sah mich dabei unverwandt an. »Sicher wird von einem Nachfolger geredet. Es hieß schon immer, daß der Glauber von der Raiffeisenkasse in Cochem an der Mosel Pierres Nachfolger werden würde. Das ist wirklich ein eiskalter Hund. Ich meine, ich habe nichts gesagt, denn ich weiß auch nichts. Aber der Glauber – na ja, der könnte was gedreht haben.«

Es war sehr still, aus irgendeinem Raum kam ein leises Summen, irgendwo lief ein Eisschrank.

»Kennen Sie diesen Glauber? Halt, erst eine andere Frage. Ihr Bruder ist nicht einmal vierundzwanzig Stunden tot. Wieso gibt es schon einen Nachfolger?«

»Wegen der Frau«, sagte er. »Das mit Pierre und der Frau konnte doch nicht gutgehen. Vor einem Jahr schon hat man erzählt, der Udler, der Direktor hätte diesen Glauber als Nachfolger für Pierre ausgeguckt. Ich kenne Glauber, ich weiß, der ist hart, der ist sozusagen ... ich rede zuviel.«

»Sie reden nicht zuviel, das ist schon in Ordnung. Also: Udler hatte den Glauber aus Cochem zum Nachfolger erwählt. Richtig? Und Pierre wußte das. Auch richtig?«

»Auch richtig. Aber Pierre hat sich nichts daraus gemacht. Er grinste immer nur, wenn man ihn darauf ansprach. Wir haben mal vor dem Haus Tischtennis gespielt. Ich habe gefragt, was er mit dem Gerede um den Glauber macht. Er lachte und sagte: Wenn Glauber mein Nachfolger wird, bin ich schon Kilometer weiter. Wörtlich: Kilometer weiter. Irgendwie war ihm das völlig egal. Glauber ist wirklich ein Schwein. Jedenfalls in Banksachen brutal.«

»Mit anderen Worten: Sie haben daran gedacht, daß Glauber Ihren Bruder getötet haben könnte, um schneller an seinen Schreibtisch zu kommen?«

»Also, wenn ich ganz ehrlich sein will, habe ich das

gedacht. Aber Sie erzählen das doch nicht? Oder schreiben drüber?«

»Um Gottes willen, nein. Aber warum sollte Glauber auch die Geliebte Ihres Bruders umbringen?«

»Darauf habe ich keine Antwort. Ein Aufwasch vielleicht. Seit es im vorigen Februar an der Mosel zu der Schlägerei kam, glaube ich erst, daß Glauber hinter sowas stecken könnte.«

»Was war an der Mosel?«

»Da hat die Freiwillige Feuerwehr Cochem ein Karnevalsfest veranstaltet. Und uns von der Freiwilligen Feuerwehr hier eingeladen. Wir sind hin, alle Mann. Dann kam es spät in der Nacht zu einer Schlägerei zwischen Glauber und Pierre. Wie das genau angefangen hat, weiß kein Mensch. Das war in der Sektbar. Ich weiß nur noch, daß Glauber schrie: Ich mache dich platt, du Schwein, ich zeige dir, daß ich besser bin. Ich kriege deinen Job, du Schwein, und so weiter. Dann schlug er auf Pierre ein.«

»Und wie hat Pierre sich verhalten?«

»Er stand da und grinste sich eins. Aber so war er immer. Als wäre Glauber ein kleiner, wütender Pinscher.«

»Und sie haben sich geprügelt?«

»Nicht richtig. Pierre trank ja kaum. Er wich aus und wartete, bis dieser Glauber nur noch rumkeuchte. Dann haute er ihn um. Glauber war betrunken.«

»Sagen Sie mal, war die Liebesgeschichte zwischen Pierre und Heidelinde tatsächlich so tief?«

»Oh ja, die war, verdammt noch mal, sehr tief. Sehr echt, meine ich. Es war eben Pech, daß sie sich so spät begegnet sind.«

»Aber jemand anderes als Glauber fällt Ihnen nicht ein?«

»Nein.«

»Kann es irgendwie mit der Bank zusammenhängen? Mit Geschäften?«

»Das weiß ich nicht. Ich bin Kunde bei einer anderen Bank. Und meine Alten auch. Nichts für ungut, Sie reden doch nicht drüber?«

96

»Nein, ich rede nicht drüber. Wo ist Ihr Vater?«

»Da in der Küche. Und vorsichtig, der Mann ist völlig fertig.«

»Sicherlich.«

»Und nicht rauchen, er hat Asthma. Und laut reden, er hört schlecht.«

»Alles klar.«

Ich klopfte nicht, ich ging einfach hinein. Der Mann saß schmal und in sich zusammengesunken vor einem winzigen Fenster, das auf den Hinterhof hinausging. Er trug einen alten, verschlissenen Pullover zu ausgefransten, dreckigen Arbeitshosen. Er hielt beide Hände auf der Tischplatte verschränkt, und sie zitterten. Der Kopf wirkte extrem schmal, zeigte einen kleinen Kranz kurzer grauer Haare. Er bewegte sich nicht.

Ich legte ihm die Hand leicht auf die Schulter und bedankte mich, daß er mit mir reden wollte. »Können Sie sich vorstellen, wer so etwas Schreckliches tut?«

Der Kopf kam ganz langsam hoch, sein Gesicht war sehr weiß, es sah so aus wie das Gesicht eines sehr ernsten verschreckten Kindes. »Kann ich nicht«, die Worte kamen rauh und belegt. »Wat hat er denn wem getan? Nix! Er war ein guter Junge. Och jeh ... er war so ein guter Junge.« Dann weinte er.

Ich setzte mich ihm gegenüber und schwieg.

»Daß der Herrgott mir sowas antun kann. Ich bin ein alter Mann, ich habe doch nix, ich habe keinem wehgetan. Pierre ist ein guter Junge. Meine Frau ... wir kommen nicht mehr zurecht. Es ist wie im Krieg. Du kriegst einfach gesagt, er ist nicht mehr, und du sollst irgendwie damit fertig werden. Und das geht doch nicht.« Er machte einige sehr schnelle Bewegungen mit der rechten Hand, was seine Hilflosigkeit noch deutlicher machte. »Du kannst doch mit sowas nicht rechnen. Ich war Treiber bei Udler, wenn er mit seiner Clique gejagt hat. Er fragte eines Tages, was ich mir wünsche. Ich sagte: Eine Lehrstelle für den Pierre, der kann gut mit Zahlen. Der Junge kriegte die Lehrstelle. Jetzt das! Nicht mal vierzig ist er geworden. Alles nur wegen dieser Frau, wegen dieser Hure, wegen dieser verdammten dreckigen Hure, wegen ...«

»Sie war keine Hure«, sagte ich laut.

»Häh?« fragte er verblüfft. »Was war sie denn? Wenn sie keine Hure war, was war sie denn?«

»Er liebte sie.« Ich glaube, ich schrie fast, ich war sehr wütend. »Und was halten Sie von dem Glauber?« fragte ich etwas ruhiger.

»Den kenne ich nicht, der soll ja Pierres Stelle kriegen. Sollte er schon seit langer Zeit. Wohl ein neuer Liebling von Udler. Aber der Glauber war für den Pierre doch ein Lackel. Der Junge hat den doch gar nicht ernstgenommen.«

»Aber wenn der Nachfolger schon feststand, was wollte Pierre machen? Er muß doch irgend etwas zu dir gesagt haben, oder?«

»Pierre hat immer gesagt: Das schaukel ich schon. Er sagte immer: Ich schaukel das! Und seine Kinder, oh nein, was werden die sagen?«

»Wenn Pierre entlassen werden sollte, was wollte er machen? Hast du das gefragt?«

»Habe ich. Er sagte immer: Vatter, ich gehe niemals aus der Eifel raus. Das habe ich nicht nötig. Er hatte ja auch viele Freunde. Allein im Golfclub hatte er eine Menge Freunde. Diesen Charlie ja auch, der soll ja sogar Multimillionär sein. Er sagte: Vatter, Charlie läßt mich niemals fallen. Und er sagte: Vatter, Charlie braucht mich.«

»Er hat gesagt, Charlie braucht mich?«

Der alte Mann nickte heftig. »Hat er gesagt. Aber ich weiß nicht mehr. Irgendwer hat meinen Pierre erschossen. Aber wir haben doch keinen Krieg.«

»Es muß Krieg gewesen sein!« sagte ich heftig. »Es war ein Krieg, und keiner hat gemerkt, daß es einer war.«

Ich hielt es plötzlich in all dieser Trauer nicht mehr aus und ging hinaus. Ich setzte mich in den Wagen und fuhr, fuhr verantwortungslos schnell.

Charlies Maserati stand noch auf meinem Hof, ein seltsamer Anblick in der Eifler Landschaft. Sie hockten alle zusammen im Arbeitszimmer, Dinah, Rodenstock, Wiedemann und Charlie. Offensichtlich hatten sie sich die Köpfe heißgeredet, denn sie wirkten erleichtert, als ich hereinplatzte.

»Ich habe eine Menge Neuigkeiten«, berichtete ich. »Was habt ihr?«

»Ein Video«, sagte Rodenstock. »Ich führe es mal vor, damit Sie sehen, welch ein sittenloser Sumpf die Eifel sein kann.«

Die Soziologin und der Wiedemann sahen sich an und begannen zu kichern.

Charlie meinte wegwerfend: »Was heißt so ein Streifen schon? Soll doch jeder seinen Spaß haben. Was sind wir denn so engstirnig?« Er hatte ein Glas Pflaumenschnaps neben sich stehen und wirkte sehr entspannt und heiter.

Das Video lief an. Zu sehen war zunächst eine Frau in schwarzen Strapsen. Die Frau war aufregend langbeinig und schön. Schwarzhaarig und hartkantig geschminkt wirkte sie ein wenig wie ein Tier. Sie hatte eine Peitsche in der Hand, eine kurzstielige Peitsche mit einer sehr langen, dünnen Schnur. Sie befahl mit einer sehr tiefen Stimme: »Komm her und gehorche!« Dann folgte eine helle, farbenschillernde Unterbrechung. In der nächsten Einstellung saß sie auf einem vollkommen nackten Mann, der auf Händen und Knien kroch. Er lachte, kreischte, grölte: »Das ist ein Ritt, das ist ein Ritt!« Der Mann mochte um die Fünfzig sein, und er drehte der Kamera den Rücken zu. Diese Einstellung blieb ungefähr zwei Minuten, dann folgte Schneetreiben.

»Das ist alles«, sagte Rodenstock. »Wer ist die Frau, und wer ist der Mann?«

»Der Mann ist der Sparkassenboß Hans-Jakob Udler«, stellte ich fest.

»Oh weia«, Wiedemann ruckte in seinem Sessel nach vorn. »Wenn Kinn und die Kutschera dieses Band in Besitz hatten, dann wissen wir auch, weshalb Kinn nicht längst gefeuert war. Dann haben sie Udler erpreßt oder zu erpressen versucht. Das sieht böse aus für Udler.«

»Ich habe noch etwas«, berichtete ich. »Udler hatte seit langem einen Nachfolger für Pierre Kinn. Der Mann heißt Glauber und arbeitet in der Raiffeisenkasse in Cochem. Man sagt, der Mann sei eiskalt, ein Karrierist. Kinn wußte von diesem Nachfolger und hat sich nicht im geringsten irritiert gezeigt. Im Gegenteil, er hat seinem Vater gesagt, er habe die Situation voll im Griff.«

»Charlie«, fragte Wiedemann, »könnte das Ihrer Meinung nach für Udler ein Grund sein, Kinn zu töten?«

»Niemals«, sagte Charlie energisch. »Das ist doch Blödsinn, das ist doch nicht mal das Schwarze unterm Fingernagel wert. Machen wir uns doch nichts vor: Wenn gesoffen wird, dreht jeder mal durch und tut Dinge, die er normalerweise nicht tut. Was soll das? Was beweist dieses Filmchen? Nichts beweist es. Ich sage euch: Udler ist ein fähiger Banker, der die Sparkasse hochhält und ihren Einfluß sichert, der gute Entscheidungen trifft.«

»Charlie, das stimmt so nicht«, widersprach ich. »Pierre Kinn hat gesagt, Charlie ist mein Freund. Charlie braucht mich. Wieso hat dieser Sparkassenpopel dich gebraucht, Charlie? Du bist ein Mann mit viel Geld, und der Pierre war bestenfalls Bote. Wieso brauchst du ihn?«

Charlie kniff die Augen zusammen. »Hat er gesagt, er braucht ... ich brauche ihn? Wieso sollte ich ihn brauchen? Wozu? Finanziell knipse ich dem pro Sekunde einmal das Licht aus. Wieso sollte ich ihn brauchen? Vielleicht war er besoffen?«

»Pierre Kinn trank kaum etwas!« entgegnete ich.

»Der Vater muß das mißverstanden haben«, sagte Charlie angewidert. »Jeder weiß was, jeder will mitreden, keiner hat Ahnung. Das ist in der Eifel gemeingefährlich. Ich sage euch, es war eine Liebesgeschichte, sonst nichts.« Er stand auf. »Nehmt es mir nicht übel, aber ich habe heute abend Gäste. Wenn ich helfen kann – jederzeit.« Charlie ging hinaus.

»Er wäre durch ein solches Filmchen nicht erpreßbar«,

knurrte Rodenstock. »Was machen wir jetzt mit Udler? Ist er unser Mann?«

»Das kann sein«, überlegte Wiedemann. »Aber es ist nicht zwingend. Vielleicht ist er von Kinn und der Kutschera erpreßt worden – obwohl das eigentlich, verdammt noch mal, nicht in mein Bild paßt. Aber etwas anderes.« Er bewegte sich unruhig. »Mir gefällt dieses Setting hier nicht.«

»Dieses was?« fragte Dinah.

Rodenstock grinste säuerlich. »Mein Kollege Wiedemann ist Beamter und Mitglied einer Mordkommission. Er kann seine Gedankengänge hier nicht bloßlegen, und er kann auf keinen Fall zulassen, daß sozusagen Zivilisten ihre Überlegungen dazu beisteuern. Mit anderen Worten: Er muß getrennt von uns operieren. Das wolltest du doch sagen, Knubbel, oder?«

»Das muß ich. Im Grunde ist es schon nicht zu verantworten, daß ich diesen Geldsack, diesen Charlie, mit einigen Überlegungen füttere und mir dann auch noch anhöre, was er dazu meint. Ich will sagen: Mein Oberstaatsanwalt macht mir die Hölle heiß. Wenn das vor einem Prozeßbeginn bekannt wird, können wir den Prozeß aufgrund der Antragslage durch die Verteidigung vergessen. Ich kann dich ins Vertrauen ziehen, mein Alter, ich kann dich sogar um Meinung und Hilfe bitten, du bist Kripobeamter a. D., dein Dienstfeld gilt immer noch. Aber ich kann nicht Baumeister reinnehmen und auch nicht die Frau Marcus. Ich stecke in einer Klemme, denn ich habe weder was gegen Frau Marcus noch gegen Baumeister.«

»Wenn Sie mit Udler reden, darf ich also nicht teilnehmen?« hakte ich nach.

»Richtig«, sagte Wiedemann. »Verdammt noch mal, Baumeister, ich muß jetzt zunächst entscheiden, ob ich Udler als Verdächtigen vernehme oder aber als möglichen interessanten Zeugen anhöre. Diese Entscheidung treffe ich mit meinen Leuten, und meine Leute sind gut. Dann übermittle ich unser Ergebnis dem zuständigen

Staatsanwalt. Dem kann ich aber doch nicht erklären: Ich lasse Baumeister und eine völlig sachferne Soziologin teilnehmen, weil die mir sympathisch sind.«

»Moment, Knubbel, Moment!« Rodenstock hob den rechten Zeigefinger. »Ich habe Baumeister mal in einem Fall zugezogen, weil Baumeister gewisse Kenntnisse hatte, an die ich weder so schnell noch so direkt herangekommen wäre. Ist das soweit klar? Baumeister ist ein V-Mann, leuchtet das ein?«

Wiedemann wollte heftig werden, aber Rodenstock wehrte ab: »Laß den Opa noch etwas sagen: Mordkommissionen haben in der Regel beschissene Erfahrungen mit Journalistinnen und Journalisten gemacht. Einverstanden. Aber Baumeister schreibt nicht für Tageszeitungen, er schreibt also nicht morgen oder übermorgen. Noch etwas: Baumeister schreibt nicht, ohne dir den gesamten Text vorher auf den Tisch zu legen. Dann kannst du Änderungen einfordern. Wir haben das damals durchgegangen, es gab nicht eine Sekunde Ärger. In einer Beziehung gebe ich dir recht: Das mit Frau Marcus wird eng.«

»Scheiße«, sagte die Soziologin. »Da habe ich gedacht, ich könnte was lernen. Und jetzt werde ich dazu verdonnert, im Vorzimmer zu warten. Habe ich nicht im *Spiegel* oder *Stern* gelesen, daß Journalisten ganz offiziell die Arbeit von Sonderkommissionen der Polizei mitverfolgen dürfen?«

»Richtig«, nickte Rodenstock. »Aber dann lag vorher eine Genehmigung des Oberstaatsanwaltes vor. Die gibt es hier nicht.«

»Also ohne mich«, murmelte die Marcus. »Doch ich habe eine Bitte.«

»Jetzt kommt die Hintertür«, warnte ich.

»Ich möchte umfassend informiert werden.«

»Das mache ich«, versprach Rodenstock.

»Ich weiß es nicht, verdammt noch mal.« Wiedemann war wütend und erregt. Er stand auf und ging hinaus.

»Er ist einmal böse übers Ohr gehauen worden«, erläu-

102

terte Rodenstock. »Jemand vom Fernsehen hat ihn um Auskunft gebeten und versichert, daß er die Informationen nicht verwendet. Er hat sie zwei Stunden später verwendet. Live.«

»Scheißbranche«, meinte die Soziologin. »Weiß man denn nun, welches Gift verwendet worden ist?«

»Wir wissen es seit zwei Stunden«, nickte Rodenstock. »Aber ich sage kein Wort, ehe nicht Wiedemann es selbst erklärt.«

Wiedemann kam nach zwanzig Minuten zurück. Dinah hatte Kaffee gekocht, ich hatte Schnittchen gemacht. Wiedemann hockte sich hin und sagte: »Ich verlasse mich darauf, ich verlasse mich wirklich darauf. Keine einzige Information über die Kommission und ihre Mißerfolge und Erfolge, keine Information über irgendeinen Beamten der Kommission. Keine Information über den Fall selbst, egal, welche Kleinigkeit es betrifft.«

Wir nickten brav.

»Also gut. Kommen wir zur Todesursache. Aus den Spurenuntersuchungen meines Kollegen Wolf wissen wir, daß Pierre Kinn etwa zwanzig Meter vor der Stelle entfernt, an der er später lag, getroffen wurde. Bestimmte Spuren im Gras sind eindeutig. Bis zu seinem Hinfallen hat es etwa sechzig bis einhundertzwanzig Sekunden gedauert. Wir können das gleiche für Heidelinde Kutschera annehmen. Mit Sicherheit haben beide in diesen längsten Sekunden ihres Lebens eine Hölle an Schmerzen erlebt. Sie wissen, daß wir außerdem *Rama*-Spuren entdeckt haben. Selbstverständlich haben wir uns gefragt, wieso Margarine? Die Leichenöffnung ergab bei beiden ein zunächst noch verwirrenderes Bild. Wir haben es mit einem Herzstillstand zu tun, auf den natürlicherweise Sekunden später ein Zusammenbruch des Kreislaufs erfolgt. Wir dachten an ein Kontaktgift. Ich muß leider etwas ausholen, damit Sie begreifen, mit welch einem diabolischen Mörder wir es zu tun haben. Ist Ihnen die *Hellabrunner Mischung* bekannt? Vor etwa 20 Jahren hat ein leitender Veterinär im Tierpark Hellabrunn in München zwei Chemikalien zusammengemischt, die es ermöglichten, kleinere und größere Tiere zu betäuben, zu behandeln und dann die Tiere streßfrei ausschlafen zu lassen. Nun gibt es inzwischen einen Stoff namens Etorphin, verwendet in einem Präparat, das den belanglosen Namen M 99 führt. Dieser Stoff ist etwa tausendmal wirksamer als Morphium oder Morphiumderivate und auch tausendmal wirksamer als die *Hellabrunner Mischung*, er wird vor allem in Afrika benutzt. Dort muß man zuweilen Elefanten lahmlegen, um sie behandeln oder operieren zu können. Das geschieht mit einer genau auf das Körpergewicht abgestimmten Menge von M 99. Tierärzte dürfen dieses Mittel nur verwenden, wenn sie gleichzeitig ein Antidot auf eine Spritze ziehen, also ein Präparat, das die Wirkung von M 99 aufhebt. M 99 ist grauenhaft wirksam. Ich gebe Ihnen ein Beispiel: ein englischer Tierarzt benutzte M 99, um eine Kuh zu operieren. Er verletzte sich leicht an der Spritzennadel. Er schaffte nicht einmal mehr die wenigen Meter bis zu seinem Auto, und er verfügte über kein Gegengift. Er war tot. Man kann dieses M 99 überhaupt nur mit einer Schutzbrille und langen Handschuhen verwenden. Wenn Sie den Bruchteil eines Tropfens auf die Zunge oder auf die Schleimhäute der Augen bekommen, sind Sie nach wenigen Sekunden tot.«

»Wie kommt man daran?« fragte ich.

»Das wissen wir noch nicht genau«, bekannte Wiedemann. »Wir müssen davon ausgehen, daß Tierärzte in Zoos das Zeug verwenden. Wir müssen auch davon ausgehen, daß es gelegentlich von Tierärzten verwendet wird, wenn es sich um schwere Tiere, also zum Beispiel Rinder oder Pferde, handelt.«

»Wie kam das Zeug in die Leichen?« fragte Dinah Marcus.

»Mit der Margarine«, antwortete Wiedemann seufzend. »M 99 ist eine wäßrige Lösung. Der Täter hat zunächst die Pfeile mit Margarine eingeschmiert, vornehmlich vorne an der Spitze. Dann hat er winzige Tröpfchen

M 99 auf diese Margarineschicht aufgetragen und sie mit der Margarine umhüllt. Die Pfeile trafen auf und durchschlugen das Gewebe. Dabei wurden die Tröpfchen direkt in die Blutbahn gebracht. Also alles sehr perfekt ausgedacht und eben absolut tödlich. Mit anderen Worten: Der Mörder wußte, was er tat, und muß bei der Tat Schutzbrille und Handschuhe getragen haben. Wahrscheinlich aber sogar eine komplette Körperverhüllung, also beispielsweise eine Plastikhaube, die ihn ganz bedeckte. Denn bei der hohen Anfangsgeschwindigkeit der Pfeile mußte er damit rechnen, daß winzige Partikel zurückschießen und ihn treffen.«

»Die Frage ist also, kann Udler dieser Täter sein?« schloß Rodenstock lapidar.

»Wenn Kinn und Kutschera ihn erpreßten, ja«, meinte ich. »Er hat ein Motiv, ein doppeltes sogar. Erstens geht es um ihn persönlich, zweitens geht es um die Bank, die er führt.«

»Aber ist es ihm zuzutrauen? – Meine Antwort lautet: nein.« Wiedemann stand auf und ging hin und her. »Er ist der Typ des absolut seriösen Geschäftsmannes, inklusive eines leichten Bauches. Ich habe die Vorstellung, daß der Täter sportgestählt ist, eine Kriegertype.«

»Warum kann ein Krieger keinen Bauch haben?« fragte Dinah aufmüpfig.

»Hat er denn ein Alibi?« fragte ich.

»Hat er, und hat er nicht«, antwortete Wiedemann ganz ruhig. »Er war am Sonntag abend in der Bank. Er sagt, von ungefähr sechs Uhr abends bis Mitternacht. Er ist eindeutig gesehen worden, als er sie verließ. Er hat Akten für eine Sitzung vorbereitet, die heute stattfinden sollte. Sie fand wegen des Todes von Kinn nicht statt.«

»Kann er die Bank zu Fuß verlassen haben und in einen anderen Wagen eingestiegen sein?« spekulierte die Soziologin. »Ich will sagen: er kam an, parkte sein Auto. Das blieb dort, bis er die Bank wieder verließ, während er sie tatsächlich sofort zu Fuß verließ und irgendein anderes Fahrzeug benutzte?«

»Wir müssen mit ihm reden«, entschied Wiedemann. »Aber nicht jetzt. Ich bin hundemüde.«

Rodenstock kniff die Lippen zu einem schmalen Strich zusammen. »Keine gute Vorbereitung«, befand er. »Wir müßten versuchen, die Frau aufzutreiben, die ihn in dem Video reitet.«

»Du willst seinen Weg einengen«, murmelte Wiedemann. »Du hast recht.«

»Ich mache darauf aufmerksam, daß ich mit Ihrer Truppe konkurrieren werde«, sagte ich. »Ich will zunächst zwei Dinge erledigen. Erstens will ich mit Kutschera sprechen, und zweitens will ich diese Dame suchen, die sich ja vermutlich Natascha nennt, wenn man der Beschriftung der Videohülle glauben kann.«

Wiedemann grinste. »Ich habe die Ahnung, daß Sie genau wissen, wo Sie Natascha suchen müssen, oder?«

»Ich kenne in Daun einen Mann, der sich zum moralischen Maßstab aller Dinge macht und der ständig seinen Kindern beibringen will, was ein anständiger Bürger ist. Dabei weiß jeder, daß er mindestens einmal im Monat nach Wittlich in einen Puff fährt. Auf dieser Basis werde ich recherchieren.« Ich konnte mir ein Lachen nicht verkneifen. »Im Ernst, ich habe keine Geheimnisse.«

»Kutschera wird nichts hergeben«, meinte Wiedemann. »Er ist schweigsam, er ist ein Sensibelchen in tiefer Trauer.«

»Ich versuche es«, beharrte ich.

»Ich muß zu meinen Leuten«, sagte Wiedemann.

»Kann ich mit Ihnen Natascha suchen?« fragte Rodenstock.

»Na sicher«, nickte ich. »Haben Sie Erfahrung mit Nutten?« erkundigte ich mich bei der Soziologin.

»Nein. Sollte ich?«

»Frauen verstehen Nutten viel besser als Männer«, sagte ich. »Sie sollten mitkommen.«

»Sie wären mich sowieso nicht losgeworden«, erwiderte das erstaunliche Wesen.

Fünftes Kapitel

Wir fuhren abends los, als die tiefrote Sonne die Eifel in ein Höllenloch verwandelte und den Tälern einen silbernen Schimmer gab.

»Entweder Dockweiler oder Gerolstein«, sagte ich. »Ich denke an eine bestimmte Frau. Ihr Name ist Monika Hammer, und sie hat mit dem Schlaginstrument nur die Stimme gemein.«

Es war nicht schwer, in Dockweiler zu erfahren, daß Monika Hammer bei ihrem Freund in Gerolstein war. Und in Gerolstein war es nicht schwierig herauszufinden, daß sie im *Terrace* weilte. Ihre Schwiegermutter in spe kommentierte freundlich: »Sie ißt für ihr Leben gern Knoblauchbrot.«

Während die anderen im Auto warteten, betrat ich das *Terrace*.

Dort verbreitete Monika Hammer gerade, umgeben von aufmerksam lauschenden Jungmannen, ihre Version des Doppelmordes auf dem Golfplatz. Sie wirkte aufgeregt und sehr überzeugend. Als sie mich sah, sagte sie hell und befriedigt: »Da isser ja!«

»Haben Sie einen Moment Zeit für mich?«

Sie hatte, und wir zogen uns in den Schatten einer gewaltigen Zimmerpalme zurück.

»Der Herr Udler ist sehr katholisch«, begann ich.

»Das isser«, strahlte sie. »Kennen Sie die Geschichte vom Pfarrer, dem er ein neues Meßgewand schenkte?«

»Kenn ich nicht.«

»Die Bank spendierte dem ein neues, prächtiges Meßgewand. Aber Udler wollte es ihm nur geben, wenn der Pfarrer in Udlers Haus eine Heilige Messe lesen würde. So traf die Kirche das Geld.« Sie kicherte. »Was wollen Sie jetzt?«

»Das Wasserbett habe ich besichtigt, jetzt interessiert mich eine Dame namens Natascha. Ihr Beruf ist ganz eindeutig, sie verdient Geld in der Horizontalen. Sie ist eine schöne, schwarzhaarige, langbeinige Sünde, und ich muß wissen, wo sie arbeitet.«

»Also bei Udlers Frau kann ich mir das vorstellen. Kennen Sie Udlers Frau?«

»Nein.«

»Die ist noch katholischer als Udler selbst. Man sagt, sie trägt zwei Eheringe. Einen von Udler und einen für den Herrn Jesus. Also, das sagt man, ich weiß nicht, ob das stimmt. Sie ist sehr christlich, und sie hat immer einen Gesichtsausdruck, als hätte sie gerade in eine grüne Zitrone gebissen. Es wird gemunkelt, daß Udler so einmal im Monat was nebenbei für Herz und Körper braucht. Alle fahren nach Wittlich oder nach Trier. Bei Udler ist das anders, der fährt nach Aachen. Also das erzählt man, ich weiß nicht, ob das die Wahrheit ist.«

»Wer könnte mehr wissen?«

»Niemand, soweit ich beurteilen kann. Aber Aachen ist unbedingt richtig, denn seine Sekretärin, die ich im Moment vertrete, sagt hin und wieder: Wenn Udler schlecht gelaunt ist, muß Klein-Natascha ran.«

»Sieh einer an«, murmelte ich. »Gibt es sonst etwas Neues?«

»Ja. Die Finanzierung in Kyllheim ist kurzfristig zusammengebrochen, steht aber jetzt wieder.«

»Wer ist denn eigentlich diese Schweizer Gesellschaft, die eingesprungen ist?«

»Das weiß ich nicht. Ich weiß nur, daß bei sehr sicheren Objekten die Schweizer immer bereit sind, die Finanzierung zu übernehmen. Genauer: Jemand aus Liechtenstein.«

»Wissen Sie etwas über Charlie, diesen Multimillionär?«

»Eine witzige, eiskalte Type. Er hat mit der Bank zu tun, aber viel ist es nicht. Udler kann gut mit ihm, Pierre konnte auch gut mit ihm.«

»Wissen Sie etwas über die grüne Flora Ellmann? Finanziert die sich auch über Ihre Bank?«

»Da weiß ich nix. Aber ein Kollege hat mal gesagt: Flora ist unheimlich grün, aber wenn es um Bares geht, ist sie rabenschwarz.«

»Ein schöner Spruch«, lobte ich. »Machen Sie es gut.«

»Jederzeit«, meinte Monika Hammer hochzufrieden.

Im Wagen erklärte ich: »Sie heißt wohl tatsächlich Natascha und praktiziert in Aachen.«

»Kein Problem«, erwiderte Rodenstock. »Ich kontaktiere einen Kollegen der Nacht. Also an der nächsten Telefonzelle halten.«

Die war schräg gegenüber an der Post, und wir beobachteten Rodenstock, wie er sanft gestikulierend Natascha beschrieb.

»Er ist ein netter Kerl«, sagte die Soziologin. »Gar nicht wie ein Bulle.«

»Die meisten Bullen sind nicht wie Bullen«, steuerte ich bei.

Rodenstock kam zurück. »Also, wir haben es mit drei Nataschas in Aachen-Mitte zu tun. Alle drei praktizieren in Wohnungen rund um den ehrwürdigen Dom, und alle drei sind im Grunde Amateure. Unsere Natascha, lang, schlank und ägyptisches Profil, heißt tatsächlich Carmen Striezel und stammt aus Oberhausen-Sterkrade. Sie ist verdammt teuer.«

»Ich liebe den Luxus«, kommentierte die Soziologin. »Und was ist, wenn sie nichts sagt?«

»Sie sagen immer was«, antworteten Rodenstock und ich wie aus einem Mund.

Die Fahrt verlief schweigend. Nur einmal kam ein leichtes Röcheln aus Richtung unserer Soziologin. Sie schlief wie ein Baby.

Aachen ist eine zweifelsfrei schöne Stadt, und die Gegend um den Dom hat etwas von luxuriösem Schlendern in vergangenen Jahrhunderten. Sehr viel Cafés und Kneipen hatten sich auf den Bürgersteig ausgedehnt, Tische und Stühle aufgestellt und mehrten ihr Bares. Es war ein traumhafter Abend mit einem leichten, warmen Wind und dem Geflüster von Heimlichkeiten.

»Das ist was für einen trockenen Weißwein, nichts für Nataschas«, murrte Rodenstock.

»Anschließend gibt es Weißwein«, versprach ich.

»Was machen wir denn mit Natascha?« fragte Dinah.

»Wir kaufen sie für zwei Nummern«, gab ich Auskunft. »Das ist bei Nutten normal und üblich und heizt den Kreislauf des Geldes an.«

»Wie roh«, gab sie indigniert zurück.

»Hier muß es sein«, knurrte Rodenstock. »Weiß der Teufel, warum ich mich als Opa auf so Geschichten einlasse.«

»Weil Sie Geschichten lieben«, sagte ich.

Auf dem Klingelschild stand *Susi 1 x schellen, Yvonne 2 x schellen, Natascha 3 x schellen*, in ordentlichen Blockbuchstaben. Wir schellten also dreimal, der Summer ertönte, wir betraten das schmale, nach Traditionen riechende, enge Treppenhaus und begannen mit dem Aufstieg. Im dritten Geschoß lehnte Natascha schlank und rank am Treppengeländer und sagte rauchig wie eine Gauloise: »Nix da, keine Gruppe!«

»Wir wollen deinen Körper nicht, Schwester«, sagte die erstaunliche Dinah Marcus. »Wir brauchen dein Hirn.«

Natascha lächelte schnell und berufsmäßig. »Das kenne ich, und die nächste Frage lautet schon, wie schnell ich mein Hirn ins Bett legen kann.«

»Nichts da«, strahlte die Soziologin. »Wirklich von Frau zu Frau.«

Natascha stemmte die Hände in die Hüften und stellte fest: »Dann sind zwei Frauen als Macker verkleidet.«

»Sagen wir mal so«, begann Rodenstock gemütlich. »Wir brauchen eine Auskunft über einen Mann namens Udler, Vorname Hans-Jakob ...«

»... Wohnort Daun in der Eifel«, fuhr Natascha fort. »Was ist mit dem? Hat ihn der Sensenmann geholt? Ich habe ihn immer gewarnt, er hätte einen zu hohen Blutdruck.«

»Ach was, dem geht es gut«, sagte Dinah Marcus. »Was ist? Können wir reden?«

Natascha spitzte den Mund, als wollte sie uns küssen. »Ich bin aber Geschäftsfrau.«

»Zwei Nummern, reicht das?« fragte ich.

»Zwei schnelle oder zwei gute?«

»Zwei gute«, antwortete Rodenstock. »Also wieviel?«

»Zwei Lappen«, sagte sie. »Und im voraus.«

Es ist schon merkwürdig: Immer, wenn ich recherchiere, gerate ich in die Situation, für etwas bezahlen zu müssen, das ich nicht kenne. Ich kaufe dabei nicht etwa die Katze im Sack, sondern ich weiß nicht einmal, ob im Sack etwas drin ist. Auch diesmal reichte ich ihr das Geld und sagte: »Da sind aber Kaffee und andere Dinge drin, oder?«

»Kaffee und Bier, pro Nase ein Getränk«, versprach sie. »Kommt rein, erste Tür rechts.« Natascha stakste auf unendlich hohen Absätzen voraus. Ihre Strümpfe hatten hinten lange Nähte, das Kleidchen war feuerrot und eigentlich nur ein Stoffstreifen.

Der Raum war ein kleiner Tanzsaal, ganz in rotem Plüsch. Es gab nur ein paar Hinweise auf die Spezialität von Natascha, ein hohes hölzernes Gerüst zum Beispiel, an dem allerlei Spielsachen hingen: Ketten, Peitschen, Stricke und ähnliches Rüstzeug.

»Also, was ist mit Hans-Jakob?« fragte sie und ließ sich elegant in einem niedrigen Sessel nieder. Ein paar Augenblicke lang geriet sie dabei in das Licht eines Spots, den sie irgendwo hoch an der Decke hatte anbringen lassen, Klein-Natascha war keineswegs mehr die Jüngste, sie bewegte sich wohl straff auf die Vierzig zu, und der berufliche Streß hatte ihr Gesicht sehr hart werden lassen. Sie war mit Sicherheit genau der Typ, den ein Mann wie Udler brauchte, der sich mit Kleinigkeiten wie Vorspielen und Ähnlichem nicht mehr abgeben mochte, weil er sie für verschenkte Zeit hielt.

»Das wissen wir nicht genau«, sagte ich.

»Du hast ihn hier in diesem Raum gefilmt, Schwester«, hauchte Dinah. »Wenn ich mich nicht täusche, hast du Hans-Jakob von der Ecke dort aus in den Raum hineingeritten. Ihr hattet richtig Spaß. Unsere Frage ist jetzt: Wie kommt das Filmchen in die Hände von Leuten, die diesen Film eigentlich gar nicht hätten haben dürfen?«

Rodenstock räusperte sich und setzte hinzu: »Es geht mit anderen Worten um Erpressung, Schwester.«

Nataschas Gesicht war nun maskenhaft starr und wirkte wie aus Holz geschnitzt. Sie versuchte, auf der Hut zu sein. »Habt ihr was mit den Bullen zu tun?«

»Ich bin ein Bulle außer Dienst«, nickte Rodenstock. »Es geht um einen Doppelmord. Ich vermute, Sie haben dem Ermordeten das Filmchen verscherbelt. Der hieß Kinn, Pierre Kinn.«

Sie wollte wütend werden, aber es gelang ihr nicht. Dummerweise sagte sie: »Ich verstehe überhaupt nichts von Video und so.«

»Von Video war noch gar nicht die Rede«, sagte Dinah satt. Sie stand auf und ging auf einen Tisch zu, auf dem eine Menge Flaschen und Gläser standen. »Sieh mal an, ein Stativ«, bemerkte sie ruhig. »Und darauf eine Kamera.« Sie stellte sich dahinter. »Schöner Blick.«

»Manche Kunden wollen das«, erklärte Natascha. »Sie sehen sich das dann zu Hause an und haben noch mal was davon.« Sie hatte wirklich gute Nerven.

»Also, was ist gelaufen?« fragte ich. »Wir haben wirklich nicht viel Zeit. Hans-Jakob ist ein Stammkunde. Das wissen wir schon. Wie oft kommt er denn und seit wann?«

»Er kommt zweimal im Monat, aber nicht zu einem festen Termin. Er ruft vorher an und kommt dann. Das geht seit vier Jahren so. Er ist ein richtig lustiger Typ und sehr spendabel.«

»Wollte er denn gefilmt werden?« fragte Rodenstock sanft.

»Nein. Das war einfach ein Spaß. Ich habe den Film in irgendeine Schublade getan und wollte ihm den bei einer Gelegenheit mal vorführen. So als Gag. Aber ich habe es dann vergessen.«

»Bis ein Käufer kam«, ergänzte Dinah.

112

»Ja. Aber der Pierre war doch nicht gegen den Hans-Jakob. Der wollte doch nur einen Fez machen.«

»Einen Fez?« hakte ich nach. »Das hat er gesagt?«

»Na ja, erst mal wollte er das Ding überhaupt sehen. Ich habe es ihm gezeigt, weil es ja wirklich harmlos war. Es war ja eher ein Gag ...«

»Nicht so, Natascha«, mahnte Rodenstock. »Wieviel hat Pierre Kinn für die sechs Minuten gezahlt?«

»Nicht viel, eher ein Trinkgeld. War ja nur ein Gefallen für einen Freund von Hans-Jakob.«

»Du machst mich richtig ärgerlich, Schwester«, sagte Dinah ohne jede Betonung.

Ich versuchte es noch einmal auf die freundliche Tour: »Pierre hatte den Film. Und seine Freundin hat gesagt, er hätte anständig dafür bezahlen müssen. Wieviel, Natascha?«

»Eintausend«, behauptete sie.

Ich schüttelte den Kopf.

»Zwei ... ach, Scheiße, also er hat dreitausend bezahlt.«

»Wieviel waren es wirklich?« fragte Dinah.

»Wir erfahren es sowieso«, murmelte Rodenstock freundlich.

»Fünf Riesen«, sagte sie mürrisch. »Aber was hat denn das Video mit Mord zu tun?«

»Das wissen wir noch nicht«, gab ich zu. »Also fünf Riesen für sechs Minuten. Du solltest in den Verband Deutscher Kameramänner eintreten. Was hat Pierre denn noch erzählt? Hat er dich auch ... also hat er ...«

»Hat er nicht«, sagte sie. »Er wollte nur den Film, und seine Frau saß unten im Wagen.«

»Hat er gesagt, wozu er den Film braucht?« fragte Rodenstock.

»Hat er nicht.«

»Ich vermute, du hast ihm eine Kopie gezogen«, meinte Dinah. »Die sechs Minuten sind doch nicht alles, was du aufgenommen hast, oder?«

»Du kannst jetzt alles loswerden«, ermunterte sie Rodenstock. »Du solltest das auch tun. Könnte sein, daß ein

113

paar Kollegen kommen, und dann mußt du zweimal im Monat zum Amtsarzt. Und wahrscheinlich viel Steuern zahlen.«

Eine Weile war es sehr ruhig.

»Dieser Pierre war dreimal da«, erzählte Natascha endlich. »Er hat wirklich gesagt, der Hans-Jakob wäre sein Chef und er wolle nur mal einen Fez machen. Es ist nicht mehr auf dem Film. Man kann Udler nicht mal erkennen. Sechs Minuten, mehr gibt es nicht. Eigentlich war das sogar ein Versehen, weil meine Freundin Mimi die Kamera eingestellt hat und wir nichts davon wußten. Man sieht doch nur den Hängearsch vom Hans-Jakob.« Sie schnaufte unwillig. »Na gut, es war eine Möglichkeit, schnell ein paar Scheine zu machen. Was hat das mit Mord zu tun?«

»Eigentlich nichts«, sagte Dinah. »Wir haben keinen Kaffee und kein Bier bekommen.«

»Wollen wir auch nicht«, sagte Rodenstock und stand auf. »Kann ich bitte das Original haben?« Er hielt die Hand auf, als ginge es um ein Fünfmarkstück.

»Ja, schon gut«, maulte Natascha. Sie kramte in einer Tischschublade herum und reichte ihm das Video.

Wir gingen hinaus, und sicherlich machten wir einen sieghaften Eindruck, wenngleich niemand von uns wußte, was dieser Sieg zu bedeuten hatte und ob es denn ein Sieg war.

Auf der Straße blieb Dinah stehen. »Also hat Pierre Kinn zu seinem Chef Udler gesagt: Ich habe einen Porno mit dir als Hauptdarsteller. Und dafür hat dann Udler die Armbrust auf Kinn und Heidelinde gehalten.«

»So könnte man vorschnell urteilen«, meinte Rodenstock düster. »Aber etwas an der Sache gefällt mir nicht.«

»Ich will jetzt trockenen Weißwein«, wechselte die Soziologin das Thema.

Also marschierten wir in eine der urigen Kneipen, in der vorwiegend studentisches Volk lagerte und sich darüber unterhielt, innerhalb welcher Frist man später die Welt erobern könnte.

Ich bekam einen Kaffee, der Rest der Belegschaft Wein, und die Marcus entschied sich für Kassler, Kartoffelbrei und Sauerkraut.

Es geschah wie nebenbei, und zunächst achteten wir nicht darauf. Die Soziologin mümmelte ihr Kassler, Rodenstock schlürfte laut und genießerisch den Wein, ich träumte über meinem Kaffee. Sie kamen ziemlich unauffällig in Jeans und schwarzen Lederjacken aus drei Richtungen, und einer, ein Mann mit blondem Pferdeschwanz und einem Gesicht, als verzehre er von Zeit zu Zeit ein Kilo Dachpappennägel, fragte kühl: »Hier ist doch sicher noch Platz, oder?« Während er das sagte, drehte er den Stuhl vor sich und setzte sich rittlings darauf.

Der zweite war ein dicklicher Mensch, ungefähr dreißig Jahre alt. Er hatte drei oder vier Brillantpunkte in beiden Ohrmuscheln und trug ein ziemlich schweres silbernes Kreuz auf einem nicht mehr sauberen gelben Pulli. Er schnauzte in irgendeine Richtung: »Drei Bierchen.«

Der dritte war sanft und hager und einen Kopf kleiner als seine beiden Genossen. Er lächelte, und er hörte damit auch nicht auf, als er den Teller mit dem Essen vor Dinah Marcus wegnahm, eingehend betrachtete und dann genußvoll hineinspuckte. Er murmelte: »Aber sowas kann man doch nicht als Essen bezeichnen.«

Rodenstock hatte die meiste Erfahrung, er zuckte nicht einmal zusammen, verzog nicht das Gesicht, beugte sich nur gemächlich vor, nahm den Teller und schnellte ihn flach wie eine Diskusscheibe dem Schmalen ins Gesicht. Das Gesicht wurde breit wie ein Mond, der linke Nasenflügel war gespalten, die Oberlippe blutete heftig.

In die Stille murmelte Rodenstock: »Das tut mir aber leid.«

Ich rutschte von der anderen Seite dicht an Dinah heran und sagte leichthin: »Du wolltest doch noch auf einen Kaffee zu Oma, Liebling.«

Der mit dem Pferdeschwanz, der seine Akne-Phase noch immer nicht im Griff zu haben schien, sagte kurz und hell: »Oh, oh, oh!«, während der Schmale sich vorbeugte, um hygienischer bluten zu können.

»Das ist gar nicht gut«, flüsterte der Dicke.

»Ich will nicht mehr zu Oma«, meinte Dinah. Sie war totenbleich, aber sie hielt sich gut.

»Paßt auf, Freunde«, sagte Rodenstock liebenswürdig. »Wir können uns in Ruhe über alles unterhalten. Aber wir hassen es, wenn jemand sich nicht benehmen kann.«

»Ich habe hier einen Ballermann, Opa«, verriet der mit dem Pferdeschwanz.

»Das beeindruckt uns nicht«, sagte ich. »Die machen immer so einen Lärm. Also, was wollt ihr denn? – Liebling, du solltest vielleicht doch rausgehen.«

»Ich gehe nicht raus«, fauchte die Soziologin. »Ich will was lernen.«

Der mit dem Pferdeschwanz legte die Unterarme auf die Stuhllehne. »Wir sind Freunde von Natascha«, erklärte er. »Natascha sagt, ihr habt ein Video bei ihr abgestaubt. Natascha sagt, ohne zu bezahlen. Das ist doch nicht gut, oder?«

»Das kommt drauf an«, lächelte Rodenstock. »Hier ist das Ding. Schiebt es euch sonstwohin, marschiert raus und feiert euren Sieg.« Er legte das Video auf den Tisch.

»So geht das aber nicht«, sagte der Dicke mit leicht kicksender Stimme.

»Doch, so geht das«, versicherte ich.

Der Schmale hatte eine Serviette genommen und tupfte sich sanft wie ein Schmetterling das Blut aus dem Gesicht. Er konnte es nicht fassen.

»Tut weh, nicht?« fragte Dinah schamlos.

»Also, da ist der Film, und nun laßt uns in Ruhe«, murmelte Rodenstock.

»So war das nicht gemeint«, erwiderte der mit dem Pferdeschwanz. »Wir müssen ein bißchen Schmerzensgeld für Natascha kassieren.«

»Du bist dumm«, stellte Rodenstock fest. »Am besten ist, du trocknest ihre Tränen und schenkst ihr einen Heiermann, du Versuchslude.«

116

»Ich höre wohl nicht richtig«, japste der Dicke.

Ein Kellner lief hinter mir durch die Reihe, und ich sagte laut: »Zahlen, bitte.«

Der Kellner blieb stehen und rechnete auf seinem Block.

Rodenstock stand auf, Dinah stand auf, ich holte Geld aus der Hosentasche. Der Kellner nannte eine Zahl, ich reichte ihm einen Geldschein, bekam das Wechselgeld zurück, legte ein Fünfmarkstück auf den Tisch und lächelte: »Für Klein-Natascha.« Dann stand auch ich auf.

Vor dem Lokal starrte Rodenstock in den herbstlich dunklen Himmel. »Das war eine Amateurtruppe.«

»Ich möchte die Profis erst gar nicht kennenlernen«, sagte Dinah. »Das war doch ekelhaft.«

Wir beobachteten durch die Kneipenfenster, wie die drei zusammenstanden und erregt miteinander redeten.

»Wir sollten verschwinden«, meinte ich. »Haben Sie den Film?«

»Na sicher«, nickte Rodenstock. »Wahrscheinlich hat Natascha nur mal telefoniert, um zu demonstrieren, wieviel gute Freunde sie hat. Das braucht man in dem Metier.«

»Ein harmloses Nebenspiel?« fragte die Marcus, und Rodenstock nickte wieder.

»Schönen Dank auch«, sagte ich.

Wir fuhren in die Nacht, und wir schwiegen vor uns hin.

Als ich auf den Hof rollte, verkündete die Soziologin: »Ich müßte mal nach Hause und andere Sachen anziehen.« Sie stakste müde zu ihrem silbernen Golf und winkte uns zu, bevor sie wendete und vom Hof fuhr.

»Netter Mensch«, sagte Rodenstock. »Wer ist sie eigentlich?«

»Das weiß ich noch nicht genau«, antwortete ich. »Wenn mich nicht alles täuscht, wollte sie ursprünglich nur wissen, wie man journalistisch arbeiten kann und dafür auch noch bezahlt wird.«

»Sie bekam eine ausführliche Antwort«, stellte er fest.

Aus irgendeinem Grund ärgerte mich das, aber ich sagte nichts und bückte mich, um Paul und Momo zu streicheln, die um unsere Beine wedelten.

»Haben Sie jetzt eine blasse Vorstellung, warum Pierre Kinn und Heidelinde Kutschera sterben mußten?« fragte Rodenstock.

»Nein«, gab ich zu. »Das ist alles sehr verwirrend.«

»Wir haben wirklich nichts«, klagte er. »Da wird ein Pärchen umgebracht. Der Mann war Sparkassenmächtiger, verscherbelte windige Apartments, aber letztlich nichts Illegales. Sein Chef will ihn seit langem ersetzen, weil in diesen konservativen Landstrichen verbotene Liebe eine Art Selbstmord ist. So weit, so gut. Wer, verdammt noch mal, hat denn nun in diesem Filz ein wirkliches Motiv?«

»Gehen wir ins Bett.«

Gründlich, wie ich nun einmal bin, fütterte ich die Katzen und sah ihnen zu, wie sie heißhungrig fraßen und sich anknurrten, als sei nicht genügend da. Dann kontrollierte ich den Anrufbeantworter, und selbstverständlich waren vier Anrufe drauf. Der erste Anrufer meldete sich erst gar nicht und beeindruckte nur durch zwei tiefe Seufzer. Der zweite war meine hoch zu verehrende Bank, die fröhlich röhrte, ich solle gefälligst keine Schecks mehr ausstellen, weil Ebbe sei. Dann war Alfred drauf, der ebenso fröhlich wie die Bank mitteilte, er fahre jetzt ins Gran Dorado an den Heilbachsee und falls ich nichts zu tun hätte, sollte ich doch einfach nachkommen. Dann kam Flora Ellmann.

»Siggi, hier ist die Flora, und ich hoffe, daß niemand dein Band abhört, der nicht dazu berechtigt ist. Du merkst schon, daß das eine Anspielung auf deine gelegentlichen weiblichen Besucher ist, die kein Mensch mehr auseinanderhalten kann. Also, Siggi, weißt schon, daß ich ... also daß ich auch irgendwie in der Kyllheim-Planung drinhänge. Und ehe du von anderen etwas erfährst, habe ich überlegt, ob es nicht besser ist, du kommst einfach her und ich erzähle dir ein bißchen. Ich meine, Offenheit gegen Offenheit, wie meine Großmutter immer sagt. Egal wann, komm her, sonst kann ich nicht schlafen. Hier ist Flora Ellmann, und es ist Mitternacht.«

Es war jetzt zwei Stunden nach Mitternacht, und sie hatte erbärmlich geklungen. Ich marschierte also wieder raus, nahm den Jeep aus der Garage, machte mich über Wiesbaum und Birgel auf den Weg. Nebel war hochgezogen und deckte den ganzen Golfplatz ab wie ein Leichentuch.

Flora Ellmann hatte es mit Wein. Entweder war sie heiter, dann war es Weißwein, möglichst trocken, oder sie erging sich in schniefigen Schicksalsbetrachtungen, dann war es Rotwein, den sie zärtlich »meinen Wutmacher« nannte. Sie hockte in einem unbeschreiblichen alten Bademantel völlig undefinierbarer Farbe auf einem Sofa und sah aus wie ein Kind, dem sämtliche Liebe entzogen worden war.

»Setz dich, setz dich«, murmelte sie nuschelnd. »Also, was hast du über mich erfahren?«

»Daß du geldgeil bist«, antwortete ich wahrheitsgemäß.

Sie nickte, schniefte und nickte noch einmal. »Die Eifel war immer arm«, sinnierte sie. »Du kriegst hier beigebracht, möglichst viel zusammenzuraffen. In der Regel hast du das erreicht, wenn du alt bist. Dann kannst du nichts mehr damit anfangen. Ich bin fast vierzig, ich sollte mich mal nach einer starken Schulter umgucken.«

»Ich bin kein Lebenswegberater«, sagte ich vorsichtig. »Du wolltest mir was erzählen.«

»Ach, richtig. Gieß dir doch einen ein, ich habe noch ein paar Pullen. Oder willst du Wasser?«

»Wasser«, nickte ich. »Du hast also Apartments gekauft. Von Pierre Kinn? Und weshalb?«

»Naja, weil meine Familie das so wollte. Mein Bruder ist Tischler. Er wollte unbedingt den Auftrag für den Innenausbau im Hotel in Kyllheim. Er hatte kein Geld, sich ein Apartment zu kaufen, aber Kinn sagte: Wenn du den Auftrag willst, mußt du zeichnen. So fing das Ganze an.« Flora schniefte wieder vor sich hin, richtete dann einen verschwörerischen Blick auf mich und fragte: »Glaubst du, daß ich in meinem Alter noch einen vernünftigen Kerl ins Bett kriege?«

»Warum nicht?« entgegnete ich. »Dein Bruder ist doch strikt SPD, oder?«

Sie nickte. »Isser. Er haßt den Verbandsbürgermeister, und er haßt Leute wie Pierre Kinn. Er sagt immer, die Banker sind Leute, die uns suggerieren, man müsse pausenlos Geld ausgeben und könne dabei auch noch die gute Laune behalten. Also gut, eigentlich konnte er sich kein Apartment leisten. Aber er mußte, wenn er den Auftrag haben wollte. Deshalb kam er zu mir.«

»Hast du denn soviel Geld?«

Sie schüttelte den Kopf. »Nicht genug. Aber ich habe etwas, was andere nicht haben. Grundstücke. Daher bin ich kreditwürdig und kann für meinen Bruder ein Apartment zeichnen. Das siehst du doch ein, Baumeister, oder?«

»Also kam Pierre Kinn hierher und hat dich beschwatzt?«

»Nicht ganz so. Erstmal kam der Verbandsbürgermeister. Er machte einen Vorschlag. Er hat drei Grundstücke in einem Gebiet, das demnächst als Baugebiet ausgewiesen wird. Meine Grundstücke liegen in der Ortsmitte und an einem Hang, der wahrscheinlich in zehn Jahren baureif gemacht wird. Der Bürgermeister sagte, sie brauchen meine beiden Grundstücke in der Ortsmitte für das Bad und das Hotel. Er sei bereit, mir seine dafür zu geben, wenn ich bereit wäre, etwa hunderttausend als Ausgleich draufzulegen.«

»Aber der Mann ist doch von der CDU«, rief ich.

»Richtig, aber Grundstücke nehmen darauf keine Rücksicht. Ich merkte jedenfalls, daß ich eine Art Schlüsselposition hatte. Gab ich meine beiden Grundstücke nicht ab, saß die Projektleitung in der Klemme. Und sie hatten keine Ausweichmöglichkeit. Aber sie hatten sich auf das Projekt schon festgelegt.«

»Flora«, sagte ich sanft. »Heißt das, daß du sie ein bißchen erpreßt hast?«

»Ach, Siggi-Schatz«, entgegnete sie träumerisch, »was läuft denn heute noch ohne ein bißchen Erpressung?« Sie griff nach dem Glas auf dem Tischchen und zog es mit viel zu viel Schwung an die Lippen. Das Glas entleerte sich auf ihrem Bademantel. Sie kickste »Huch!« und wischte die rote Soße elegant und nachdrücklich mit dem Ärmel des Bademantels ab.

»Also, weiter, Flora. Dann kam also vermutlich Pierre Kinn, oder?«

»Richtig, dann kam Pierre. Aber natürlich nicht hierher, wir trafen uns auf neutralem Boden in einer Kneipe in Trier. Pierre kam mit einem wirklich guten Vorschlag.« Sie kicherte. »Er war wirklich ein Schätzchen, wenn es um Zaster ging. Er sagte, ich solle der Gesellschaft die beiden Grundstücke im Dorfkern verkaufen. Und zwar so, daß ich sie erst an den Verbandsbürgermeister abgab, der mir dafür seine drei Stücke in dem Bebauungsgebiet überließ. Dann würde der Bürgermeister der Gesellschaft die beiden Grundstücke weitergeben. So weit, so gut. Dann sollte ich ein Apartment für mich und eines für meinen Bruder zeichnen. Dafür bekäme mein Bruder den Auftrag des Innenausbaus der gesamten Nebenräume des Bades und der Wirtschaftsräume des Hotels. Also eine Verdoppelung des Auftrages. Weil ich dem Verbandsbürgermeister für drei Grundstücke hunderttausend Mark zusätzlich bezahlen sollte, aber nicht soviel auf der hohen Kante hatte, wollte die Sparkasse mir entgegenkommen und meine neuen drei Grundstücke in dem Siedlungsgebiet mit Vorkaufsrecht sofort übernehmen und dafür runde hundertachtzigtausend hinlegen. Das wäre zunächst mal ein Reingewinn von achtzigtausend. Klingt gut, Baumeisterchen, nicht?«

»Klingt gut«, nickte ich. »Wir haben jetzt also die Grünen in trauter Verbindung mit der SPD und der regierenden CDU. Wo bleibt die FDP und der Freie Wählerverband?«

»Kommt noch, kommt noch«, gluckste Flora, goß sich erneut Rotwein ein und trank, als sei sie zwei Tage lang wasserlos durch die Wüste Gobi gelaufen. Sie drehte sich eine Zigarette, und ich nahm das als Aufforderung, mir die neue Stummelpfeife von DC zu stopfen.

»Weißt du eigentlich, daß Pierre Kinn selbst Apartments gekauft hat?« fragte ich sie.

»Aber sicher weiß ich das«, nickte sie. »Er glaubte an das Projekt.«

»Glaubst du denn nicht daran?« fragte ich schnell.

»Später, später«, winkte sie ab. »Ich begriff also bei dem ganzen Grundstücksdurcheinander nur eins: Sie konnten mir mit so viel Angeboten und Krediten kommen, wie sie wollten: Wenn Flora Ellmann nein sagte, waren sie echt aufgeschmissen, denn dann konnten sie das gesamte Projekt vergessen. Also fing ich an zu überlegen.« Sie starrte rotweinblind in die trübe Funzel der Stehlampe.

»Flora, du bist ein Aas«, sagte ich anerkennend, denn ich wußte genau: Wenn Flora mit all ihrer Kaltschnäuzigkeit zu planen begann, mußte sich jedermann hinter dem Schreibtisch ducken. »Also gut, du hast die beste Position gehabt. Und wie hast du das ausgenutzt?«

»Alles für die Partei, Baumeister, alles für meine geliebte Partei. Du weißt doch, ich wollte schon immer ein Tagungshaus für alternative Vereine und Verbände. Ich wollte das schon immer, und jedermann spottete über mich. Jetzt habe ich euch! dachte ich. Ich hatte sie wirklich.«

»Flora, es ist bald Morgen, und ich muß irgendwie ins Bett. Also, sei lieb und laß deine Katzen aus dem Sack.«

»Ich zitierte also wieder den Pierre zu mir. Pierre, sagte ich zärtlich, ich habe eine Bitte. Ich brauche ein günstiges altes Bauernhaus, und ich weiß, daß die Sparkasse sowas in der Schublade hat. Ich brauche den Ausbau des alten Bauernhauses mit einem Unterkunftsteil und einem Tagungsteil. Ich brauche uberhaupt sehr viel Kies für das Projekt. Ich möchte, daß die Bank mich dabei heftig materiell unterstützt. Dann noch was, Pierre, weil du so ein hübscher Knabe bist: Ich brauche natürlich Sonderkonditionen, ich brauche auch einen ordentlichen Verein mit einem richtigen Vorsitzenden. Das sollst du werden, Pierre. Dann habe ich noch eine Bitte an den Verbandsbürgermeister: Ich hätte gern einen Sitz im Finanzausschuß. Falls die FDP nicht zustimmen sollte oder der Freie Wählerverband sich querstellt, dann könnten wir doch erreichen, daß die mich unterstützen, wenn ihr ihnen im Preis bei den Apartments entgegenkommt. Die Ratsherren sind doch hauptberuflich Handwerker. Oder, Pierre?« Sie war wie ein kleines zärtliches Mädchen, das genau wußte, sie würde alles kriegen, was sie wollte.

»Also hängen alle drin?«

»Sicher«, bestätigte Flora. »Wenn das Projekt in Kyllheim steht, kommt mein Tagungshaus an die Reihe. Alles fertig, und kein Mensch kann mehr einen Rückzieher machen, egal, was passiert. Nur haben sie mir leider meinen Vorsitzenden um die Ecke gebracht. Das finde ich unfair.«

»Wie weit ist denn die Bank bei den Preisen entgegengekommen?«

»Dreißig Prozent, Baumeisterchen.«

»Und wie hat man das vertuscht?«

»Ganz einfach, Siggi-Schätzchen. Sie haben Geld bekommen von der Gemeinde, vom Land, aus Euro-Töpfen, sie haben was von der Wirtschaftsförderung, von privaten Einsteigern und was aus den eigenen Quellen. Das alles haben sie in einen Topf geschmissen und rühren es seit anderthalb Jahren immer wieder um. Kein Mensch weiß mehr, was eigentlich von wem verbraten wurde, was noch vorhanden ist. Jemand, der das prüfen soll, der muß zwei Jahre Zeit mitbringen und wird wahrscheinlich nicht die Hälfte aufdecken.«

»Was zahlst du jetzt für deine Tagungsstätte?«

»'nen Appel und 'n Ei, Baumeister-Schatz.« Sie goß sich das nächste Glas ein. »Und ich sitze im Finanzausschuß.«

»Das kann ich niemals schreiben, das kapiert kein Mensch.«

Flora lachte plötzlich schallend: »Alle, die so ein Scheiß Apartment nicht bezahlen konnten, haben es von der Bank kreditiert gekriegt. Mein kleiner Pierre und Udler haben das gedeichselt. Ganz einfach. Und alles völlig legal.«

»Udler hat sehr viel Macht«, murmelte ich.

»Oh ja. Er war hier, er hat mich besucht, obwohl er mich so wenig leiden kann wie der Aussätzige die Krätze. Er war ganz klein mit Hut und hat gesagt, es ginge alles glatt über die Bühne und ich brauchte mir nicht die geringsten Sorgen zu machen.«

»Du bist ein Glückskind, Flora. Ich finde es wirklich gut, daß du mir das erzählt hast, und ...«

»... weißt du, ich dachte, du würdest es sowieso stückweise erfahren, und da wollte ich dir lieber die ganze Geschichte erzählen, ehe du auf dumme Gedanken kommst.«

»Aber einen dummen Gedanken habe ich schon, Flora. Die ganze Kiste ist zwar das totale Chaos, aber ich finde überhaupt kein Motiv. Udler hat Macht, Pierre hat Können bewiesen, jeder hat ein Apartment, der Bau geht munter voran. Wer, um Gottes willen, hatte einen Grund, Pierre und Heidelinde zu töten?«

Flora verzog den Mund und schnalzte leicht. »Das ist richtig. Pierre hat alles auf die richtige Schiene gebracht. Es ist niemand in Sicht, der nicht irgendwie daran verdient hat. Aber vielleicht wollte jemand die Heidelinde um die Ecke bringen und hat Pierre der Verwirrung wegen einfach mitgetötet. Hast du mal daran gedacht?«

»Habe ich«, ich trank das Wasser aus. »Du hast trotzdem irgend etwas gegen das Projekt in Kyllheim, nicht wahr?«

»Sagst du es nicht weiter?«

»Nein, ich habe nicht die geringste Veranlassung.«

»Also gut. Wir haben ein tropisches Bad mit allen Schikanen plus ein Hotel mit allen Schikanen. Wir haben genug Kapital, um die Sache hochzuziehen. Wir haben sogar schon jemanden, der das Hotel und das Restaurant pachtet. Wir haben auch jemanden, der das Bad betreiben will. Es gibt ein Wort, das diese Gesellschaft über alles liebt. Das heißt Gewinn. Wir sind hier in der Eifel, der Tourismus ist erst im Aufbau, Köln ist hundert Kilometer entfernt. Bis jetzt liegen die Kalkulationen so, daß die Übernachtung in dem Hotel viel zu teuer sein wird für Eifler Verhältnisse. Die Eintrittskarte ins tropische Gewässer wird für eine Familie mit vier Kindern unerschwinglich sein. Mit anderen Worten: Ich gehe jede Wette ein, daß das Ding eher pleite ist, als der fünfzigtausendste Besucher sich die Füße naß gemacht hat. Aber du mußt die Schnauze halten, Baumeister.«

Ich murmelte etwas wie »Großer Gott« und ging.

Der Nebel hatte sich breitgemacht, streckenweise mußte ich Schritt fahren.

Ich hatte die fröhliche Vorstellung, ich würde mit einer gewaltigen sportlichen Hechtrolle in meinem Bett landen, aber daraus wurde nichts.

Die Soziologin hatte sich den Oliver Stone-Film *Platoon* eingelegt. Ohne den Kopf zu bewegen, sagte sie: »Krieg ist etwas von Männern für Männer, oder?« Und da ich nicht antwortete, setzte sie hinzu: »Ich habe kein Bett.«

Ich hockte mich ihr gegenüber in einen Sessel und murmelte: »Es ist vier Uhr.« Es war keine sonderlich intelligente Bemerkung, und ich wollte sie irgendwie abschwächen, aber ehe ich etwas sage konnte, wandte sie mir das Gesicht zu. Jemand hatte sie geschlagen, ihre rechte Wange war geschwollen und schillerte blau und grün.

»Es geht mich ja nichts an«, sagte ich erschrocken. »Aber ...«

»Nein, eigentlich nicht«, stimmte sie zu. »Ich lebe mit jemandem zusammen, klar. Ich will nicht mehr, auch klar. Ich will seit Wochen nicht mehr. Er trinkt ziemlich viel.«

»Und er liegt in deinem Bett.«

»Und er liegt in meinem Bett.« Sie schluchzte trocken auf.

»Soll ich ihn rausschmeißen?«

»Das geht nicht, das muß ich selbst machen. Ich bin ja schon groß.«

»Dann mach es jetzt. Jetzt ist er verschlafen und sieht mies aus.«

»Aber dann hat er kein Bett.«

»So ist das Leben.« Ich stand auf, und ich strich ihr, gegen meinen Willen, über das Haar.

Jemand hatte die Tür meines Schlafzimmers offenstehen lassen. Paul lag auf meinem Kopfkissen, Momo etwas unterhalb. Sie starrten mich verschlafen an, blinzelten und maunzten träge. Sie benahmen sich wie eine Ehefrau, die dem zu spät kommenden Mann sagt, nun sei es aber endlich Zeit. Ich versuchte also, mich so ins Bett zu packen, daß ich sie nicht allzusehr störte.

Als ich aufwachte, war der strahlende Herbst vergangen, es regnete in Strömen, und die Pflaumenbäume vor dem Schlafzimmerfenster bogen sich unter einem peitschenden Wind. Es klopfte, und Rodenstock erschien mit einem Topf Kaffee.

»Haben Sie so etwas wie in Aachen oft gemacht?« fragte ich. »Haben Sie oft angegriffen, wenn ein Angriff bevorstand?«

»Nicht oft«, schüttelte er den Kopf. »Vielleicht drei- oder viermal in meinem Leben. Aber die Jungens hätten uns verprügelt, das steht fest. Ich habe Wiedemann Bericht erstattet, wir treffen uns um vierzehn Uhr in einem kleinen Raum im Landratsamt, um mit Udler zu sprechen. Wir wollen ihm Aufsehen ersparen. Und Sie?«

»Ich war bei Flora Ellmann, bei der Landkreisgrünen Nummer Eins. Sehr aufschlußreicher Unterricht in Demokratie und Filz.« Ich erzählte ihm, was es zu erzählen gab.

»Das alles ist in jedem Landkreis so oder so ähnlich«, murmelte er. »Es gibt wirklich kein Motiv her. Ich habe auch mit Dinah gesprochen. Sie ist eine Tapfere. Sie hat es verdient, daß man ihr hilft.«

»Und ›man‹ bin ich, wenn ich das richtig verstehe.«

»Na ja, Sie können ihr doch etwas zu schreiben geben oder so.«

»Hat sie diesen Kerl rausgeschmissen?«

»Ja, hat sie. Sie sagte, er hätte sehr dämlich ausgesehen.«

»Das ist gut. Ich werde mich schönmachen. Schön für Udler.«

Sechstes Kapitel

Wiedemann war schlecht gelaunt. »Wenn die drei ersten Tage ergebnislos verlaufen, rennt die Mordkommission ins Leere. Heißt es.«

»Wir kriegen ihn«, beruhigte ihn Rodenstock. »Du hast bisher fast alle gekriegt.«

»Wenn es ein ›Er‹ ist«, wagte ich einzuschränken. »Mit einer Armbrust von derartiger Durchschlagskraft und mit einem solchen Gift, hätte das auch meine achtzigjährige Oma gekonnt.«

Es war wohl keine qualifizierte Äußerung, sie schwiegen.

Im Landratsamt wurden wir sehr diskret von einem jungen Mann empfangen, der flüsternd fragte: »Sind die Herren von der Behörde?« und, als Wiedemann nickte: »Dann darf ich Sie bitten, mir zu folgen.« Er brachte uns in ein Gelaß mit einem großen Tisch und acht Stühlen, in dem sich sonst nichts befand.

»Trostlos«, urteilte Wiedemann, »aber geschmackvoll.«

Der junge Mann zuckte leicht und wissend mit den Achseln. »Es soll ja gewissermaßen so sein, als wären Sie niemals hiergewesen.«

»So haben wir es gern«, nickte Wiedemann.

Nach zwei Minuten öffnete Hans-Jakob Udler die Tür, kam hinein und benahm sich alles in allem so, als wären wir angetreten, seine Befehle in Empfang zu nehmen. Er bewegte sich fast tänzerisch, war locker, sehr ausgeglichen. Er trug einen beigefarbenen Sommeranzug, der nicht ganz zum Regen paßte, aber immerhin verdächtig nach Rohseide aussah. Er breitete die Arme aus, als wollte er uns segnen, und sagte heiter: »Ich bin Ihnen für die Diskretion sehr dankbar. Udler ist mein Name.«

Als er mir dann die Hand gab, stutzte er: »Wir kennen uns. Aber das klärt sich.« Er setzte sich und versicherte: »Was immer Sie wollen: Von mir bekommen Sie jede Unterstützung, wie sich von selbst versteht. Wir können beginnen.«

Es war eine feste Absprache: Wiedemann sollte das Gespräch führen, Rodenstock und ich würden den Mund nicht aufmachen.

Also räusperte sich Wiedemann, und ich begriff, daß er unter allen Umständen Udler sofort in eine miese Position drängen wollte. Er sagte locker: »Zunächst einmal schöne Grüße von Natascha aus Aachen. Sie wissen schon, Gerbergasse, gleich neben dem Dom.«

Udler tätschelte leicht die goldene *Piaget* an seinem linken Handgelenk. »Sie müssen mich, mit wem auch immer, verwechseln. Natascha? Aachen? Ich bin, wie Sie sehen, nicht einmal erstaunt. Die Adresse kenne ich nicht.« Er sah uns der Reihe nach offen an, seine Augen waren harte, vollkommen ausdruckslose, flache blaugraue Kiesel.

»Wir haben das Video«, lächelte Wiedemann. »Das Ding ist amateurhaft, sechs Minuten lang. Es zeigt Sie, Herr Udler, nackt und auf allen Vieren. Sie werden geritten von der langmähnigen schönen Natascha, die eine Peitsche schwingt.« Klugerweise sagte er nicht, daß man Udler darauf nur identifizieren konnte, wenn man Udler kannte.

»Das kann ich mir nicht vorstellen«, Udler wurde tonlos. »Heißt das, daß ich das Gespräch abbrechen muß, um meinen Anwalt hinzuzuziehen?«

Zweifelsfrei eins zu null für Udler.

»Das können Sie halten wie Sie wollen.« Wiedemann steckte sich einen Stumpen etwas heftig ins Gesicht und rauchte ihn dann an.

Rodenstock hüstelte sofort.

Udler war clever, er antwortete nicht direkt, er suchte und fand einen hervorragenden Ausweg. »Also, daß Sie, meine Herren, von der Kripo sind, ist ja zweifellos klar. Aber der Herr Baumeister ist doch nicht von der Kripo und dazu noch Pressemensch. Warum nimmt er teil?«

»Er gehört keiner Redaktion an, er schreibt kein Wort und gibt auch kein Wort ohne Zustimmung heraus. Es spielt auch keine Rolle, welche Profession er hat. Er ist ein wichtiger Informant in dieser Sache, Mitarbeiter.«

Wiedemann spulte das herunter, als habe er das erwartet und sorgfältig erwogen.

Udler war klug genug, sich nicht darauf festzureiten. »Aha«, sagte er und nickte bedächtig.

»Die Aussage dieser Natascha geht dahin, daß Sie Stammgast sind«, murmelte Wiedemann. »Um eine Verwechslung handelt es sich nicht, und es macht auch keinen Sinn, wenn Sie jetzt empört sind und Ihren Anwalt verlangen. Sie sind hier nicht Beschuldigter, Sie sind möglicherweise ein Zeuge und Informant. Ich betone das Möglicherweise, denn bewiesen ist das noch nicht. Es kann sein, daß Ihr Wissen uns auch nicht weiterbringt.«

»Sie werden selbstverständlich nichts an die Öffentlichkeit weitergeben?« fragte Udler ganz sachlich.

»Selbstverständlich nicht«, bestätigte Wiedemann.

»Hm«, Udler trommelte mit den Fingern seiner rechten Hand auf den Tisch. »Man sagt, Pierre und die Frau starben durch Gift. Was für ein Gift war es?«

»Das wissen wir noch nicht«, log Wiedemann gekonnt. »Aber zurück zu Natascha. Stimmen Sie dem Grundmuster zu, daß Sie hin und wieder dort zu Besuch sind?«

»Ich stimme zu«, nickte Udler. »Sie sagten, auf diesem Video reitet sie mich?« Ein wenig ungläubig.

»Das sagte ich.«

»Der Alkohol, der Teufel«, murmelte er versonnen.

Zwei zu null für Hans-Jakob Udler.

»Was ist, wenn dieses Video in die Öffentlichkeit gerät?« fragte Wiedemann.

»Das wäre zweifellos peinlich«, antwortete Udler ohne jedes Zögern. »Aber nun wieder nicht so peinlich, daß es mich Kopf und Kragen kosten würde. Was, um Himmels willen, tut man nicht alles im Suff.« Er lächelte voller Charme. »Sehen Sie, meine Herren, wenn ich das einmal übertrieben formulieren darf: Unter diesen Umständen müßten nach jeder Karnevalsession in Köln die Vorstände jedes Vereins zurücktreten und geschlossen Selbstmord begehen.« Er zeigte die ganze Batterie schneeweißer dritter Zähne.

Drei zu null für Herrn Udler.

»Mit anderen Worten: Sie streiten nicht ab, daß ein solches Video existiert?«

Das war eine ungeschickte Frage, und Wiedemann begriff das sofort, konnte sie allerdings nicht ungeschehen machen.

»Wenn Sie es sagen, glaube ich es«, strahlte Udler. »Allerdings muß ich eines betonen: diese Natascha ist ein, nun sagen wir, eigentlich ehrliches Häschen. Sie hat mit keinem Wort erwähnt, daß irgendein Zuhälter – war es ein Zuhälter? – das fotografierte. Natürlich kann ich jetzt nicht mehr zu freudvoll albernen Stunden nach Aachen aufbrechen. Dort habe ich übrigens studiert.«

Vier zu null, fünf zu null, sechs zu null für Herrn Udler.

»Können Sie sich vorstellen, daß Pierre Kinn Sie mit diesem Film erpressen wollte?«

Udler beugte sich gespannt wie eine Feder weit über den Tisch. Er war offenkundig fassungslos, er lauschte Wiedemanns Worten nach und mochte sie nicht glauben, nicht ernsthaft in Erwägung ziehen. Er kniff die Augen zusammen, spitzte den Mund, schüttelte den Kopf. »Wie bitte? Der Pierre? Mich erpressen? Mit so einem Filmchen? Mit so einem Scheiß?« Er zog sich ein paar Zentimeter zurück, spannte sich dann wieder nach vorn.

»Nein, nein, nein, Herr Kommissar, überlegen Sie doch bitte einmal: Das wäre gänzlich hirnrissig. Sie äußern einen bösen Verdacht, und ich kann nur erwidern: Pierre hat mich nicht erpreßt. Ich wußte doch gar nicht, daß dieses blöde Material existiert. Und gleich noch etwas, damit wir uns klar verstehen: Pierre hätte nie und nimmer versucht, mich mit so einem, geradezu dämlichen Video zu erpressen. Mit so etwas kann man Udler nicht erpressen, und Pierre wäre niemals so dumm gewesen, das auch nur zu versuchen.« Udler entspannte sich etwas, atmete langsamer. Dann lächelte er wieder unvermittelt. »Wenn ich das richtig verstehe, besaß Pierre also dieses Filmchen. Wie lange denn schon?«

»Ein paar Wochen mindestens«, antwortete Wiedemann. Er wußte, daß seine Stellung schwach war, und gab es durch seinen Gesichtsausdruck zu.

»Gleich die nächste Frage, Herr Kommissar, und die Antwort interessiert mich nun wirklich: In welche Richtung, meinen Sie, konnte Pierre mich denn erpressen?«

»Daß er seinen Job bei der Bank behält«, erwiderte Wiedemann einfach.

»Den Job war er seit vielen Monaten los«, bellte Udler scharf. »Es ist unmöglich in der Eifel, einen jungen Mann mit der Belastung eines außerehelichen Verhältnisses weiter zu beschäftigen, das funktioniert einfach nicht. Pierre wußte das.«

»Wenn er es wußte, was wollte er denn unternehmen? Hatte er einen neuen Job?«

»Das weiß ich aufrichtig nicht.« Udler war jetzt schlecht gelaunt. »Wenn ich Ihre Gedanken nachvollziehe, hat also Pierre das Filmchen bei Natascha aufgetrieben und wollte mich damit erpressen, ihn weiter in der Bank zu beschäftigen. Das ist ein perfekter Holzweg. Pierre brauchte mich nicht zu erpressen, und ich bin nicht erpreßbar. Seien Sie doch nicht so eng, meine Herren. Ich bin ein Mann in den Fünfzigern. Ich bin mit einem lebenden Vaterunser verheiratet, und jeder im Landkreis weiß das. Wenn ich total betrunken gefilmt werde, dann ist das peinlich, aber ich würde kein Zweimarkstück dafür opfern, das zu verhindern. Unter uns kann ich durchaus zugeben, daß Natascha mir großen Spaß gemacht hat. Kein Problem.«

Sieben bis zwanzig zu null für Udler.

»Eine andere Frage. Sehen Sie ein irgendwie geartetes Motiv, Pierre Kinn und Heidelinde Kutschera zu töten?«

»Nein. Es ist mir scheißegal, ob Sie mir das glauben, oder nicht. Ich zerbreche mir den Kopf, weil ich den Jungen aufrichtig gern hatte. Ich finde keinen Grund. Die Leute hätten Schlange gestanden, ihn zu engagieren. Der Grund, weshalb Pierre trotz dieser unseligen Affäre so lustig blieb, ist doch genau in der Tatsache zu suchen, daß er jede Möglichkeit hatte weiterzukommen – in Banken genauso wie in der Privatwirtschaft. Ich kann mir vorstellen, daß Sie sich gedacht haben: Aha, der Kinn hat Udler erpreßt, und der griff mal kurz zur Armbrust. Ich bin um Ihretwillen froh, daß wir uns hier getroffen haben. Schlagen Sie sich das aus dem Kopf, meine Herren.«

»Tja, das wär's«, Wiedemann klang süßlich.

Udler nickte, stand auf und verbeugte sich leicht. »Ich bin die nächsten Tage in Daun. Ich sage meiner Sekretärin, sie soll Sie sofort durchstellen, wenn Sie anrufen. Ich helfe Ihnen, jederzeit. Meine Herren.« Er senkte das Haupt wie ein kommandierender General, wir waren entlassen. Ausgesprochen beschwingt ging Udler hinaus.

»Falsche Fährte«, sagte Rodenstock bitter.

»Er hat einfach zuviel Macht«, meinte ich

»Das Filmchen taugt nichts«, knurrte Wiedemann. »Wir haben nicht den Hauch eines Motivs.« Er erklärte, er wolle schnell zu seinen Leuten, um noch einmal den ganzen Fall zu besprechen.

Ich fuhr mit Rodenstock heim. Er sagte wütend, er wolle schlafen, aber er schlief nicht. Statt dessen zog er eine Bahn Packpapier im Gästezimmer quer über die Wand und schrieb energisch mit einem Filzstift: *Motive!* darauf. Dann warf er leicht angewidert den Stift auf den Tisch und beschloß: »Ich gehe wirklich schlafen.«

Dinah Marcus hatte einen Melissentee gekocht und badete ihre verquollene Wange darin. Ich berichtete von Udler, und mein Tonfall muß eindeutig resignativ gewesen sein, denn sie sagte leicht gönnerhaft: »Nur nicht aufgeben, Baumeister, du bist doch gar nicht so schlecht.«

Ach richtig, wir duzten uns. »Was hat denn der Kerl in deinem Bett gesagt?«

»Er schluchzte, ich mache ihn heimatlos.«

»Und? Ist er verschwunden?«

»Ja. Wenigstens vorläufig. Ich lasse ein neues Schloß einbauen. Was machst du jetzt?«

»Das, was ich immer tue, wenn anscheinend nichts weitergeht. Ich frage meine Katzen, ob sie mit mir spazierengehen. Dann versuche ich nachzudenken.«

»Hast du ein Kopfschmerzmittel? Scheiße, ich sehe aus wie meine eigene Großmutter.«

»Im Schreibtisch findest du was. Bis gleich.«

Natürlich ging ich nicht spazieren. Ich fuhr nach Kelberg zum Kutschera. Ich wollte sehen, wie ein Mann aussieht, der seine Frau an einen anderen verlor und als Tote zurückbekam. Vielleicht konnte ich mit ihm sprechen.

Ich nahm den Weg über Kerpen, Niederehe und die Nebenstraße nach Brück. Es regnete sanft, die Landschaft ertrank in einem nebligen Naß. Ich versuchte es mit der Rod-Stewart-Aufnahme *Unplugged* und ersoff in Selbstmitleid, während er *Waltzing Mathilda* röhrte. Es ist mir unvorstellbar, daß Maria Callas das gleiche erreicht hätte.

In der scharfen Kehre vor Brück stand ein Rehbock auf der Fahrbahn und rührte sich zunächst nicht von der Stelle. Das ist keinesfalls verwunderlich, denn wenn schon wir Menschen in modernen Zeiten nur noch kopf- und hilflos herumrennen, wie soll es den Tieren des Waldes erst gehen, den wir versauern? Nach einer Weile, nach ausgiebiger Betrachtung meiner brennenden Scheinwerfer, entschloß sich der Bock zu ein paar matten Sätzen in den rettenden Dschungel.

Kutscheras Werkstatt lag im Hinterhof eines alten Bauernhauses, dicht an der Kreuzung der beiden Bundesstraßen. Es standen eine Menge Bretterstapel herum, aber nichts wies darauf hin, daß hier irgend jemand fröhlich seinem Handwerk nachging. Keine Maschine surrte, keine Lampe brannte, es wirkte trostlos.

Schließlich fand ich ihn, nachdem ich eine Tür geöffnet hatte. Es war ein großer langgestreckter heller Raum, in dessen Decke Glasscheiben eingelassen waren. Kutschera stand an einer Werkbank und tat nichts. Er stand da und starrte aus dem vollkommen staubbedeckten Fenster.

»Ich bin Baumeister«, sagte ich vorsichtig.

»Ich habe damit gerechnet«, nickte er. »Ich habe nicht mal einen Stuhl hier.«

»Das macht nichts. Darf ich Pfeife rauchen?«

»Sicher. Haben Sie Tabak dabei? Ich muß hier irgendwo eine alte Pfeife rumliegen haben.«

Er war ein sehr großer Mann, sicherlich größer als einen Meter achtzig. Er wirkte massiv und stark, hatte kurzgeschorene graue Haare und war der Inbegriff des Handwerkers, der sein Metier versteht und den wir Normalverbraucher als ewige Versicherung gegen alle Tücken des Alltags begreifen. Er hatte Hände wie kleine Bratpfannen, und ich konnte mir nicht vorstellen, daß er damit eine Frau streichelte. Ich reichte ihm meinen Tabakbeutel, und er roch daran.

»Eigenmischung?«

»Ja. Wenn ich jetzt unpassend komme, sagen Sie es ruhig. Ich verschwinde dann wieder.«

»Und Sie kommen wieder«, grinste er matt. »Schon gut, ich weiß ja ungefähr, wer Sie sind. Schreiben Sie drüber?«

»Ich weiß es noch nicht. Zur Zeit, das kann ich versprechen, gibt es gar nichts zu schreiben. Ich weiß, die Tageszeitungen sind voll davon, aber wenn Sie genau hinsehen, steht eigentlich nichts drin.«

»Das stimmt«, nickte er. »Es steht wirklich nichts drin. Im *Trierer Volksfreund* steht allerdings, die Polizei hätte ein paar vielversprechende Hinweise.«

»Das ist nicht wahr, das ist Kokolores.«

Kutschera schwang sich schnell und leicht auf die Werkbank, ich hockte mich auf einen Stapel Türen. Er schmauchte vor sich hin und sagte: »Gut, der Tabak. Was wollen Sie wissen?«

»Ich weiß eigentlich nicht, was ich fragen soll. Ehrlich gestanden bin ich verwirrt. Wir haben komische Dinge entdeckt. Zum Beispiel in Kyllheim den Bau eines Bades, eines Hotels und dreißig Apartments, die von den eigenen Handwerkern gekauft werden mußten. Alle möglichen derartigen Dinge. Aber wir finden kein Motiv für irgendeinen Täter. Der Mord war so verdammt gut ausgedacht und perfekt.«

»Aber wer kommt so einfach an *M 99*?« fragte er nachdenklich.

»Woher wissen Sie das?«

»Das weiß doch die ganze Eifel. Die Kripo ist nur deswegen draufgekommen, weil der Pächter der Kasselburg in Pelm die darauf hingewiesen hat. Und der ist ein guter Freund von mir. Die Eifel kennt keine Geheimnisse. Ich weiß auch, daß sie anfangs dachten, ich sei es gewesen.« Er räusperte sich. »Ich habe denen ganz offen gesagt, daß ich es verdammt gut gewesen sein könnte. Aber ich war es nicht. Und schon gar nicht mit *M 99*.«

»Wie haben Sie das Spiel überhaupt durchgehalten?«

»Das weiß ich nicht«, meinte er dumpf. »Ich weiß nur, wie es ausgegangen ist.«

»Haben Sie denn nie versucht, mit Kinn zu reden?«

»Doch, habe ich. Vor einem Jahr. Ich habe ihm gesagt: Ich schlag dich tot, wenn du das nicht sein läßt! Er stand vor mir und sagte, das sei ihm egal, das müßte ich hinnehmen. Einfach so.«

»Sie haben nicht zugeschlagen?«

»Nein, habe ich nicht. Ich habe erst dann begriffen, wie ernst das zwischen denen war. Ich dachte zu Anfang, das wäre irgendeine Geschichte, wie sie mal vorkommt. Aber es war etwas anderes.«

»Was war es denn Ihrer Meinung nach?«

»Was völlig Verrücktes. Ich konnte nichts machen, die Kinder auch nicht.« Er sprach leise und schüttelte den Kopf.

»Wo sind die Kinder?«

»Bei der Oma. Ich wollte sie raushalten. Aber ich kann sie nicht raushalten, weil alle Leute versuchen, mit ihnen drüber zu reden. Das ist schlimm. Ich habe schon daran gedacht, nach der Beerdigung mit den Kindern nach Ibiza oder irgendwoanders hinzufahren. Jedenfalls weit weg.«

»Eine gute Idee«, sagte ich. »Auf Dauer sollten Sie sowieso besser weggehen.«

Er starrte mich an. »Das sagen Sie auch? Komisch, das sagen alle, und ich glaube, es ist wirklich besser. Aber ich bin Eifler, das wird schwer.«

»Kanada ist doch zum Beispiel sehr schön. Den Kindern würde es bestimmt gut tun, sie könnten vergessen. Hier in der Eifel wird man noch nach zwanzig Jahren über die Sache sprechen. Sie wissen das.«

»Ich denke das auch«, nickte er. »Was haben Sie denn rausgekriegt? Sie und die Polizei?«

»Eigentlich wenig. Wir haben niemanden gefunden, der einen wirklichen Grund hatte, beide zu töten. Können Sie sich in Ihren wildesten Phantasien jemanden vorstellen, der einen Grund gehabt hätte?«

»Vielleicht ein faules Geschäft in der Bank?« fragte er.

»Da sind einige Geschäfte, die etwas streng riechen. Aber ob die ein Grund sein könnten, ist zu bezweifeln.«

»Hat sie ... ich meine, hat sie leiden müssen?«

Ich dachte daran, daß der Spurenexperte Wolf gesagt hatte, die beiden tödlich Getroffenen hätten wahrscheinlich irrsinnige Schmerzen durchstehen müssen. »Ich glaube nicht, ich glaube, es ging schnell.«

»Das muß doch einer wochenlang geplant haben«, wunderte er sich. »Du mußt erst mal eine Armbrust haben. Na gut, das kannst du erledigen, indem du eine kaufst. Dann mußt du M 99 besorgen, und das bekommst du nirgendwo, wenn du nicht Tierarzt bist. Vielleicht hatte der Mörder das auch schon? Aus irgendeinem Grund hatte er es, und er erinnerte sich daran. Dann mußt du wissen, daß die zwei auf dem Golfplatz sind, und du mußt wissen, wann sie ungefähr auf der Bahn sechzehn ankommen. Sonst stehst du dir die Beine in den Bauch.«

»Wahrscheinlich ist der Mörder ihnen gefolgt. Oder er wußte durch irgendeinen Zufall, daß sie am Sonntag abend auf dem Golfplatz sein würden.«

»Na, gut. Das leuchtet mir noch ein. Aber dann muß der Mörder doch eiskalt gewesen sein. Oder? Also müssen sie etwas gewußt haben, was den Mörder in Gefahr brachte. Anders ist das doch nicht zu erklären. Was ist mit diesem Charlie, diesem Multimillionär, der manchmal mit dem Kinn zusammenhockte?«

»Das scheint sehr unwahrscheinlich. Charlie hat viel Geld, und was anderes interessiert ihn nicht. Er wäre niemals so dumm, wegen Geldes einen Menschen umzubringen, oder gar zwei. Charlie war es nicht.«

»Sagen Sie«, murmelte Kutschera. »Aber es leuchtet schon ein. Wie sollte Pierre Kinn denn für den auch gefährlich sein? Und erst recht meine ... also erst recht nicht die Heidelinde.«

»Es ist darüber nachgedacht worden, ob Ihre Frau vielleicht was wußte, was für jemanden gefährlich war. Ich meine, vielleicht ist Pierre Kinn nebenbei getötet worden und eigentlich sollte Ihre Frau getötet werden.«

»Warum denn das? Das ist doch völlig ... also das ist doch Unsinn. Heidelinde war doch ... na ja, sie war irgendwie abgedreht, aber sie war doch ... sie war doch harmlos, ich meine ...«

»Sie war nicht harmlos«, widersprach ich heftig. »Sie hatte eine Liebesgeschichte mit einem Mann, und die war so ernst, daß sie ihr Leben aufgeben wollte. Das Leben mit Ihnen und den Kindern. Man könnte jetzt sagen, daß wirkt irgendwie krank, aber vielleicht war das nicht krank, sondern normal. Nun wird diese Frau getötet, und ich will herausfinden, warum das passierte. Sie sagen,

Ihre Frau war harmlos; ich sage, jemand hat sie getötet. Also, was wissen Sie von Ihrer Frau?«

»Was soll ich wissen? Ich weiß alles.« Er sprang von der Werkbank. »Na gut, eigentlich weiß ich nichts. Aber daß kein Mensch sie umzubringen braucht, das weiß ich nun wirklich.«

»Regen Sie sich nicht auf. Als das mit Pierre Kinn begann, wie lange hat sie versucht, das geheimzuhalten?«

»Eigentlich gar nicht«, sagte er tonlos. »Sie hat es überhaupt nicht geheimgehalten. Das fing so vor zwei Jahren an. Ziemlich harmlos. Das war bei den Planungen für dieses Bad und Luxushotel in Kyllheim. Eines Tages hatte sie gesagt, die Kinder wären jetzt groß genug, um tagsüber allein zu sein. Sie meinte, es wäre gut, wieder in den Beruf zu gehen. Sie ist Bürokauffrau. In diesem Hotel hatte sie die Chance, Öffentlichkeitsarbeit zu machen, also Werbung und so. Ich sagte: Das ist Klasse, das soll sie machen. Sie war dann dreimal auf einer Fortbildung, sie büffelte wirklich wie verrückt. Sie war aber auch häufiger weg, und sie war so komisch. Ich habe sie gefragt, was ist los? Sie antwortete, sie hätte eine Geschichte mit dem Pierre Kinn, und ich müsse Geduld haben. Hah! Geduld haben. Ich hatte Geduld, ich habe gebetet, lieber Gott, laß es bald vorbei sein! Aber es ging nicht vorbei. Sie sagte, sie liebt ihn. Sie sagte, es sei ernst. Sie bot mir die Scheidung an, sie wollte nichts haben, nicht mal die Kinder. Ich sagte, ich warte. Ich weiß nicht, wie oft ich das gesagt habe. Tausendmal, schätze ich. Es gab Tage, da bin ich nach Feierabend in die nächste Wirtschaft eingefallen und habe mich solange mit Bier und Schnaps abgefüllt, bis ich nichts mehr spürte.«

»Was hat sie erzählt, was hatten sie und der Pierre denn vor?«

»Der Kinn hatte den Bankjob, sie sollte das Hotel managen. Das veränderte sich langsam. Ich weiß eben nicht, was sich veränderte. War ja klar, daß der Kinn unter diesen Umständen niemals bei der Bank bleiben konnte, ach, was sage ich, der konnte nicht mal in der Eifel bleiben.

Das habe ich auch meiner Frau gesagt. Einmal war ich betrunken, ich weiß auch, daß die Kinder zuhörten, aber ich konnte mich nicht mehr zusammenreißen ...« Er rieb sich die Augen, er weinte. »Ich habe sie angeschrien, ich habe gebrüllt: Du Arschloch, du kannst nicht mit diesem Wichser ficken und gleichzeitig hoffen, in der Eifel glücklich zu werden. Ich habe solange geschrien, bis unsere Nachbarn kamen und mich beruhigten. Das tut mir leid, aber ich wußte nicht mehr aus noch ein.« Er drehte sich leicht wie ein betrunkener Tanzbär und wischte sich mit einem dreckigen Tuch über die Augen. »Verdammt noch mal, nimmt das denn nie ein Ende?«

»Was hat sie geantwortet?«

»Sie sagte irgendwie ... ja, wütend, oder mit Verachtung: Was weißt du denn schon. Die Eifel ist out, das Hotel ist längst nicht mehr wichtig. Wir haben was anderes vor. Das sagte sie.«

»Wann war das?«

»Vor drei oder vier Monaten.«

»Können Sie den Termin genauer angeben?«

»Kann ich nicht. Ich habe ein Hirn wie ein Badeschwamm. Mensch, Junge, ich kann nicht mehr.«

»Was sollte sich ändern?«

»Das erzählte sie nicht. Ich habe sie mehrmals gefragt, aber sie erzählte nichts. Ich weiß nur, ich dachte: Jetzt ist alles aus. Und es war aus.«

»Die ganze Zeit hat sie bei Ihnen gewohnt? Im Ehebett?«

»Nein, nein, da hatten wir eine Lösung gefunden. Sie ging abends rüber zu Freunden von uns und schlief dort allein. Oh Mann, ich weiß nicht, wie ich damit klarkommen soll.«

»Damit kann kein Mensch gut klarkommen«, meinte ich. »Vielen Dank. Denken Sie ruhig mal an Kanada, die brauchen Handwerker.« Es tat körperlich weh, ihn dort im Dämmer seiner lautlosen Werkstatt stehen zu sehen und nichts für ihn tun zu können, außer Wortblasen abzusondern, die ihm überdies Schmerzen zufügten.

»Wenn Sie reden wollen, rufen Sie mich an. Tag und Nacht«, verabschiedete ich mich.

Es regnete noch immer, der Nebel hatte sich verfestigt und wirkte wie ein klatschnasses Tuch. Kutschera blieb einfach stehen, neigte den Kopf und weinte lautlos.

Ein wenig war es so, als läge tiefer Schnee. Der Nebel schluckte die Geräusche und ließ die Welt seltsam still und harmlos scheinen. Es war wohl einer der Abende, an denen man beginnt, nach sich selbst zu suchen. Ich nahm den gleichen Weg zurück.

Auf der Höhe über Brück mußte ich Schritt fahren und hätte beinahe eine schwere Zugmaschine von hinten erwischt, die den üblichen Fehler aller Landmaschinen hatte: Funzeln statt Rückleuchten. Jemand hatte sich hinter mich geklemmt, und es ging in gemächlichen 20 km/h in die Linkskurve vor der scharfen Kehre. Ich rechnete aus, daß ich bis zum Hof etwa fünfzehn Minuten brauchen würde, also war es noch möglich, Nina Simone mit ihrem rauchigen *Don't smoke in bed* einzuschieben. Als die Gute gerade loslegen wollte, blendete mein Hintermann auf und schoß mit einem mörderischen Satz an mir vorbei, setzte sich vor mich und stellte sich quer. Wir standen genau im inneren Scheitelpunkt der Rechtskehre. Es war ein Jeep *Cherokee* mit Hamburger Kennzeichen, er hatte das Warnblinklicht eingeschaltet.

Weil ich ein höflicher Mensch bin, stieg ich aus. Vermutlich war er einer der vielen tausend Städter, die während eines ausgedehnten Eifelnebels für immer verlorengehen. Ich sagte also fröhlich »Hallo«, um ihm deutlich zu machen, daß Rettung nahte.

»Guten Abend«, grüßte er höflich und drehte sich aus seinem Sitz heraus. »Sind Sie Siggi Baumeister?«

Ich bestätigte das und setzte hinzu: »Falls Sie Schwierigkeiten haben, können Sie sich hinter mir halten. Ich kann Sie führen.«

»Das wird nicht nötig sein«, antwortete er. Er sprach keinerlei Dialekt. Er trug einen locker und weit fallenden grauen Pullover und Jeans. Er war vielleicht fünfzig Jahre alt, hatte ein hageres, ernsthaftes Gesicht unter kurzem grauem Haar und sah etwas oberlehrerhaft auf mich herunter. »Ich habe einen Auftrag.«

»Moment«, sagte ich, »ich will der Simone erst mal den Hals abdrehen.« Ich ging zurück und schaltete das Radio aus.

Er stand dort, bewegte sich nicht und wirkte äußerst gelassen.

»Sie haben also einen Auftrag«, wiederholte ich. Ich wußte genau, daß der Mann ernstzunehmen war, ich fühlte mich hilflos.

»Ja«, nickte er. Er war einfach neugierig auf mich und sah mich an.

»Dann fahren wir zu mir nach Hause«, schlug ich mit trockenem Mund vor.

»Das wird nicht nötig sein«, sagte er. »Sie ahnen doch sicher, daß das unnötig ist.«

Ich nickte, sprechen konnte ich nicht mehr.

Er sah sich um. »Hier kommt stundenlang niemand vorbei«, sagte er. Es war eine Feststellung, keine Frage. »Sie sollen sehr gut sein in Ihrem Fach. Eigentlich mag ich es nicht, Profis auszuschalten.« Er hatte jetzt eine Waffe in der rechten Hand, irgend etwas tiefschwarz Bedrohliches, und es war klar, daß er schon viel zuviel gesagt hatte.

Ich weiß sehr gut, daß meine Reaktion lächerlich war, aber ich weiß auch, daß ich nur diese eine Chance hatte. Ich mußte irgend etwas sagen, irgend etwas ganz Normales, ich mußte eine oder zwei Sekunden schinden. »In diesem Fall müßten Sie aber eine ganze Mordkommission töten.«

Er bekam ganz kleine Augen vor Heiterkeit. »Ich richte mich nach meinem Auftragsbuch«, erwiderte er. Seine Sprache war glatt ohne jede Höhe und Tiefe.

»Wer hat denn etwas gegen mich?« fragte ich, nur um Zeit zu schinden.

»Das ist mir unbekannt«, erklärte er ernsthaft. »Sie können sich umdrehen.«

Rechts von mir war ein Fleck mit feinem Granitsplit, ungefähr zwei Meter breit. Dann kam eine scharfe Senke in einen schmalen Graben, dann eine Erdstufe, etwa fünfzig Zentimeter hoch, schließlich die Kieferndickung. Schon die zweite Reihe der Stämme war nicht mehr zu sehen.

»Ich dreh mich nicht um«, meinte ich. »Sie können mir ins Gesicht schießen.«

Ohne Zweifel war er erstaunt und machte eine schwache, abwehrende Bewegung mit der linken Hand. »Nicht doch«, sagte er leise.

Dann trat ich mit aller Gewalt zwischen seine Beine. Ich kann heute nicht mehr sagen, ob ich das Knie benutzte oder den rechten Fuß hochbrachte. Ich weiß es einfach nicht. Er schrie gellend und kippte nach vorn.

Ich versuchte nicht, an seine Waffe heranzukommen. Ich drehte mich ab, sprang über den Graben und tauchte zwischen die Stämme, wobei ich mit der rechten Schulter scharf und schmerzhaft gegen einen Ast stieß.

Plötzlich schoß er. Es klang merkwürdig harmlos und hatte nichts gemein mit den bellenden Schüssen in Actionfilmen. Er erwischte mich im linken Oberschenkel. Es tat nicht weh, es war wie ein kurzer Schlag ohne Echo. Ich kniete, und Äste waren in meinem Gesicht. Er war jetzt unterhalb von mir und atmete sehr heftig. Ich legte mein Gewicht auf das linke Bein, drehte mich und trat in sein Gesicht. Irgend etwas schepperte unter ihm, er rutschte ein Stück weg. Er keuchte: »Nicht doch.«

Ich spüre, wie schwierig es ist, Gewalt zu beschreiben. Fast unmerklich schwindet mit jedem Wort die Realität einer solchen Begebenheit. Beinahe zwanghaft versuche ich, mir den besseren Part zuzuschieben, mir die Attitüden des Siegers zu geben. Es gab keinen Sieger, und ich hatte in dieser Nacht nur Angst, die zuweilen ins Kraut schießt und zur Panik wird.

Die Distanz zwischen uns betrug nicht mehr als zwei Meter, und ich wollte nichts so sehr wie den Schutz der Bäume. Aber in meinem Rücken war ein Stamm, und

142

etwas stach schmerzhaft in meine linke Seite. Ich ließ mich nach vorn fallen und landete auf ihm. Ich spürte eine kalte Wut.

Es war obszön, weil mein Gesicht seinem sehr nahe war und weil ich seinen Atem roch. Ich sah, daß er die Augen geschlossen hielt und daß die Waffe zwischen seinen Beinen lag. Ich griff danach, und wahrscheinlich gehört es zu den festen Versatzstücken in den Funktionen unseres Gehirns, daß ich erwartete, er würde ebenfalls danach greifen. Er griff nicht danach, atmete scharf und stoßweise, und vor seinem Mund bildete sich eine Blase.

Ich hatte die Waffe, und ich schoß. Ich bin ganz sicher, daß ich nicht zielte. Ich bin auch ganz sicher, daß ich ihn nur zum Schweigen bringen wollte, niemals töten. Ich drückte einmal ab und versuchte dann panisch, von ihm herunterzukommen.

Sein Kopf klappte auf die Seite, er streckte die Beine aus wie ein Mann, der sehr müde ist. Er atmete nicht mehr.

Der erste Gedanke danach war absurd. Ich dachte: Vielleicht hat er sich falsch ausgedrückt, vielleicht war er harmlos, vielleicht war das ein Mißverständnis. Wir reden oft über Gewalt, aber wir sind vollkommen überfordert, wenn sie uns trifft.

Das erste, an das ich mich wieder klar erinnere, war die Tatsache, daß mir sturzartig schlecht wurde und ich mich übergab. Das tat weh, ich hatte kaum etwas im Magen, und es wollte nicht aufhören. Dann ging ich zu meinem Wagen und schaltete aus irgendeinem Grund die Blinkanlage aus. Das gleiche machte ich bei dem Jeep.

Plötzlich fiel mir die Waffe ein. Ich wußte nicht, wo sie war. Dann kam die Angst, daß er aufstehen und auf mich schießen würde. Ich wagte es sekundenlang nicht, zu ihm zu gehen. Als ich es riskierte, lag er unverändert und starrte mit sehr leeren Augen in den Himmel, der nicht zu sehen war. Die Waffe lag dicht neben seinem Gesicht, es bereitete mir Qual, sie zu nehmen und in die Tasche zu stecken.

Der Schmerz setzte ein. Er kam heftig und stoßweise und breitete sich in meiner linken Körperhälfte aus. Augenblicklich konnte ich kaum mehr gehen, hatte kein Gefühl mehr im linken Bein.

Ich humpelte zu meinem Auto und zog mich auf den Sitz. Der Mann hatte mich seitlich außen in den Oberschenkel getroffen, die Hose war vollkommen durchblutet. Ich nahm das Taschenmesser und schnitt den Stoff auf. Das Loch war sehr klein, die Kugel mußte in meinem Bein stecken.

»Hier kommt stundenlang niemand vorbei«, hatte er gesagt.

Ich legte meinen Kopf soweit wie möglich zurück und dachte fieberhaft, daß ich Hilfe holen mußte. Ich hatte Furcht, ich würde ohnmächtig werden, wenngleich mir diese Furcht sofort dumm vorkam, denn sie würde den Schmerz auslöschen. Dann kam so etwas wie ein schwarzes Tuch über mich.

Jemand rüttelte an meiner Schulter und rief laut: »Siggi! Siggi!«

Ich versuchte hochzukommen, aber es gelang nicht. Ich lag quer auf beiden Vordersitzen.

»Beruhige dich, nicht bewegen. Du hattest einen Unfall. Ich fahre und hole die Sanis.« Es war eine Männerstimme.

»Nix Unfall«, stammelte ich. »Er wollte mich töten. Der Tote da wollte mich töten.«

»Welcher Tote?« fragte die Stimme.

»Der Tote da«, sagte ich.

Die Geräusche von Schritten, Stille, wieder Schritte.

»Er hat mich ins Bein getroffen«, erklärte ich. »Bist du es, Tom?«

Merkwürdigerweise muhte eine Kuh.

»Ja«, sagte er. »Ich bin mit zwei Rindern unterwegs. Ist das eine Schußwunde in deinem Bein?«

»Ja. Hast du Aspirin bei dir oder sowas?«

»Habe ich nicht. Ich hole jetzt Hilfe.«

»Warte mal, warte mal. Nicht einfach Hilfe. Fahre zu mir nach Hause. Rodenstock heißt der Mann. Er muß sofort hierherkommen. Verdammt! Hast du wirklich kein Aspirin?«

Tom lachte leise, wie er dies immer zu tun pflegt, wenn jemand eine dumme Bemerkung macht. »Brauchst was anderes«, sagte er.

Schritte, dumpfes Trampeln der Tiere in dem Hänger, irgendwelche nicht zu identifizierenden Geräusche. Dann gab er Gas und verschwand. Ich war sehr müde.

Die Wunde schmerzte gleichmäßig scharf, und allmählich konnte ich die Augen öffnen und durch die Frontscheibe in den wabernden Nebel sehen. Ich drückte das Band mit Nina Simone ein, und sie tönte tröstlich in die Stille. Aus irgendeinem Grund mußte ich weinen, und es machte keinen Sinn, sich zu wehren.

Zuerst traf Tom mit Rodenstock und Dinah ein.

»Bleiben Sie liegen, bleiben Sie liegen«, sagte Rodenstock schnell. »Wo ist der Tote?«

»Rechts im Graben.«

»Du bist verrückt«, schluchzte Dinah. »Warum fährst du denn allein durch die Gegend?«

»Weil ich immer allein durch die Gegend fahre«, erwiderte ich.

»Ich kenne den Mann nicht«, meinte Rodenstock, »aber es ist eine Neun-Millimeter-Beretta, und ich würde sagen, das ist Profigerät. Wollte er Sie einwandfrei erschießen?«

»Wollte er. Wieso aus Hamburg?«

»Er ist nicht aus Hamburg«, sagte Rodenstock knapp. »Der Wagen ist ein Mietwagen von *Avis*, in Frankfurt ausgeliehen. Wiedemann kommt gleich, der Sani auch.«

»Du machst einen Scheiß«, meinte Tom, der Jungbauer, freundlich.

»Wir haben es nicht richtig ernstgenommen«, fluchte Rodenstock. »Verdammt noch mal, wir hätten wissen müssen, daß es ausufert.«

»Hätten wir nicht«, sagte ich. »Es ist doch ein Provinzskandal, nichts anderes.«

145

»Hast du arge Schmerzen?« fragte die totenbleiche Soziologin.

»Es geht. Ich friere.«

»Das ist normal«, sagte Rodenstock. »Übrigens, herzlichen Glückwunsch, das hast du fein gemacht. Wirklich gut.« Dann grinste er. »Wir sollten uns nach soviel Durcheinander endlich duzen, oder?«

»Das ist schön«, nickte ich und meinte es so. »Was sagt deine Erfahrung? Wie lange nageln die mich im Krankenhaus fest?«

»Ein paar Tage«, vermutete er. »Aber ich habe keine Erfahrung, ich bin nie ins Bein geschossen worden, ich war nie ein Held.«

Ein Zivilfahrzeug mit Blaulicht kam heran. Wiedemann stieg aus und schubste die anderen beiseite. Er beugte sich über mich: »Ist das wahr, wollte der Sie umlegen?«

»Das ist wahr.«

Er verschwand, und ich hörte, wie er hastig mit anderen Männern sprach und kurze Anweisungen erteilte.

Endlich erreichte auch der Notarzt mit irrem Geheul und quietschenden Reifen die Szene, hinter ihm folgte der Bus vom Roten Kreuz. Der Arzt war ein freundlicher junger Mann und sehr resolut. Er zerrte mich nach vorn, obwohl ich schrie wie am Spieß.

Er sagte: »Na, na, na, wer wird denn gleich.« Dann nahm er eine Lampe und leuchtete mein Bein ab. »Steckschuß«, rief er begeistert, als komme so etwas nur alle Schaltjahre vor. »Sie müssen sofort in den OP, junger Mann. Fühlen Sie sich gut?« Er wartete meine Antwort nicht ab, sagte irgend etwas zu den Sanitätern, fuhrwerkte an meinem linken Arm herum und setzte mir eine intravenöse Spritze. Dabei murmelte er: »Wir werden jetzt ganz ruhig.« Ich wurde überhaupt nicht ruhig, ich schlief ein. Alle Ärzte lügen.

Ich hatte keine Ahnung, wieviel Zeit vergangen war, der hagere Mann in Weiß wirkte beruhigend wie ein Uhu. Mit mildem, väterlichem Lächeln erklärte er: »Sehr sauberer Steckschuß, sehr sauberer Schußkanal, sozusagen hygienisch sauber, wie wir Hausfrauen es gern haben. Hier ist die Kugel, Herr Baumeister. Wie Sie sehen, ist sie kaum deformiert. Tatsächlich hat sie den Knochen nicht gestreift. Schmerzen?«

»Nein. Wann kann ich gehen?«

»Ich denke, in ein paar Tagen«, lächelte er. »Sie können dem Schöpfer danken, daß es so glimpflich verlaufen ist. Sagen Sie, wollte man Sie wirklich umbringen? Ich meine, einfach so?«

»Einfach so.« Auf meinem Nachttisch stand ein gewaltiger Blumenstauß. Rosen in allen Farben. »Wer hat mich da beschenkt?«

Der Arzt grinste und wurde noch menschlicher. »Ein Haufen Leute hält mich von der Arbeit ab. Alle fünf Minuten ruft jemand an und fragt, ob es Ihnen auch gut geht. Also, von mir aus können Sie versuchen, sich hinzustellen. Wollen Sie?«

»Na sicher«, nickte ich. Dann schwang ich die Beine etwas zu heftig, und mir wurde schwarz vor Augen.

»Langsam, alter Mann«, mahnte der Arzt schadenfroh.

Später lag ich wieder im Bett und betrachtete verwundert den kleinen Bleiklumpen. Eine Schwester kam herein, gab mir eine Spritze und versicherte hoch und heilig, das mache mich nur ruhig. Aber ich schlief selbstverständlich sofort wieder ein. Krankenschwestern lügen auch.

Ich wachte auf, weil es klopfte.

Wiedemann kam herein. »Sie bereiten mir schlaflose Nächte. Ist das hier der Mann, der Sie töten wollte?«

Er reichte mir ein Foto, ich nahm es und warf einen Blick drauf. »Richtig, das ist er. Wer ist der Mann?«

»Erst einmal frage ich. Wie lange haben Sie ihn beobachten können, bevor es zu dem Treffen kam?«

»Etwa eine Minute. Sein Auto war im Nebel dicht hinter mir.«

»Haben Sie ihn jemals vorher bei einer anderen Gelegenheit gesehen?«

»Mit Sicherheit nicht.«

»Wieviel Sätze hat er ungefähr mit Ihnen gesprochen? Oder, anders formuliert: Ehe Sie ihm in die Eier traten, haben Sie sich mit ihm unterhalten?«

»Ja, zuerst hat er gefragt, ob ich Siggi Baumeister bin. Dann sagte er, er habe einen Auftrag. Eigentlich mache es ihm keine Freude, Profis kaltzustellen. Ich würde doch ahnen, wozu er gekommen sei. Schließlich sagte er einfach, ich solle mich umdrehen.«

»Das sagt er zu jedem Opfer«, nickte Wiedemann. »Arbeiten Sie augenblicklich an einem Thema in Verbindung mit organisierter Kriminalität?«

»Nein. Auf lange Sicht bereite ich ein Sachbuch über die Situation der deutschen Polizei vor. Da spielt organisierte Kriminalität eine Rolle, aber das ist nicht akut.«

»Arbeiten Sie sonst an einem Thema, das mit Verbrechen zu tun hat?«

»Nein, bis auf den Doppelmord nicht. Wer ist der Mann?«

»Er ist ein Killer, oder besser gesagt, ein Profikiller. Er heißt Claudio Medin, ist Deutsch-Italiener und hat wahrscheinlich mehr Blut an den Händen, als man sich vorstellen kann. Es ist sicher, daß er im Auftrag italienischer Mafiakreise in Frankfurt mindestens drei Kroaten getötet hat, die im Drogengeschäft tätig waren. Wahrscheinlich ist er auch der Mann, der im vorigen Jahr in Miami in Florida einen Kokskönig aus Cali abschoß. Im Februar hat er im Auftrag japanischer Triaden ein Ehepaar aus Sri Lanka getötet, das in den europäischen Heroinhandel investiert hatte. Mit Sicherheit ist er derjenige, der in Moskau im Mai den Chef eines Kuriersyndikats ausgeschaltet hat, das später von Schweizer Kreisen übernommen wurde. Medin hatte zwei Adressen in Frankfurt. Eine normale Wohnung sowie eine tote Wohnung, in der lediglich zwei Telefone mit Anrufbeantworter standen. Auf diese Telefone, die er alle halbe Jahre mit einer anderen Nummer versah, konnten Aufträge gesprochen werden. Akzeptierte er einen Auftrag, schickte er dem Auf-

traggeber eine Postkarte, auf der nichts stand. Nie hat er
gefragt, aus welchem Grund er jemanden töten sollte, nie
hat ihm jemals Vorschriften gemacht, wie er vorzugehen
hatte. Er war einfach gut, und er war teuer. Er kassierte
grundsätzlich hundert Prozent im voraus und bekam in
der Regel zwanzigtausend Dollar pro Auftrag plus Spe-
sen. Wem, lieber Siggi Baumeister, sind Sie zwanzigtausend Dollar wert?«

»Niemandem«, sagte ich hastig.

»Aber ein Irrtum ist ausgeschlossen«, mahnte er.

»Kann man den Auftrag feststellen?«

»Das konnte das BKA«, nickte Wiedemann. »Auf dem
Anrufbeantworter sind Reste von Sprache, der Apparat
hat nicht gut gelöscht. Die Anweisung ist sehr kurz und
besagt: Zu erledigen ist Siggi Baumeister. Dann folgt Ihre
komplette Adresse.«

»Vielleicht hat unser Doppelmord eine ganz andere
Dimension«, überlegte ich.

»So muß es sein.«

»Aber warum ausgerechnet ich? Warum nicht Sie und
Rodenstock?«

»Gangster und Ganoven sind nicht logisch«, meinte er.
»Ein bestimmter Aspekt in der Geschichte läßt mich ver-
muten, daß Sie sehr gefährdet sind, ich aber nur meine
Pflicht tue. Das heißt, jemand fürchtet, daß dieser Fall in
allen Einzelheiten öffentlich breitgetreten wird. Dafür
können nur Sie in Betracht kommen, die Mordkommission oder die Staatsanwaltschaft nicht. Wir ermitteln, wir
klagen an, aber wir haben keine Macht über Medien.«

»Medin verwirrte mich eigentlich mehr, als daß er mir
Angst machte. Weiß das Bundeskriminalamt etwas darüber, wie er mit seinen Opfern umging?«

Wiedemann nickte. »Er war ein paarmal erfolglos, be-
dingt durch besondere Umstände. Abgesehen davon, daß
man starke psychopathologische Akzente in seiner Akte
betont, wird vor allem darauf hingewiesen, daß er einen
enormen Drang hat, sich dem Opfer persönlich zu nähern. Er will das Gespräch, er will sich anscheinend un-

terhalten, ehe er tötet. Das wird so interpretiert, daß er dadurch für sich selbst feststellen will, daß er ein ganz normaler, intelligenter Mensch ist mit einer ganz normalen Aufgabe, die er leider bewältigen muß. Was er zu Ihnen sagte, entspricht dem Bild: Sie sind ein netter Kerl, Baumeister, und beruflich sicher ein Profi, aber nun sollten Sie sich umdrehen, damit ich Sie erschießen kann. Natürlich wollte er auch Macht und Gelassenheit demonstrieren.«

»Er war verrückt, aber ich hätte mich tatsächlich nicht gewundert, wenn er gesagt hätte, er wolle erst eine Weile plaudern.«

»Das war sein Tod.« Wiedemann nahm einen Stumpen aus der Tasche und steckte ihn dann unwillig zurück, als er begriff, wo er war. »Erzählen Sie mir von dem Gespräch mit dem Ehemann der Heidelinde Kutschera?«

Ich berichtete so genau wie möglich. Als ich an die Stelle kam, an der Heidelinde Kutschera ihrem Mann gesagt hatte, das Hotel sei out und die Eifel für die Zukunft nicht mehr so wichtig, wurde Wiedemann stutzig und unterbrach mich.

»Das hat er uns nicht erzählt.«

»Wahrscheinlich haben Sie nicht gezielt gefragt. Das muß vor drei oder vier Monaten gewesen sein.«

»Hotel out und Eifel unwichtig? Bei wem würden Sie ansetzen?«

»Charlie, am besten bei Charlie«, riet ich. »Aber der wird schwer aufzutreiben sein.«

»Nicht sehr«, lächelte Wiedemann. »Er hockt draußen auf dem Gang und will Ihnen Blumen bringen.«

»Wieso das? Schlechtes Gewissen?«

Er kniff die Augen zusammen. »Warum eigentlich nicht? Übrigens, wir haben etwas Interessantes herausgefunden. Erinnern Sie sich an die beiden Jugendlichen von der Jagdhütte? Der größere von beiden, der Schläger, hat sehr unbürokratisch einen Kredit von der Sparkasse bekommen. Ist das nicht komisch? Ohne Antrag.«

»Sehr komisch«, nickte ich. »Also rein mit Charlie.«

150

Mit dem gestöhnten Vorwurf: »Junge, was machst du denn für einen Scheiß!« kam Charlie hineingekullert, warf seine Blumen auf mein frisch operiertes Bein und knutschte mich nach rheinischer Sitte heftig ab. Er roch intensiv nach irgendeinem Eau de toilette, das er vermutlich literweise verbrauchte. »Na, Jung, du machst uns Kummer. Nun sag mal, wie war dat denn?«

»Kurz und fast schmerzlos, Charlie. Gut, dich zu sehen. Wie geht es Klunkerchen?«

»Die hat irgendwo in Köln eine Armenküche aufgemacht. Seitdem sehe ich sie nur noch mit Pennern.« Er grinste. »Sie macht sich gut zwischen denen. Besonders wenn sie im Nerz die Brillis mit denen spazierenführt. Nee, im Ernst, die muß was fürs Herz haben. Und du? Du solltest den Löffel abgeben?«

»Ich lebe noch einigermaßen. Charlie, Wiedemann und ich haben ein Problem. Du hast doch oft mit Pierre Kinn zusammengehockt. Vor drei Monaten spielten plötzlich für Pierres und Heidelindes Zukunft das Hotel und Bad in Kyllheim keine große Rolle mehr. Das hat Heidelinde zumindest ihrem Mann gesagt. Kannst du dir vorstellen, was da gewesen ist?«

Er zog sich einen Stuhl heran und setzte sich. »Vor drei Monaten sagst du? Was soll da gewesen sein?«

»Das ist die Frage«, murmelte Wiedemann. »Wir wissen, daß die Affäre der beiden gesellschaftlich tödlich war. Ursprünglich wollten sie trotzdem in der Eifel bleiben und sich hier durchsetzen, jeder an seinem Platz. An der Einstellung muß sich etwas geändert haben. Haben Sie ihm einen neuen oder anderen Job angeboten?«

»Ich? Ach, du lieber Gott, nein, sicher nicht. Ich kaufe Leute. Phasenweise. Sie erledigen was für mich, ich bezahle sie. Soweit so gut, aber niemals Angestellte. Nein, ich habe ihm nichts geboten.«

»Hast du ihm auch nichts vermittelt?« fragte ich.

»Nichts, ehrlich nicht, Junge. Ich vermittle auch nie. Wenn es dann Knatsch gibt, und den gibt es immer, fällt die Sache auf mich zurück, und es heißt: Charlie, wieso hast du mir nicht gesagt, daß der Typ faul ist?« Er grinste auf eindeutig dreckige, aber immerhin liebenswert Art. »Bei euch habe ich so den Eindruck, als ob ihr gar nicht wißt, was ihr eigentlich fragen sollt.«

Wiedemann starrte ihn mit großen Augen an und nickte. »Da ist was dran.«

»Eine Frage weiß ich aber noch«, sagte ich. »Du machst immer so den Eindruck, als ginge dich diese ganze schnöde Welt nichts an. Das ist ein schöner Trick. Aber ich traue dir im geschäftlichen Bereich fast jede legale Gaunerei zu, die man sich ausdenken kann. Die Frage lautet: Wenn du erfährst, daß jemand hingegangen ist und Pierre und Heidelinde umgebracht hat, was ist dein erster Gedanke?«

Er senkte den Kopf. »Ich denke sofort Bargeld.« Nun hob er den Kopf wieder und versuchte ein Lächeln. Es mißlang. »Ich denke immer Bargeld. Aber die Frage ist gemein, Baumeister. Meinen ersten Gedanken kann ich nicht verraten, denn Gedanken sind frei. Mein zweiter war die Frage: Wer kann so idiotisch gewesen sein, das zu tun? Ich sage dir, Baumeister, der, der das getan hat, der war ein Erste-Klasse-Dummkopf. Denn für eine ganze Menge Leute war der Pierre der beste Postbote, den sie je hatten.«

»Der beste Postbote?« fragte ich.

»Oh Gott«, stöhnte Wiedemann, »nicht auch das noch.«

»Kann mich jemand aufklären?« fragte ich jetzt aggressiv.

»Postbote heißt, Baumeisterchen, daß er Geld nach Luxemburg schaffte. Geld aus der Eifel nach Luxemburg. Das ist hier so eine Art Freitagsvergnügen. Alle Leute, die über zuviel Bargeld verfügen und nicht möchten, daß das Finanzamt es entdeckt, haben Konten in Luxemburg. Sie jammern in der Eifel, wie beschissen es ihnen geht, und erzählen nach dem siebten Bier ganz stolz, daß es ihnen schon wieder gelungen ist, fünfzigtausend rüberzuschaffen. Man schätzt, Baumeister, daß jeder fünfte Eifler Haushalt ein Konto jenseits der Westgrenzen hat. Und der gute Pierre hat daraus eine Dienstleistung gemacht. Er schaffte das Geld rüber, richtete die Konten ein. Er war für sehr viele, die heimlich in Luxemburg deponieren, der absolut beste und diskreteste Postbote, den sie haben konnten. Und noch was, meine Lieben: Pierre hatte das am besten bekannte Handy der Eifel. Denn, wenn die Leute wissen wollten, was sie mit dem Geld in Luxemburg am besten tun könnten, riefen sie Pierre an.«

»Warum haben wir das nicht entdeckt?« rief Wiedemann verblüfft. »Verdammt noch mal, wir haben sogar rekonstruiert, wann er zum letzten Mal Dünnschiß hatte. Verdammt noch mal!«

»Immer mit der Ruhe«, strahlte Charlie. »Wer sollte Ihnen denn ausgerechnet das sagen?«

»Hat er für dich auch Geld nach Luxemburg geschafft, Charlie?« bohrte ich weiter.

»Ein paar Mal, ja. Aber das ist jetzt vier oder fünf Jahre her. Ich habe ihn auf die Idee gebracht. Jetzt nicht mehr, Baumeister, jetzt nicht mehr.«

»Und wohin verschickst du dein Bares jetzt?«

»Keine Antwort«, meinte er zufrieden.

»Haben Sie eine Ahnung, wieviel Pierre in den letzten Jahren rübergebracht hat? Und gab es irgendwelchen Zoff dabei?« fragte Wiedemann.

»Bei Pierre gab es keinen Zoff«, winkte Charlie ab. »Er hatte sogar alleinige Kontenvollmacht in mindestens sechzig oder siebzig Fällen. Ich habe im Sommer mal überschlagen, daß er kontentechnisch gesehen über mindestens 30 Millionen verfügte. Vermutlich hat er mindestens 50 Millionen rübergebracht.«

»Brachte das viel Geld ein?« wollte ich wissen.

»Er hatte feste Sätze. Pro Konto war es relativ wenig. Alles in allem machte er durch die Masse aber pro Monat locker sechzehn bis siebzehn Riesen. Bar, netto, steuerfrei.«

»Heiliger Strohsack«, hauchte Wiedemann. »Sind das nicht ein Haufen Motive?«

»Wenn Sie mich fragen, ist das nicht *ein* lausiges Motiv«, meinte Charlie. »Warum soll ihn denn jemand umlegen, wenn alles gut läuft?«

»Könnte er jemanden über den Tisch gezogen haben, Charlie?«

Charlie schüttelte den Kopf. »Unmöglich. Das wäre Selbstmord gewesen, und so dumm war er nicht.«

»Aber angenommen, jemand hat in Luxemburg sehr viel Geld, das offiziell nicht existiert. Pierre war für ihn also gefährlich, also brachte er Pierre um.« Wiedemann wedelte mit den Händen, als wollte er ein Motiv herbeizaubern.

»Du lieber Gott, ihr strohdummen Laien«, seufzte Charlie angewidert. »Nahezu alles Geld, das nach Luxemburg wandert, ist rabenschwarz, lieber Kripomensch. Wollen Sie ein Beispiel über unkontrollierte Gelder in der Eifel? Also, ich gebe Ihnen ein praktisches Beispiel: Jemand hat vier oder fünf gute Ferien-Apartments irgendwo am Nürburgring. Offiziell wirbt er um Touristen und macht ihnen per Anzeige verbilligte Sonderangebote. Inoffiziell vermietet er alle Apartments für das Zehnfache des üblichen an die Rennfreaks und Autonarren, die jeden Preis bezahlen, um bei jedem Rennen dabei zu sein. Diese Frau oder dieser Mann macht durch Verkauf von Bier, Wein und Sekt, Schokolade, Frühstück und Mittagessen ein Schweinegeld. Er kann pro Jahr locker hunderttausend Mark schwarz machen. Für den ergibt sich die Frage: Wohin mit dem Zeug? Läßt er es auf der Sparkasse, kann das bei Kontrollen unangenehm werden. Also schafft er es weg. Er ruft Pierre an. Hören Sie auf, daß Pierre für irgendwen gefährlich war. Wenn, dann war er für alle gefährlich.«

»Wußte Udler das?« fragte ich.

»Ganz unwahrscheinlich«, sagte Charlie. »Na, sicher wird er es gewußt haben, aber er wußte es bestimmt nicht offiziell, und er würde es nicht einmal kommentieren. Außerdem, meine Herren: Pierre war im Außendienst. Diese Leute sind hochspezialisiert, und niemand spioniert ihnen nach. Sie können praktisch tun und lassen, was sie wollen. Ob Pierre Mittwochmorgen kurz nach Luxemburg fuhr oder am Samstagmorgen: Wer soll das kontrollieren? Hauptsache, es funktionierte; und es funktionierte. Ganz nebenbei: Pierre hat auch für den Ehemann seiner Geliebten Geld nach Luxemburg geschafft. Das weiß ich durch Zufall.«

Wiedemann und ich dachten darüber nach. Der Kriminalist sah so aus, als habe er in eine rohe Kartoffel gebissen.

»Charlie, ich habe einen Verdacht«, formulierte ich langsam. »Bist du beleidigt, wenn ich ihn laut werden lasse?«

»Ich bin selten beleidigt, und wenn, merkst du es nicht.«

»Du hast doch deine Millionen aus dem Bau in Kyllheim abgezogen, nicht wahr? Obwohl alle Beteiligten sagen, das sei ein ganz sicheres Geschäft für alle Anleger. Glaubst du das eigentlich auch?«

»Na ja«, antwortete er mit einer wegwerfenden Geste. »Ich hatte ein Objekt im Auge, das entschieden besser ist und mehr Profit abwirft.«

»Kann es denn nicht sein, daß du gar nichts mehr mit dem Projekt zu tun haben wolltest?«

»Moment, Moment«, wurde er hastig. »Ich habe mein Geld rausgezogen, bevor der Mord geschah.«

»Ja, ja, das weiß ich. Aber hast du es rausgezogen, weil du geahnt hast, daß alle Gelder, die drinstecken, genau geprüft werden? Irgend etwas in der Art, Charlie?«

»Irgend etwas in der Art«, nickte er.

»Es war schwarzes Geld, nicht wahr?«

Charlie schloß die Augen, dann sah er Wiedemann eindringlich an, und als der bedächtig nickte und versicherte: »Ich höre gar nicht zu«, murmelte Charlie: »Also, sagen wir mal so: ich hätte Schwierigkeiten gehabt, die Herkunft der Gelder offenzulegen. Zu kompliziert, verstehst du?«

Mein Bein begann zu schmerzen, ich drückte auf die Klingel. Eine Schwester kam herein, ich bat sie, mir etwas zu geben. »Aber nicht so einen Hammer, daß ich wieder vierundzwanzig Stunden schlafe.«

»Die Herren sollten sowieso gehen«, knurrte die Schwester muffig.

»Die Herren gehen schon«, nickte Wiedemann. »Draußen wartet Weibliches.«

Charlie und Wiedemann gingen, ich bekam eine bitter schmeckende Pille, und Dinah kam herein. »Du bist ja ein internationales Ziel geworden.« Sie berührte mich nicht, sie war verlegen.

»Ich bin eben wer«, frotzelte ich.

»Im Ernst, steigst du jetzt aus?«

»Nicht die Spur. Es wird doch jetzt erst heiter.«

»Aber vielleicht schaffst du den nächsten nicht mehr«, sagte sie atemlos. Dann schlug sie sich die Hand vor den Mund: »Tut mir leid, das wollte ich nicht. Ist das ... ist das ein schlimmes Gefühl?«

»Ja.«

»Vielleicht willst du reden?«

»Will ich nicht. Wie geht es Rodenstock?«

»Er ist zu Hause und martert sein Hirn. Er sagt dauernd: Wir müssen etwas übersehen haben.«

»Haben wir wahrscheinlich auch.«

»Sind Mordfälle immer so kompliziert?«

»Meistens«.

»Du bist wortkarg.«

»Wahrscheinlich.«

»Tut mir leid. Ach, Baumeister, ich habe mir einfach Sorgen gemacht.«

»Wieso das? Wir sind doch nicht verheiratet«, entgegnete ich muffig.

»Das war eine Scheißbemerkung«, schloß sie und begann zu weinen.

»Tut mir leid. Aber eigentlich weiß ich doch gar nicht, wer du bist.«

»Das könnte man ja ändern«, schniefte Dinah. »Irgendwer hat gesagt, du bist ein Angstbeißer.«

»Ich?«

156

»Ja, du. Aber vergiß es, ist ja auch egal. Also, ich bin, na ja, ich bin jemand, der ewig gesucht hat, wo er zu Hause sein kann. Sonst ist da wenig. Ein paar Männer, ein paar Wohnungen. – Das mit dem toten Killer macht dich fertig, nicht wahr?«

»Ziemlich. Ich war panisch, verstehst du? Ich begreife nicht, warum ich geschossen habe. Ich begreife das wirklich nicht.«

»Aber er wollte dich erschießen, Baumeister.«

»Ja, ja, schon. Ich habe ihm in die Eier getreten, und ich muß ihn voll getroffen haben, denn er lag da und hatte die Waffe nicht mehr in der Hand. Ich hätte sie nehmen können und sagen können, was man dann sagt. Hände hoch oder irgend so einen Blödsinn.«

»Aber er hatte doch noch die Messer«, sagte sie.

»Was meinst du?«

»Er hatte Messer. Er hatte ein Messer an jeder Seite. Er hätte dich ... er hätte dich trotzdem getötet.«

»Hat man die gefunden? Das wußte ich nicht. Aber das macht nichts. Er muß benommen gewesen sein, die Waffe lag einfach rum.«

»Vielleicht wollte er, daß du sie nimmst, vielleicht wollte er das, um dich schneller in die Hand zu bekommen.«

»Warum sagst du das? Ich habe sie genommen und geschossen.«

»Was solltest du sonst tun?«

»Ihn bedrohen. Er war doch gar nicht bei sich. Er war bewußtlos.«

Sie war verwirrt. »Selbst wenn er ... also, er wollte dich töten. Und er hätte dich getötet. Er hat doch das Geld dafür schon gehabt, Baumeister, bist du nicht ein bißchen zu edel?«

»Edel? Ach, Scheiße! Er konnte nichts machen, verstehst du? Er war ohnmächtig und ich angeschossen.«

Sie schüttelte sanft den Kopf, nahm meine Hand, sah mich an und lächelte, wie Frauen eben lächeln, wenn sie etwas besser wissen. Ich konnte mich gar nicht wehren, ich mußte heulen, und es dauerte sehr lange. Ich wollte nicht, daß sie es sah, vergrub mein Gesicht in den elend großen Kissen und atmete nichts als Krankenhaus ein.

Irgendwann sagte Dinah leise: »Da kommen zwei vom Bundeskriminalamt. Sie sind angereist wegen dieses Killers. Du mußt eine Aussage machen.«

»Sag dem Rodenstock, er soll auf dich aufpassen.«

Sie errötete, sie errötete richtig. »Das tut der sowieso schon. Bevor ich fuhr, mahnte er, ich soll langsam fahren und aufmerksam sein, und wenn mir was auffällt, einfach vors nächste Haus fahren und schellen und all so einen Blödsinn.«

»Dann tu das wirklich«, sagte ich. »Es ist doch Tag, oder?«

»Es ist acht Uhr abends, du bist schon die vierte Nacht hier. Die haben dich mit Spritzen im Dauerschlaf gehalten. Willst du irgendwas zu lesen oder was Besonderes zu essen? Weintrauben oder so? Wenn ich in ein Krankenhaus muß, nehme ich immer Weintrauben mit. Aber ich habe nicht viel Übung.«

»Ich will nichts, nur aufstehen und abhauen.«

»Erst morgen die BKA-Leute«, sagte Dinah jetzt energisch. »Erst die Arbeit, dann das Vergnügen.«

Siebtes Kapitel

Die beiden Beamten des Bundeskriminalamtes erwiesen sich am nächsten Morgen als aufdringlich freundliche junge Männer, die nichts weiter vorhatten, als mich etwa achtmal genau erzählen zu lassen, was geschehen war. Der Jüngere von beiden fluchte wie ein Rohrspatz auf seinen Computerlieferanten, der ihm eindeutig den falschen Laptop geliefert habe. »Ein Scheißding, das bei jedem Furz abstürzt.«

Sie mußten das Protokoll dann tatsächlich handschriftlich aufsetzen, eine ungeheuerliche Arroganz der Realitäten.

Dann bereitete ich meinen Abflug vor, indem ich mich aus dem Bett bewegte und anzog. Brav auf einem Stuhl hockend, erwartete ich den Chefarzt, der mich nach dem Mittagessen mit endlosen väterlichen Ermahnungen entließ. Ich nahm ein Taxi.

Rodenstock hatte das Packpapier an der freien Wand des Gästezimmers total mit Filzschreiber bedeckt. Es gab so seltsame Kürzel wie *h. k. M.* und *l. k. A. v.*, was ›hat kein Motiv‹ und ›liegt keine Aussage vor‹ hieß. Hinter Udler stand *l. w.*, und Rodenstock erläuterte: »Das heißt, er lügt wahrscheinlich. Wie geht es dir, mein Sohn?«

»Gut. Ich möchte Spaghetti Carbonara. Haben wir sowas?«

Dinah nickte. »Aber besser wäre wahrscheinlich ein Steak. Ich habe den Eisschrank vollgekauft. Aber ich kann doch nicht kochen. Ich habe eben statt Wasser Kaffeepulver in die Espressomaschine geschüttet.«

»Du bist einfach mordgeschädigt«, urteilte Rodenstock sanft. »Ich werde kochen.«

»Du bist meine Rettung«, antwortete sie ernsthaft.

Ich legte mich eine Weile auf mein Bett. Momo und Paul kamen und beklagten sich bitter, daß ich sie so lange alleingelassen hatte. Paul wühlte sich mit sehr hartnäckigen Kopfstößen in meine rechte Achselhöhle, schnurrte eine kurze Weile und war dann eingeschlafen. Momo zupfte an seinem Schwanz, um ihn zu stören, entschied sich aber dann für das Kopfkissen und legte den Kopf dicht neben meinen. Ihre Welt war in Ordnung.

Draußen hatte es zu regnen begonnen. Wir schliefen ein und wurden von Rodenstocks Gebrüll geweckt: »Die Steaks sind zu Braunkohle verarbeitet, die Raubtierfütterung kann beginnen!«

Die ersten zehn Minuten des Essens verliefen schweigend, dann sagte Rodenstock: »Ich würde gern mit einem Menschen sprechen, der in Geld ertrinkt und der mir dieses Durcheinander hier einigermaßen erklären kann.«

»Walburga«, schlug ich vor. »Sie ist eine englische Lady, die es nur zufällig in die Eifel verschlagen hat.«

»Kann sie kommen?«

»Walburga kann nie kommen, zu Walburga muß man pilgern. Ich rufe sie an. Falls sie noch nicht in Chamonix ist.«

Ich rief sie an, und sie zeigte sich gnädig. »Ich muß zwar ein Bridgeturnier vorbereiten, aber zwanzig Minuten habe ich für euch.«

Regen und Nebel beherrschten noch immer das Land und lagen wie ein festes Tuch unverrückbar in einer bestimmten Höhenlage. Als wir auf der Höhe über Dollendorf unter einen klaren Himmel fuhren, sagte Rodenstock: »Das ist schön, das ist wie im Flieger.«

Walburgas Ephebe war nicht da, wahrscheinlich hockte er in der Sauna und pflegte seinen Körper. Sie öffnete uns selbst, was ganz ungewöhnlich war, und sie begrüßte Rodenstock und Dinah mit großer Freundlichkeit. »Kommt herein, die ihr mühselig und beladen seid. Um was geht es? Hat Charlie wieder ein krummes Ding gedreht?«

»Es geht immer noch um den Doppelmord«, erklärte ich.

Wir durften in den Blauen Salon, der deshalb so hieß, weil von Wand zu Wand ein blauer Seidenteppich lag, auf dem wir wie auf Eiern gingen.

»Keine Rücksicht«, dröhnte Walburga. »Das Ding ist besser als ein Fußabtreter.«

Wir hockten uns auf Louis-Quattorze-Stühlchen und tranken Tee aus Fingerhüten, die eigentlich zu kostbar zum Anfassen waren.

»Ich habe ein Problem«, erklärte Rodenstock. »Ich habe eine Mordkommission mehr als zehn Jahre geleitet. Ich würde also sagen, ich verfüge über eine reichhaltige Erfahrung. Dieser Fall allerdings macht mir Kummer, weil – abgesehen von dem Ehepartner der Ermordeten – uns kein Mensch begegnet, der einen wirklichen Grund gehabt hätte, diese Menschen zu töten. Wir suchen verzweifelt ein Geheimnis, wobei wir nicht einmal wissen, ob es überhaupt ein Geheimnis gibt. Wir haben ein absolutes Finanzchaos um das Bade- und Hotelprojekt in Kyllheim, aber wir wissen nicht genau, ob es sich überhaupt um ein Finanzchaos handelt. Vielleicht ist auch das normal. Ich habe also, wenn Sie gestatten, eine Bitte: Können Sie mir die Ereignisse erklären?«

Walburga griff von einem Teewagen eine Ebenholzkiste, öffnete sie und nahm eine Aluminiumröhre heraus. Die wurde aufgeschraubt, zum Vorschein kam eine Zigarre in einer Folie. Sie entfernte die Folie und sah Rodenstock an.

Rodenstock blinzelte verträumt, und sie reichte ihm die Zigarre mit den Worten: »Schöne Grüße von Davidoff!«

Dann machte sie sich eine zweite zurecht. Als die Zigarre zu ihrer Zufriedenheit gleichmäßig brannte, räusperte sich Walburga, hielt die leicht qualmende Zigarre vor sich und betrachtete nachdenklich den Rauch. »Wenn ich Sie recht verstehe, Herr Kriminalkommissar – oder sind Sie mehr?« Sie sah ein bißchen aus wie Marlene Dietrich als Pokerspielerin auf dem Mississipi.

»Entschieden mehr«, grinste Rodenstock. »Kriminaloberrat.«

»Hm. Wenn ich Sie also recht verstehe, dann wollen Sie von mir eigentlich nicht den Namen eines Verdächtigen, den ich sowieso nicht habe, sondern vielmehr meine Einschätzung der Lage?«

»So ist es«, nickte Rodenstock.

»Also ist Gehirn gefragt und keine Plapperei.« Sie schmunzelte. »Im Sinne meiner Schwestern möchte ich mich bedanken, daß Sie Gehirn voraussetzen. Kommen wir zunächst zu dem, was Sie verwirrt. Das, was Sie wahrscheinlich verwirrt, ist die Tatsache, daß Pierre Kinn Gelder in Luxemburg plazierte. Nun, das ist üblich, und wie viele der Gelder schwarz sind, kann ich Ihnen nicht sagen. Beide Felder geben für mich keinen Mörder her, weder Kyllheim noch Luxemburg.«

»Aber wer kann dann ein Interesse daran haben, Siggi Baumeister für zwanzigtausend Dollar töten zu lassen?« fragte Rodenstock.

»Das frage ich mich auch«, nickte sie. »Es muß etwas sein, was wir nicht wissen oder ständig übersehen. Ist es richtig, daß Udler irgendwas mit einem Nuttchen in Aachen hatte?«

Ich nickte. »Aber das beeindruckt ihn nicht. Er sagt, er sei mit einem lebenden Vaterunser verheiratet und das sei nur begrenzt zu ertragen.«

»Schreckliche Frau«, bestätigte Walburga.

»Da gibt es noch einen Punkt. Pierre und Heidelinde haben etwa vor drei oder vier Monaten ihre Meinung geändert. Heidelinde sagte zu ihrem Mann, der Hotelkomplex in Kyllheim und ihr Job dort seien, ebenso wie die Eifel, nicht mehr so wichtig. Wissen Sie etwas davon?«

»Nein.« Sie wirkte ehrlich. »Ich fürchte, da kann ich Ihnen nicht helfen.«

»Moment noch«, sagte ich. »Haben Sie etwas von dem Verdacht gehört, daß das Bad und das Hotel sich nicht in die Gewinnzone retten können, weil sie viel zu teuer sein müssen?«

»Natürlich. Kann sein, kann nicht sein. Die privaten Finanziers machen alle ihren Schnitt. Eng wird es bei den Subventionsmitteln. Möglich, daß die verlorengehen. Aber irgendwie geht sowas immer weiter.«

»Was ist, wenn das Ding vor der Öffnung pleite macht?«

»Nichts. Dann wird es von irgendeiner anderen Gruppe übernommen, die sich einen Gewinn verspricht.«

»Kann es sein«, fragte Rodenstock, »daß Pierre Kinn bei anderen Banken Neider hatte, die ihn ausgeschaltet haben?«

Walburga lächelte boshaft. »Bei Männern, die im Management stecken, kann alles sein.«

»Aber Sie glauben nicht daran?« erkundigte ich mich.

»Ich würde sie ausschalten«, nickte sie. »Sehen Sie mal, Baumeister, wenn Manager sich beim Mobbing kaputtmachen, dann geschieht das selten auf eine wirklich intelligente Weise. Ich weiß das, ich habe Firmen in

Deutschland und im Ausland. Der Doppelmord auf dem Golfplatz ist derart raffiniert in Szene gesetzt, daß das erhebliche kriminelle Energie verrät und außerdem ein Gehirn von Format. Sagen Sie, Herr Kriminaloberrat, denken Sie das nicht auch?«

»Das verwirrt mich gerade an diesem Fall«, bestätigte Rodenstock. »Der Mord selbst stinkt geradezu vor Perfektion.«

»Der Ehemann der Kutschera ist mit Sicherheit auszuschließen?«

»Mit Sicherheit«, bestätigte ich.

»Dann bleibt das ein Rätsel«, meinte Walburga.

»Hat Pierre Kinn eigentlich auch in Ihrem Auftrag schwarze Gelder transportiert?«

Sie ließ den Kopf ein wenig nach vorn fallen, zog an der Zigarre, sah dem Rauch nach. »Ja, einmal. Das war so eine komische Sache, die ich einem Wirtschaftsermittler der Staatsanwaltschaft Trier erklären mußte, weil sie eigentlich nicht begreifbar war.« Sie lachte, und weil es ihr zu laut erschien, hielt sie sich eine Hand vor den Mund. »Es ist zehn Jahre her, daß ich einem lieben Freund mal eine Menge Geld geliehen habe. Ich hatte es, er brauchte es. Er konnte es mir jahrelang nicht zurückgeben, dann kam es nach neun Jahren mit Zins und Zinseszinsen zurück. Ich hatte es in den Bilanzen getilgt. Wie sollte ich jetzt erklären, daß ich plötzlich um ein paar Hunderttausende reicher war? Ich konnte es eigentlich nicht. Da sagte ich zu Pierre: Nimm's mit, zahl es auf eines der Konten in Luxemburg ein. Ich weiß nicht wie, aber irgendein Wirtschaftsamt erhielt Kenntnis von dieser Rückzahlung, und ich war dran.« Sie seufzte. »Sonst ist nichts mit Schwarzgeld, Baumeister.«

»Wir kommen nicht weiter«, stöhnte Rodenstock in fast komischer Verzweiflung.

»Muß denn der Doppelmord überhaupt irgend etwas mit diesem Kyllheim zu tun haben?« sagte Dinah.

»Muß es wirklich nicht«, sagte Rodenstock. »Aber wir haben keine andere Spur.«

Walburga richtete sich auf ihrem Stühlchen ein wenig auf und wirkte wie eine Dorfschullehrerin aus dem vorigen Jahrhundert. »Ich hätte Sie nicht empfangen, wenn ich Ihnen nicht doch eine neue Idee mitgeben könnte. Man sollte ineffiziente Treffen tunlichst vermeiden. Das, was die junge Dame sagte, scheint mir wichtig und unter Umständen vollkommen richtig. Haben Sie einmal überlegt, daß Baumeister für etwas getötet werden sollte, was mit dem Mord an Pierre und Heidelinde nicht das geringste zu tun hat? Daß die beiden ermordet worden sind, weil etwas vorlag oder stattgefunden hat, was mit dem Projekt Kyllheim nicht das geringste zu tun hat? Und daß der Tötungsversuch Baumeisters mit dem Doppelmord nicht das geringste zu tun haben muß? Wohl aber mit dem Projekt in Kyllheim?«

»Also drei getrennte Felder«, sagte Rodenstock in die Stille.

Walburga nickte. »Es kann doch sein, daß irgend etwas mit dem Kyllheim-Projekt nicht stimmt und daß verhindert werden soll, daß Baumeister das aufdeckt. Also versucht man, ihn zu töten. Und daß Kinn und Kutschera getötet wurden, wobei das Motiv absolut nicht in Kyllheim zu suchen ist.«

»Was Genaueres haben Sie nicht?« fragte Rodenstock.

»Nur noch eine zusätzliche Überlegung«, erklärte sie. »Die Eifel ist ein wertekonservativer Landstrich. Leider blüht das Bigotte. Es könnte doch sein, daß Pierre Kinn und Heidelinde Kutschera sich gegen Heiligtümer vergangen haben? Beide brachen sie ihre Ehe, beide vernachlässigten sie zwangsläufig ihre Kinder, beide betrogen ihre Ehepartner und verließen sie. Es kann doch jemand hingegangen sein und den Richter gespielt haben! *Ten little niggers* – ich erinnere Sie. Dann paßt auch die raffinierte Art des Mordes. Jemand, der für sich in Anspruch nimmt, die öffentliche Moral zu verkörpern, kann sich Zeit lassen, gut planen und grausam und effizient töten.«

»Was glauben Sie, wie viele solcher Täter in Frage kommen?« fragte Rodenstock.

»Ich weiß es nicht. Mir fallen dazu einige Namen ein. Aber nennen werde ich keinen. Nehmen Sie es mir nicht übel, aber meine Verpflichtungen warten.«

Wir verabschiedeten uns also, hockten mißmutig im Auto und trieben durch den Nebel heimwärts.

»Was ist mit einem Verrückten?« schlug Dinah vor, als wir es uns wieder in meinem Haus gemütlich gemacht hatten.

»Die sind hier doch alle mehr oder weniger verrückt«, antwortete ich. »Das Gefährliche ist eben, daß diese Verrücktheit normalerweise nicht zutage tritt.«

»Man kann sagen, daß Kinns Leben ein Dienstleistungsleben war. Hätte er einen Kunden in großer Manier betrogen, wüßten wir das längst. Was ist aber, wenn er zufällig von irgendeiner drohenden Finanzaktion erfahren hat, irgendeiner geplanten Übernahme, von der eigentlich niemand etwas wissen sollte?« Rodenstock seufzte theatralisch und gab sich selbst die Antwort. »Dann suchen wir in Jahren noch.«

»War er eigentlich käuflich?« warf Dinah ein.

»Er brauchte nicht käuflich zu sein, er verdiente genug«, entgegnete ich mürrisch.

»Du spinnst«, sagte sie einfach. »Wenn die Summe hoch genug ist, wird jeder käuflich.«

»Aber wozu, meinst du, sollte er gekauft werden?« fragte ich.

»Das weiß ich doch nicht«, entgegnete sie ärgerlich. »Vielleicht wollte eine andere Bank das Geschäft in Kyllheim machen?«

»Sparkassen sind halb-öffentlich. Deshalb übernehmen sie bei diesen Projekten, die öffentlich gefördert werden, auch die Leitposition. Da können andere Banken gar nicht konkurrieren, oder zumindest nur begrenzt. Nein, nein!« Rodenstock fuchtelte mit beiden Armen in der Luft. »Wir sind in einer Sackgasse. Der Zustand der Eifler Gesellschaft ist nicht gerade geeignet, Klarheiten herzustellen. Verschwägert und versippt sind nicht einmal Parteien klar voneinander zu unterscheiden. Ein Kompromiß bedeutet hier durchaus, daß der SPD-Bürgermeister ein Grundstück vom CDU-Oppositionsführer zum Sonderpreis bekommt und der dafür seinen grünen Liebling favorisieren darf, der wiederum dem Herrn von der Unabhängigen Wählergemeinschaft besonders gute Geschäftskonditionen einräumt. Das ist doch ekelhaft, ist das. Das war mein letzter Vortrag heute.«

»Das ist in Garmisch nicht anders als im Allgäu oder in Nordfriesland«, schnappte ich.

»Besonders klärend wirkt das nicht«, seufzte die Soziologin.

»Ist mir scheißegal«, sagte Rodenstock.

»Hört doch auf«, steuerte ich bei. Es war wirklich nicht unser Tag.

»Ihr seid beide total vernagelt«, klagte die Soziologin. »Zwei Komponenten der Geschichte streichen euch um die Füße wie läufige Katzen, und ihr seht sie einfach nicht. Klar, man kann der Meinung sein, das sei alles eine total provinzielle Arie. Aber zwei Dinge sagen: Nix Provinz! Das eine ist die Art des Mordes, das andere die Tatsache, daß Baumeister von einem Berufskiller getötet werden sollte. Darauf müßten wir uns konzentrieren.«

»Klingt hervorragend nach Spuren von Gehirn«, sagte Rodenstock. »Aber ausgerechnet diese sozusagen internationalen Aspekte haben einen Fehler: Den ersten Mörder können wir nicht fragen, den Killer auch nicht mehr.«

»Ihr seid ekelhafte Machos«, rief sie aufgebracht.

»Sippenhaft«, sagte ich.

»Dann ist da noch eine Komponente, auf die wir uns konzentrieren könnten«, fuhr sie vollkommen unbeeindruckt fort. »Wir wissen ziemlich sicher, daß sich vor drei bis vier Monaten etwas änderte: Kinn und Kutschera brauchten weder die Eifel noch das Projekt in Kyllheim, um glücklich in der Zukunft leben zu können. Wir müssen herausfinden, was das war. Das können wir nur herausfinden, indem wir rekonstruieren, was sie zu diesem Zeitpunkt taten und wen sie trafen.«

166

»Dein Wort in Gottes Ohr«, meinte ich.

»Ich arbeite dran«, sagte sie süßlich. »Ich brauche die Telefonnummern des Kutschera und der Kinn. Hast du die?«

Ich gab ihr die Telefonnummern und zog mich zurück in mein Bett. Paul und Momo hockten einträchtig auf der Fensterbank und sahen in das trübe Wetter hinaus.

Als Dinah mich heftig an der Schulter wachrüttelte, war ich gerade dabei, irgendwo auf den Bahamas die Luxusyacht einer langbeinigen Blonden zu betreten, die ernsthaft der Meinung war, sie könne ohne mich nicht leben.

»Irgend etwas war mit Liechtenstein«, berichtete die Soziologin hell vor Aufregung. »Kutschera sagt, sie waren vor drei Monaten dreimal hintereinander in Liechtenstein. Und zwar innerhalb von neun Tagen. Sie sind jeweils nachts runtergerast und dann 24 Stunden später zurück. Frau Kinn sagt dasselbe.«

»Liechtenstein ist klein, aber verdammt groß, wenn man nicht weiß, wohin sie dort gefahren sind. Gibt es Hinweise?«

»Ja. Frau Kutschera hat eine Art Tagebuch geführt. Da steht in den letzten Junitagen mehrmals die Eintragung Vaduz und Stadtcafé 11 Uhr. Dann einmal Brennerhof 14 Uhr. Das reicht, Baumeister. Laß uns fahren.«

»Wie bitte?«

»Laß uns nach Liechtenstein fahren. Die Eintragungen reichen doch!«

»Haben wir Fotos der Toten?«

»Nein.«

»Dann ruf Wiedemann an und bitte ihn, uns welche zu geben. Ich kann ja begreifen, daß du bei diesem Scheißwetter aus der Eifel rauswillst, aber dann sollten wir wenigstens komplett ausgerüstet sein.«

Sie schrie »Juchhuh!« und ließ sich auf mich fallen, was mich angesichts eines spitzen angewinkelten Ellenbogens um den letzten Rest von Luft brachte. Ich wußte nicht, wie leicht Soziologinnen glücklich zu machen sind.

»Du bist süß!« schrie sie schrill.

»Bitte nicht«, sagte ich und strampelte mich unter ihr hervor. Ich suchte Rodenstock und fand ihn auf dem Bett liegend. Er las *Stille und Sturm*.

»Wir wollen mal eben nach Liechtenstein«, sagte ich. »Kutschera und Kinn waren dort. Mehrmals. Einwände?«

»Keine, solange du mir Bescheid sagst, was los ist«, antwortete er. »Auf mich alten Knochen kannst du verzichten. Es wird wahrscheinlich eine Gewalttour.«

»Wird es«, nickte ich. »Wir fahren jetzt, und wir fahren durch.«

»Da ist noch etwas«, fuhr er fort, »ich habe noch einmal alle Informationen Revue passieren lassen. Ich denke, Charlie verschweigt uns was.«

»Das denke ich auch. Er ist ein Pirat, aber kein schlechter.«

»Dieser Filz hier macht mir Sorgen. Kennst du die Affäre Stauber? Kennst du nicht? Gut. Also Stauber ist ein kleiner Maschinenbauer Richtung Mosel. Er hat in drei Jahren rund vier Millionen Steuern hinterzogen. Das konnte er auch ruhig tun, weil der Finanzbeamte, der den Betrieb prüfte, nicht nur einen einträglichen Nebenjob als Kneipier hatte, sondern auch noch in seiner Freizeit als Steuerberater für Stauber fungierte. So etwas baut Motive auf, die wir nur schwer entdecken können.«

»Wir hacken meiner Meinung nach viel zu sehr auf reinen Gelddingen herum. Vielleicht liegt das Motiv in ganz anderen Lebensbereichen. Vielleicht war es wirklich eine reine Liebesarie ...«

»Baumeister«, sagte er heftig. »Wie soll es sich um eine reine Liebesgeschichte handeln, wenn der Mörder so überlegt und massiv vorging? Und wer, zum Teufel, soll dann der Mörder sein, wenn beide Ehepartner wasserdichte Alibis haben?«

»Auf nach Liechtenstein«, meinte ich.

»Wir können die Fotos von der Polizeiwache in Daun mitnehmen«, gesellte sich Dinah zu uns. »Baumeister, glaubst du, wir werden Glück haben?«

»Wir müssen es versuchen«, sagte ich. »Du fährst bis Koblenz, dann auf die A 61 bis Kreuz Weinheim, dann quer Richtung Nürnberg und hinter Crailsheim auf der Süd-Autobahn an Neu-Ulm vorbei. Wir gehen in Lindau über die Grenze. Und ich werde endlich schlafen.«

»Aye, aye, Sir«, sagte sie. »Ich wollte schon immer mal ein Auto fahren, an dem wirklich alles funktioniert.«

Wir fuhren in die Nacht, nahmen in Daun die Fotos auf und gingen in Mehren auf die Autobahn. Es regnete in Strömen, es machte mich schläfrig. Das Autobahnkreuz Koblenz erlebte ich schon nicht mehr, wurde irgendwo im Hunsrück vorübergehend wach, zerrte einen Pullover aus der Tasche und stopfte ihn mir unter den Kopf. Es regnete noch immer. »Du fährst sehr gut«, nuschelte ich.

»Du merkst doch gar nichts davon«, sagte Dinah fröhlich.

»Ja, eben!«

Als sie tankte, wurde ich erneut wach.

»Ich habe kein Geld«, sagte sie.

»Dann nimm gleich mehr, damit du was in der Tasche hast.«

Es war ihr peinlich, sie druckste herum, sie wollte wütend werden.

»Ich bin nicht schuld an deiner Lage«, sagte ich vorsichtig.

»Ach, Scheiße«, sagte sie und nahm die Scheine. »Du schwimmst ja auch nicht drin.«

»Zu zweit schwimmt es sich auch bei Niedrigwasser besser«, tröstete ich. »Du hast vierhundert Kilometer gemacht, du bist richtig gut.«

Sie stapfte davon, bezahlte und kam zurück. »Ich spendiere dir einen Kaffee von deinem Geld.«

Es war neblig, der Tag war schon gekommen, hatte sich aber noch nicht durchgesetzt. Die Menschen, die in der Raststätte hockten, wirkten muffig.

»Wie lange lebst du schon in der Eifel?« fragte ich.

»Sieben Jahre«, erzählte sie. »Es war ein Versprechen,

es war das Versprechen, in einer Gemeinschaft eine andere Sorte Leben aufzubauen. Das ging schief, weil sich die Leute plötzlich daran erinnerten, daß sie nicht anders leben wollten, sondern begüterter. Jetzt prügeln sie sich um die Häuser, in denen das ungemein rührselige weltliche Kloster eingerichtet werden sollte.«

»Du willst wieder fort?«

»Nein, will ich nicht. Ich liebe diese Eifel, ich will mich irgendwie festsetzen und einen Platz finden. Deshalb auch der Versuch, journalistisch zu arbeiten.«

»Und Männer?«

»Ich habe mir meistens welche ausgesucht, die noch ärmer dran waren als ich. Das muß unbewußt passiert sein, aber es passierte. Sie kamen und gingen, und ich trat auf der Stelle. Was ist mit Frauen?«

»Das weiß ich nicht genau. Manchmal denke ich: die ist es! Aber dann kriege ich Schiß und kratze die Kurve. Eigentlich geht es mir gut, eigentlich geht es mir schlecht. Ich bin jetzt seit elf Jahren hier.«

»Dann ist dir der Filz nicht neu.«

»Nein, sicherlich nicht. Filz kann auch rührend sein. Da hat zum Beispiel eine Gemeinde ein Versammlungshaus gebaut. Als es fertig war, stellten sie fest, daß sie die falsche Heizung eingebaut hatten und es nicht möglich war, in dem Saal Handball zu spielen. Sie hatten überhaupt nicht durchdacht, was in dem Ding eigentlich stattfinden sollte. Sie haben es nur haben wollen. Keiner war schuld, und jeder hielt die Schnauze. Solche Beispiele gibt es auch.«

»Gibt es auch Beispiele anderer Art wie Kinn und Kutschera?«

»Na sicher. Haufenweise, aber eben ohne Mord am Schluß. Es gibt viele Männer, die wie Udler dauernd in irgendeinen Puff fahren. Es gibt Paare, die sich offiziell kaum kennen, sich einmal im Jahr auf Sri Lanka treffen oder weiß der Himmel wo. Es ist jedesmal ein Skandal, selbst wenn es nur die Ausmaße einer Seifenblase hat.«

»Aber du magst die Leute, nicht wahr?«

»Ja, ich mag sie, weil ich im Grunde genauso bin. Nichts anderes als ein mieser Bürger, der gern über den Nachbarn schwafelt.«

»Das ist nicht dein Ernst.« Sie lachte.

»Doch, das ist mein Ernst. Dieses Gerede ist nicht nur gefährlich, es ist auch rührend dämlich. Als ich einmal Monate lang nicht im Haus arbeitete, sondern an einem anderen Platz, regte sich mein Vermieter darüber auf, daß ich nicht mehr arbeitete. Ob ich denn die Miete bezahlen könnte? Das sagte er aber nicht mir, sondern in der Kneipe. So ist das, und daran wird sich nichts ändern. Bist du noch nie das Opfer von Gerüchten gewesen?«

Sie lachte. »Na sicher. Die Leute sagen von uns, wir seien Kommunisten und rote Socken. Dabei sind wir genau die gleichen Spießer wie sie selbst, nur eben wortreicher und manchmal ein bißchen verlogener. Bei uns leben Sozialhilfeempfänger, die sich ein Haus bauen, und das macht die Leute mißtrauisch.«

»Wie soll das bei dir weitergehen?« fragte ich.

»Das weiß ich nicht. Irgend etwas Altes hört auf, irgend etwas Neues fängt an.« Sie errötete leicht. »Ich denke, vielleicht fängt für mich etwas mit dir an.«

»Wieso mit mir?« fragte ich. Wahrscheinlich ahnte ich, daß sie ein Sturkopf war, und wahrscheinlich fürchtete ich ihren gemeingefährlichen Hang zu direkten Bemerkungen. Ich erwischte mich, wie ich nachdenklich das Salzfäßchen in meinen Kaffee leerte.

»Das weißt du doch«, entgegnete sie leichthin. »Ich habe mich in dich verliebt. Das ist so, und du kannst es nicht umdrehen.«

Ich hörte Elvis Presley *I am crying in the Chapel* heulen und wußte wirklich nichts zu sagen. »Aha«, sagte ich. Und dann: »Ich muß nachdenken, wie ich dazu stehe.«

»Mußt du nicht«, lächelte sie, und sie hatte so eine widerliche Art, mir direkt in die Augen zu schauen und dabei nicht einmal zu blinzeln. »Nichts ist für die Ewigkeit, Baumeister. Und wahrscheinlich ist es ausreichend, ein- oder zweimal mit dir ins Heu zu steigen. Ich habe meine Lektionen alle gelernt.«

»Moment mal«, widersprach ich empört. »Wer redet von Heu? Ich will gefragt sein.«

»Ich habe dich gefragt«, sagte sie und rief: »Zahlen, bitte!«

Ich kam mir ziemlich ekelhaft vor, und ein wenig fühlte ich mich wie ihr Dackel.

Die nächste Strecke fuhr ich, und ich war bemüht, das Thema nicht weiter auszubreiten. Ich berichtete also von ein paar wundersamen journalistischen Heldentaten, die ich vollbracht hatte, bis sie mich leise lachend unterbrach: »Also, ich wollte dich wirklich nicht in die Enge treiben.«

»Du treibst mich nicht in die Enge«, sagte ich. »Ich will Zeit haben, verstehst du? Ich glaube nicht, daß ich gut bin im Heu, wenn es nur das Heu ist, sonst nichts.«

»Aber riskieren willst du nichts«, erwiderte sie schnell. »So ist das doch immer. Die Leute verkriechen sich unter der Bettdecke, spielen an sich selbst herum. Wenn sie echt gefordert werden, wollen sie wieder schnell unter ihre Decke.«

»Siehst du das nicht sehr einfach?« fragte ich

»Mag sein«, sagte sie langsam. »Aber so ist es nun mal.«

Danach kam glücklicherweise eine längere Pause, der Tag wurde heller, der Nebel verzog sich, im Süden tauchten ein paar blaue Himmelsflecken das Land in helleres Licht. Wir kamen schnell voran, ich schob ein Band mit Clapton-Songs ein, stöpselte den Elektrorasierer in den Feueranzünder und machte mich landfein.

»Wie gehen wir vor?« erkundigte sich meine Soziologin.

»Das werden wir an Ort und Stelle entscheiden. Wir haben nur das Stadtcafé und diesen Berghof. Also ran und warten, was passiert.«

Wir riefen Rodenstock aus Lindau an, und er berichtete uns, es habe sich absolut nichts getan. »Wir hocken hier erstarrt«, sagte er.

Wir gingen über die Grenze nach Österreich, dann in die Schweiz. Ab Feldkirch fuhr ich sehr schnell, als mache uns das erfolgreicher. Wir erreichten die flache Schüssel, in der Vaduz liegt, und Dinah rief: »Wir kommen! Nehmt euch in acht!«

Die Zeit der Touristen war vergangen, ihre neue Zeit noch nicht gekommen, das Leben in den Straßen floß träge. Das Stadtcafé war leicht zu finden, wir marschierten hinein und bestellten etwas.

»Wir müssen einen immerwährenden halbamtlichen Charakter vermitteln«, sagte ich leise. »Das macht Eindruck, das führt am schnellsten zum Ziel. Freundlich, aber knallhart.«

Die Bedienung war eine abgearbeitete ungeschminkte Frau um die Dreißig. Ich legte ihr die Fotos von Pierre und Heidelinde vor und fragte: »Wir wissen, daß diese beiden Leute hier vor etwa drei Monaten häufig in diesem Café waren. Wir müßten wissen, mit wem sie sich trafen, da beide bei einem Unfall ums Leben kamen. Verstehen Sie?«

»Oh ja«, strahlte sie. »An die beiden erinnere ich mich gut. Die waren so verliebt. Frisch verheiratet, wie? Sie sind verunfallt? Oh nein, wie schrecklich. Die trafen Herrn Dr. Danzer. Das ist ein Anwalt, ein bekannter Anwalt unten aus der Au.«

»Ach, ja. Wir danken Ihnen. Vertritt Dr. Danzer deutsche Firmen?«

Die Kellnerin lachte. »Das weiß man nicht, welche Nationalität diese Firmen haben. Wie schrecklich, daß die tot sind. Ja, ja, der Verkehr.«

Wir zahlten. Draußen sagte Dinah: »Das kommt mir alles viel zu einfach vor.«

»Um herauszufinden, ob es das ist, müssen wir zu diesem Danzer«, entgegnete ich.

»Wie ist das mit dem Bankgeheimnis in der Schweiz und Liechtenstein?«

»Nicht mehr so rigide wie noch vor ein paar Jahren, aber immer noch kannst du hier in Liechtenstein oder in der Schweiz Bargeld en masse loswerden, und niemand kann feststellen, wo es steckt. Zunächst wird ein Anwalt mit der Gründung einer Firma beauftragt, dann fließt das Geld in diese Firma. Praktisch ist es damit verschwunden. Zwischen dir und deinem Geld steht dann immer der Anwalt, der keine Auskunft zu geben braucht und den kein Mensch dazu zwingen kann, Auskunft zu geben. Es sei denn, jemand kann beweisen, daß es Geld aus kriminellen Handlungen ist. Aber dieser Beweis gelingt so gut wie nie.«

»Scheiß Kapitalismus«, sagte Dinah gereizt.

Es war ein merkwürdiges Haus, und es hatte vermutlich einmal als kleines Bauernhaus angefangen. Stück um Stück hatte man Stahlbetonwürfel hinzugefügt, zwischen denen das alte brave Häuschen zerdrückt zu werden schien. Es gab zwei Schilder. Auf einem stand: *Dr. Antonio Danzer*. Auf dem anderen standen die klein geprägten Namen von bestimmt mehr als hundert Firmen. Die Wortteile ›Finanz‹ und ›Trade‹ kamen in fast allen Namen vor.

»Wir sehen vermutlich nicht aus wie Klienten von Dr. Danzer«, sagte ich

»Wir werden auch nie welche«, antwortete Dinah und schellte.

Eine Frauenstimme kam aus dem Lautsprecher: »Ja, bitte?«

»Wir ermitteln in Sachen Pierre Kinn«, sagte ich. »Wir müssen Herrn Dr. Danzer sprechen.«

»Einen Augenblick«, sagte die Frau ohne Betonung. Dann kam ihre Stimme wieder. »Er hat Zeit für Sie. Bitte die Treppe hinauf und erste Tür rechts.«

Der Summer tönte, ansonsten war das Haus entsetzlich still.

»Wir sind in den Hallen der Großfinanz«, flüsterte ich.

Im Treppenhaus lag auf jeder Stufe ein anderer kleiner Teppich, die Bilder an den Wänden waren wohl Originale. Wir klopften und traten ein.

Der Mann hinter dem Schreibtisch sah nicht so aus, als könne er Antonio Danzer heißen, aber er war es.

Er lächelte sehr zurückhaltend – er war der Typ des vierzigjährigen alerten Managers, der gelegentlich der Frau eines Kollegen zuflüstert, er sei mit allen menschlichen Schweinereien dieser Welt bereits konfrontiert worden und wundere sich über nichts mehr. Er trug ein erlesenes Grau über einem blauen Oberhemd mit weißem schmalen Kragen und schwarzer Krawatte mit weißen Elefanten drauf. Damit macht man darauf aufmerksam, daß man den *World Wilde Life Fund* unterstützt und jüngst mit Prinz Phillipp gefrühstückt hat, als es darum ging, die bengalischen Tiger zu retten. Danzer hatte ein schmales, energisches Gesicht mit zuviel Bräune aus dem Topf, und seine Gesten waren energisch und sparsam.

»Nehmen Sie Platz. Ich habe wenig Zeit. Ich kann Ihnen wahrlich keine Auskunft über irgendeinen Klienten geben. Das ist mir untersagt. Wenn es aber um Herrn Kinn und Frau Kutschera geht, mache ich bis zu einer gewissen Grenze eine Ausnahme.«

»Das ist sehr schön«, erwiderte ich.

Wir setzten uns auf die beiden Stühle, die in Front vor seinem Schreibtisch aufgebaut waren, und ich fragte mich, über wieviel Geld insgesamt in diesem Raum schon verhandelt worden war. Eine völlig idiotische Phantasterei.

»Wissen Sie vom Tod der beiden?«

»Ja, aus der Zeitung selbstverständlich«, nickte er. »Ich habe täglich zwei englische, zwei deutsche, zwei Schweizer und zwei internationale Blätter. Das muß man in meiner Position. Und Ihr Wunsch, bitte?«

»Wir sind in einer Klemme«, sagte Dinah. »Wir ermitteln wegen des Doppelmordes. Da uns einige wichtige Einzelheiten aus dem Leben der beiden Toten nicht bekannt sind, müssen wir Sie befragen. Hatte Pierre Kinn eine Firma bei Ihnen?«

»Nein«, antwortete Danzer. »Um Gottes willen, nein. Ich kenne Herrn Kinn zufällig aus einem gemeinsamen

Urlaub. Ich konnte ihm ein paarmal Tips geben. Deshalb trafen wir uns. Das war alles.«

»Hatte Kinn denn vor, zusammen mit Frau Kutschera eine Firma zu betreiben?« fragte ich.

»Davon ist mir nichts bekannt«, lächelte er. »Darüber haben wir nie gesprochen. Wie kommen Sie überhaupt auf mich?«

»Ganz einfach«, sagte Dinah. »Ihr Name stand im Notizbuch von Frau Kutschera.«

»Ach so«, hüstelte er, und es war eindeutig: Wäre Heidelinde Kutschera nicht schon vorher getötet worden, hätte er sie jetzt liebend gern umgebracht. Gute Leute machen niemals Notizen.

»Was ist mit dem Berghof?« fragte ich.

»Das ist ein Tagungshaus von mir«, erklärte er. »Nur ein paar Schritte von hier entfernt. Ich lade Management-Leute zu Seminaren ein. International, wissen Sie?«

»Also, Kinn hatte keine Firma bei Ihnen?«

»Richtig«, nickte er. »Keine Firma bei mir.«

»Es gab auch keine Absprachen, gelegentlich mit Bargeld hier aufzutauchen?« fragte ich. Ich mochte ihn nicht. Er schloß gelangweilt die Augen, und keiner seiner edlen Züge glitt aus. »Ich bin kein Mensch für das Bare«, sagte er angewidert. »Ordentliche Firmensitze mit ordentlichen Verträgen.«

»Entschuldigung«, meinte ich. »Pierre hatte es mit Geldtransporten. Sagen Sie, kennen Sie einen gewissen Hans-Jakob Udler?«

»Nein. Wer, bitte, soll das sein?«

»Nicht der Rede wert«, sagte Dinah. »Können Sie uns denn aufklären, was Kinn und Kutschera beruflich vorhatten?«

»Nicht im geringsten«, antwortete er und lachte so, als käme ihm die Frage gänzlich naiv vor. »Sehen Sie, verehrte gnädige Frau, ich kannte die beiden nur flüchtig.«

»Das habe ich schon verstanden«, sagte ich. »Aber Sie müssen doch irgendein Thema bei Ihren Gesprächen gehabt haben.«

»Sicher hatten wir das«, bestätigte er.

Schweigen.

»Das war es dann wohl«, durchbrach ich die Stille. »Wir bedanken uns.«

»Es tut mir sehr leid«, meinte er und stand auf. Er war ein großer Mann.

»Mein Gott, ist das ein Arsch!« sagte Dinah verbittert im Wagen. »Und jetzt?«

»Jetzt suchen wir erst mal für die nächsten Stunden eine Bleibe«, schlug ich vor. »Irgendwie sind wir hier noch nicht am Ende.«

Wir fuhren nur fünfhundert Meter. Da stand ein Schild *Gasthof und Hotel*, und darunter *Dr. Danzer*.

»Es bleibt in der Familie«, murmelte meine Soziologin.

Sie hatten ein Doppelzimmer frei. Auf zwei Einzelzimmer mochte ich nicht bestehen, weil das kleinkariert gewirkt hätte und weil wir schließlich eine Menge miteinander zu besprechen hatten.

Sie zerrte sich den Pullover über den Kopf, ließ die Jeans fallen und klagte: »Ich bin völlig erledigt.« Dann sank sie auf das Bett.

Sicherheitshalber nahm ich eines der beiden zierlichen Sesselchen. Ich langte nach dem Telefon und rief mich selbst an.

»Bitte?« fragte Rodenstock.

»Hör zu, Papa, es sieht nach einem Fehlschlag aus. Der Verbindungsmann heißt Dr. Danzer in Vaduz. Er traf die beiden ein paar Mal, aber es ging, wie er sagte, immer nur um Tips. Eine Firma haben sie hier nicht, und sie hatten angeblich auch nicht vor, eine zu gründen.«

»Glaubst du das?«

»Nicht die Spur«, sagte ich. »Aber wir können niemanden zwingen, Auskünfte zu geben. Der Name Udler sagte ihm auch nichts. Er hat über den Doppelmord in der Zeitung gelesen, behauptet er. Er liest viele Zeitungen.«

»Dann schlaft euch aus und kommt heim.«

»Hm«, murmelte ich und hängte ein. »Nichts Neues. Wir sollen einfach wieder nach Hause kommen.«

»Erst schlafen«, sagte sie und öffnete nicht einmal die Augen.

Eine Weile blieb ich noch in dem Sessel hocken, dann zog ich mir die Schuhe aus und legte mich neben Dinah auf das Bett. Ich war hundemüde, und es war mir plötzlich gleichgültig, ob sie mich überfallen würde oder nicht. Sie schlief, ihr Atem ging ganz ruhig.

Als ich wieder aufwachte, waren vier Stunden vergangen, und Dinah fuhrwerkte im Bad herum, sang einen Gassenhauer schräg und falsch und sehr laut.

Es war später Nachmittag, die Dunkelheit kroch heran, und ich fühlte mich ausgesprochen gut.

Dann stand Dinah nackt, wie Gott sie geschaffen hatte, in der Badezimmertür und sagte: »Es ist toll, du solltest in die Wanne steigen. Man kann alle miesen Menschen, die man getroffen hat, von der Haut waschen. Ich habe übrigens keine Jeans mehr, keinen Pullover, keine Unterwäsche. Ich bin nicht darauf eingerichtet, in Hotels zu übernachten.«

»Wir könnten etwas einkaufen gehen«, antwortete ich. »Irgendein Geschäft wird noch geöffnet sein.«

»Du sollst es mir nur pumpen«, sagte sie ernsthaft.

»Natürlich, nur pumpen«, bestätigte ich ebenso ernsthaft.

Also fuhren wir ins Zentrum von Vaduz und suchten nach einem Geschäft, dessen Preise in etwa unseren Gewohnheiten entsprachen. Es dauerte ziemlich lange, bis wir eines fanden. Dinah suchte Jeans aus, einen Pullover, eine Garnitur Wäsche, und ich bestand darauf, daß sie alles gleich zweimal kaufte. »Wir können das nächste Hotel nicht ausschließen«, sagte ich.

Sie schrieb sich gewissenhaft auf einen Zettel, was das alles kostete, und sie sagte: »Kann ich es in zwei Raten zahlen?«

Ich wurde sauer. »Es ist eine Art Betriebskleidung. Stell dich nicht so an!«

Sie sah mich an, sagte aber nichts und bemühte sich um Fassung. »Ich will noch einmal diese dicken knallroten T-Shirts sehen«, sagte sie dann mit einer ganz hohen Stimme.

»Tut mir leid«, haspelte ich. »Es ist gepumpt«, nickte ich, »natürlich, wie du willst.« Ich kam nicht zurecht mit mir selbst. »Du solltest vielleicht ... Ich bin mal eben verschwunden.«

Ich ging hinaus, fand mich ekelhaft und sah keinen Ausweg. Schließlich trottete ich zwei Häuser weiter in eine Drogerie und kaufte *Roma* von Laura Biagiotti, gleich einen halben Liter, damit es richtig wehtat.

Dann wartete ich, bis Dinah aus dem Laden hinauskam und gab ihr die Schachtel. »Es tut mir leid, ich bin ein Arsch.«

»Einsicht«, sagte sie aufreizend langsam, »ist das erste Loch im Wasserkopf.«

Wir fuhren in das kleine Hotel zurück, und Dinah lächelte mich zaghaft an. »Wir sind schon ganz schön kaputt«, stellte sie fest.

»Du hast recht«, sagte ich. »Riechst du gern Parfum?«

»Ja, aber nur wenn keine Grünenfrau dabei ist, die empört sein kann.«

Wir aßen in der Bauernstube für sündhaft teures Geld Lachs an Spinat, und sie mümmelte: »Ich kaue gerade auf zwanzig Franken fünfzig rum. Und es tut mir nicht mal leid. Und anschließend will ich einen Caramel-Pudding in Courvoisier und abschließend irgendeine Käseschweinerei.«

»Genehmigt«, sagte ich. »Und ich werde mir eine Zigarre bestellen, die soviel kostet wie ein Schnitzel in der Eifel. So ist das nun mal, wenn Bauern reisen.«

»Du bist ein Verrückter«, meinte sie liebevoll. »Und ich würde dich gern fragen, ob du bezahlen kannst, aufstehen und mit mir ins Bett gehst. Diesmal will ich eine klare Antwort.«

»Das geht«, nickte ich. »Ich muß mich nicht einmal überreden.«

Sie griff über den Tisch und nahm meine Hand, und ich ließ es gut sein, wenngleich ich mich umsah, als könnte man uns bei einer unsittlichen Handlung beobachten. Die Eifel ist die Heimat eines Rudels Pharisäer, und ich schien mich ihnen angeschlossen zu haben.

Ich bezahlte, ließ mir eine Rechnung geben, und wir standen auf, gingen sprachlos und seltsam befangen die Treppe hinauf.

Im Zimmer drehte sich Dinah herum und murmelte: »Du kannst die Augen geschlossen halten. Ich möchte dich ausziehen.«

Es wurde eine konzertierte Aktion, wobei wir uns gewaltig gegenseitig in die Quere kamen und dann dazu entschließen mußten, uns jeweils selbst auszuziehen.

»Sag bloß nichts«, murmelte sie. »Komm einfach langsam in mich rein und sag mir, daß du mich magst.«

»Ich mag dich«, sagte ich.

Später lagen wir im dunklen Zimmer, starrten an die Decke und hielten uns an der Hand.

»Ich denke immer, ich möchte irgendwo zu Hause sein und rücksichtslos leben können. Und natürlich will ich geheiratet werden, und natürlich denke ich auch an ein Kind. Und all das kann ich mir doch nicht ständig verkneifen.«

»Das mußt du doch nicht«, sagte ich. »Manchmal habe ich den Gedanken, es könnte sich lohnen, die Tiere in der Eifel einem kleinen Mädchen oder einem kleinen Jungen zu erklären. Wie müßte denn ein Mädchen heißen?«

»Sophie«, antwortete sie. »Für einen Jungen habe ich noch keinen Namen.«

»Dann laß uns Sophie erarbeiten«, sagte ich.

Irgendwann schliefen wir ein, und meine letzte Wahrnehmung war ihr ruhiger Atem in meinem Gesicht.

Es war eine unglaublich grelle Detonation, wenngleich kein Licht aufblitzte. Es war ein scharfer, heller Knall. Ich kam hoch, war sehr verschreckt, ich spürte, wie mein Herz raste. Ich spürte, wie Dinah neben mir hochschoß und ins Dunkel starrte. Sie wollte irgend etwas sagen, aber etwas verschloß ihr den Mund.

Der erste Schlag traf mich seitlich am Kopf, der zweite irgendwo in der Gegend des Halsansatzes. Ich schlug auf den Boden, wollte »Dinah« sagen, aber ich konnte nicht sprechen. Dann sah ich gegen das Fenster einen drohenden Schatten, der sich schnell bewegte. Etwas Hartes traf mich peitschend an der Brust und preßte alle Luft aus mir heraus.

Dinah schrie grell und langgezogen, und jemand stoppte diesen Schrei. Ich hörte, wie sie fiel und dumpf seufzte. Ich versuchte, auf die Knie zu kommen, aber das gelang nicht, und das Letzte, was ich dachte, ehe jemand mich erneut traf, war: Mein Gott, warum waren wir so naiv?

Achtes Kapitel

Alles war unendlich mühsam. Es war nicht wie das Aufwachen am Morgen. Du öffnest die Augen und siehst nichts. Weil du nichts siehst, schließt du die Augen wieder und wirst in der gleichen Sekunde von panischer Angst befallen. Da ist die Erinnerung an wuchtige Schläge mit irgendwas, mit einem Knüppel, mit einer Faust, mit Springerstiefeln. Du willst schreien, und es funktioniert nicht. Irgend etwas verklebt dir den Mund, dein Gesicht ist unbeweglich. Du willst den Mund öffnen, und das geht nicht. Du willst erschreckt mit der Hand zum Mund fahren. Das geht, aber wenn du ihn berührst, schmerzt es brennend. Du öffnest die Augen wieder, und du siehst wieder nichts, alles ist absolut schwarz. Natürlich keuchst du vor Angst, und bei jedem Atemzug schmerzt der Mund, die Mundhöhle, die Brust. Es ist unendlich mühsam, normal zu atmen. Du japst vor Erregung.

Ich versuchte über meine Lippen zu lecken. Dann tastete ich mein Gesicht ab. Es war mit etwas überzogen, das wie eine Kruste wirkte und das Gesicht spannte. Ich blätterte eine Winzigkeit davon ab und steckte sie in den Mund. Es schmeckte süßlich und salzig, und da wußte ich, daß es Blut war. Ich lag auf dem Rücken, auf grobem Tuch. Die Struktur kannte ich. Sie war wie von Kartoffelsäcken. Der Raum roch nach nichts, höchstens nach Feuchtigkeit.

Weil mein Kopf schmerzte, versuchte ich, ihn nicht zu bewegen. Statt dessen bewegte ich die Augen und bemühte mich, etwas zu erkennen. Es blieb schwarz, keine Umrisse, keine Schatten, nicht der Schimmer einer Lichtquelle. Ich konnte atmen, die Luft war kühl, aber sie stand, sie bewegte sich nicht. Unter dem groben Tuch war ein hartes gespanntes Tuch, Leinen. Am Rande dieser Fläche ein vierkantiger Holm aus Holz. Ich lag wohl auf einer Trage oder einem Feldbett.

Ich sagte: »Hallo«, konnte aber nicht herausfinden, ob der Raum groß oder klein war. Kein hallendes Echo. Niemand reagierte, nur die Schwärze schien mich zu schlucken.

Ich ließ den rechten Arm hängen, er pendelte ins Leere. Ich drehte mich leicht nach rechts, und meine Hand erreichte einen steinernen Boden, glatten kalten Beton. Meine rechte Nierengegend schmerzte scharf. Wahrscheinlich keuchte ich noch immer. Dann wurde ich mutiger, und ich zog das rechte Bein hoch. Das schmerzte auch. Ich erinnerte mich, daß jemand in unser Zimmer gekommen war, daß er über mir gestanden und mich geschlagen hatte.

»Dinah«, rief ich.

Wer immer es gewesen war, sie mußten mich angezogen haben. Wir waren nackt gewesen. Sie hatten mich also angezogen. Es waren meine Jeans, und es war mein Pulli, es war auch meine Lederweste. Die Taschen waren leer. Die Schuhe fehlten, ich war barfuß, hatte keine Strümpfe an.

Vielleicht hatten sie mich erschlagen, vielleicht war ich tot.

Ich sagte noch einmal: »Hallo.« Der Raum schien nicht groß, der Raum klang jetzt klein und hohl. Und meine Stimme hatte ich deutlich gehört.

Ich zog beide Beine an. Das schmerzte erneut. Aber das mußte so sein, denn sie hatten mich sehr brutal geschlagen. Ich senkte die Knie nach rechts und drehte mich. Ich jammerte, als ich die Beine auf den Boden setzte. Aber ich saß. Dann stand ich auf, und die Bewegung war etwas zu schnell. Ich fiel seitlich nach vorn, ich brachte die Arme nicht vor meinen Körper. Ich versuchte, die Knie ganz weich zu machen und mich nach unten durchsacken zu lassen. Es ging nicht, ich fiel. Ich schlug mit dem Kopf gegen etwas Weiches, ich plumpste auf die Trage, auf die sie mich gelegt hatten.

Sofort stand ich wieder auf. Ich hörte meinen Atem. Er ging sehr schnell, als sei ich eine weite Strecke gelaufen.

Dann machte ich einen, zwei, drei Schritte nach vorn. Den rechten Arm hielt ich ausgestreckt. Kein Raum konnte so perfekt dunkel sein. Die haben dich blindgeschlagen, dachte ich entsetzt. Dann stieß ich mit der Hand gegen eine Wand. Sie war wie der Fußboden glatt und kalt.

Ich rief erneut: »Dinah.«

Ich entschied, nach links zu gehen und meine Schritte zu zählen. Nach vier Schritten erreichte ich einen Winkel. Neunzig Grad, dann erneut nach links. Nach drei Schritten eine Tür oder etwas Ähnliches. Aus Stahl. Die Zarge auch aus Stahl. Ich suchte eine Klinke, es gab keine, es gab nur einen Knauf, kein Schlüsselloch. Ich versuchte trotzdem, Nähte ausfindig zu machen, um wenigstens einen Spalt Helligkeit zu erwischen. Vermutlich hätte ich meine gesamten Rentenansprüche gegen ein einziges Streichholz getauscht.

Dann weiter, drei Schritte, wieder ein rechter Winkel, nach links. Sechs Schritte. Wieder eine Ecke, nach links fünfeinhalb Schritte, dann erneut drei Schritte. Wenn ich mich jetzt drehte, mußte ich nach drei Schritten die Liege erreichen. Ich erreichte sie.

Schmerzen setzten ein, ich konnte sie nicht lokalisieren. Anfangs dachte ich, es sei mein Kopf. Aber dann registrierte ich, daß irgend etwas mich am Atmen hinderte. Es schmerzte. Ziemlich klar überlegte ich: Sie haben mir Rippen gebrochen.

Ich erinnerte mich an das Krankenhaus in Daun. Am Oberschenkel mußte ein Verband sein. Ich öffnete die Hose und ließ sie fallen. Der Verband war noch da, aber er war verrutscht. Wenigstens diese Wunde schmerzte nicht. Ich zog die Hose wieder an und betastete mein Gesicht. Soweit ich das feststellen konnte, war es ganz blutverkrustet. Etwas unter dem rechten Ohr pochte dumpf und sendete Schmerzen durch den Schädel.

»Dinah?«

Ich legte mich hin, weil ich das Gefühl hatte, schwindelig zu werden. Dann hatte ich plötzlich Lust auf eine Pfeife. Es gab keine, auch den Tabak und das Feuerzeug hatten sie mir abgenommen.

Die Frage war, warum lebte ich noch? Ich mußte irgendeinen Wert für sie haben – wer immer sie waren.

Was hatten sie mit Dinah gemacht? Aus einem verrückten Grund meinte ich, daß auch sie so etwas wie ein normales Empfinden haben müßten. Also, einer Frau wird kein Leid getan. Im gleichen Moment wußte ich, daß das völlig blödsinnig war. Wenn ich irgendeinen Wert für sie hatte, mußte Dinah den gleichen Wert haben. Was ich wußte, wußte Dinah auch.

Hatten sie Dinah geschlagen? Schlägt man Frauen? Leute, wie die, die mich geschlagen hatten, würden sie vermutlich vergewaltigen.

Ich dachte: Du mußt dein Gefängnis besser kennenlernen. Ich stand auf und erreichte direkt die Tür – etwas mehr als vier Schritte. Ich schlug dagegen, es hallte dumpf. Ich schrie.

Plötzlich waren da entfernte Geräusche, und ich wagte nicht zu atmen. Etwas passierte jenseits der Tür. Die Tür bewegte sich, und ich erwartete einen Lichtschimmer. Aber es blieb dunkel.

Ein Mann sagte: »Ruhig, mein Freund.« Er sagte es ganz freundlich und beinahe väterlich. Eine grelle, gelbe Lichtbahn zog wie ein Blitz durch den Raum. Eine Taschenlampe. Der Strahl zitterte auf dem Boden, ein hellgelber tröstlicher Fleck. Dann wanderte er hoch und blendete mich.

»Wir stehen ja schon«, meinte der Mann gemütlich. Der Stimme nach konnte er vierzig oder fünfzig Jahre alt sein. Er war eine Spur kleiner als ich und dicklich.

»Nun legen wir uns aber wieder hin«, fuhr er fort. »Da werden wir auch schneller gesund und vernünftig. Ts, ts, ts, warum legen wir uns denn nicht hin?«

Er schlug mir in das Gesicht. Es war ein peitschender Schlag, und er kam von der Seite und riß mich um.

»Wir müssen uns hinlegen, weil wir fit sein müssen, wenn der Chef mit seinen Fragen kommt. Der Chef ist so fürsorglich. Er hat gesagt, wir haben wahrscheinlich Kopfschmerzen. Und er sagte: Nimm Aspirin mit, er braucht es. Unser Freund braucht Aspirin!«

Ich lag flach auf dem Beton und konnte nicht antworten.

»Wir gehen jetzt zum Feldbett«, befahl er und trat mir an den rechten Oberschenkel. Schmerzen können sich explosiv verstärken, ich schnappte nach Luft, und Dunkelheit fiel über mich.

Es können nur Sekunden gewesen sein, denn als ich versuchte, mich aufzurichten, stand der Mann über mir und stellte seinen Fuß auf meinen rechten Oberarm. »Wir legen uns jetzt hin, wir sind doch ein guter Junge.«

»Hör zu«, keuchte ich, »ich lege mich hin. Nimm den Scheißfuß da weg. Ich kann mich nicht hinlegen mit deinem Scheißfuß auf mir.«

Er verstärkte den Druck: »Du wirst jetzt zu der Liege kriechen. Arnold befiehlt dir zu kriechen. Also kriech!«

Ich drehte den Kopf, er nahm seinen Fuß weg, und ich kroch.

»So ist es brav, mein Junge. So machen wir das richtig. Dann kriegst du auch das Glas Wasser und das Aspirin.«

Ich erreichte das Feldbett und kroch hinauf. »Hör zu, ich muß dir was sagen.«

»Onkel Arnold hört zu«, erwiderte er freundlich.

»Es ist wegen der Frau, wegen Dinah Marcus. Sie ist da reingestolpert, sie weiß nichts. Sie ist eine Bekannte, aber sie hat keine Ahnung, um was es geht.«

»Um was geht es denn, mein Freund?« fragte er. »Weißt du denn überhaupt, um was es geht?«

Ich war verblüfft. »Nein, ich weiß nicht, um was es geht.«

Er lachte fröhlich. »Du mußt dir keine Sorgen machen um deine Matratze. Du willst Onkel Arnold bloß verständlich machen, daß die junge Frau die Reise mitgemacht hat, weil du etwas zum Ficken brauchst. Ist es so?«

»So ist es«, nuschelte ich.

»Du mußt Onkel Arnold nicht belügen«, sagte er. »Aber nimm erst mal Aspirin, und kotz mir bloß nicht in den Keller. Putzfrau spiele ich nicht.« Er reichte mir ein Glas mit Wasser, wechselte dann die Taschenlampe in die andere Hand und gab mir zwei Tabletten. Dabei sah ich sein Gesicht. Es war rund wie ein kleiner Mond, teigig bleich und mit Augen, die wie Schlitze in einem massiven Fettpolster saßen.

»Wann kommt denn der Chef?« fragte ich.

»Das weiß man nie«, antwortete er. »Du denkst, er kommt gleich um die Ecke, und du mußt noch drei oder vier Stunden warten. Das weiß keiner.«

»Wer ist denn der Chef?«

»Das weiß auch keiner.« Er kicherte hoch im Falsett.

»Sag ihm bitte, daß die junge Frau wirklich nichts damit zu tun hat. Ich wollte sie eigentlich nicht mitbringen.«

»Aber sie redet schon«, gluckste er. »Sie hat schon viel berichtet. Richtig spannend.«

»Sie lügt«, sagte ich.

»Wer wird denn schlecht von Freunden reden«, sagte er vorwurfsvoll. Diesmal traf er meine linke Kopfhälfte und dann eine heiß brennende Stelle unterhalb der Rippen.

Ich war sofort bewußtlos, und ich erlebte nicht, wie er den Keller verließ.

Diesmal war das Erwachen noch mühseliger, weil alle Erinnerungen sofort da waren, weil kein Schlag vergessen war, weil alles schmerzte. Ich hatte sekundenlang die brennende Sehnsucht, Arnold würde wiederkehren und mir den endgültigen Knockout verpassen oder vielleicht eine Pille, die mich für Ewigkeiten in Schlaf sinken ließ.

Ich schrie, oder jedenfalls versuchte ich zu schreien. Ich warf mich zur Seite und fiel auf den Beton. Völlig sinnlos krallte ich die Finger in die glatte, kalte Fläche. Dann schwamm ich in irgendeiner trüben kalten zähflüssigen Masse, ich sah Farbwirbel vor den Augen, große, glühend rote Räder, die sich rasend drehten. Dann war es wieder dunkel, und ich schwebte durch irgendeinen Raum ohne Licht.

Wahrscheinlich ist das menschliche Gehirn nur begrenzt fähig, Schmerzen zu empfinden, wahrscheinlich schaltet es irgendwann ab, sucht im Archiv nach freundlichen Bildern.

Erst war sie neben mir, und ich spürte ihre Haut, dann war sie auf mir und murmelte hastig: »Ich liebe dich einfach, und ich habe dich in mir, und ich will, daß es bleibt.« Dann bog sie sich zurück und begann, hastig zu atmen und kleine, helle Schreie auszustoßen. Sie keuchte: »Ich werde dich auch noch lieben, wenn du ekelhaft bist und mich nicht mehr willst.«

»Aber ich will dich ewig.«

»Dann schweig und arbeite daran, daß ich es spüre.«

Sie fiel von mir herunter auf die Seite und lachte glücklich wie ein Kind. Sie spielte mit dem rechten dikken Zeh zwischen meinen Beinen herum, und sie sagte leise: »Baumeister, es ist richtig gut.«

»Ja«, sagte ich. »Kann sein. Mit dir zu schlafen ist sehr schön.«

»Können wir das wiederholen?« fragte sie.

»Ich werde es freundlich in Erwägung ziehen«, sagte ich.

»Überleg nicht lange«, sagte sie.

»Du bist unersättlich«, murmelte ich.

»Das kannst du erst beim fünften Mal behaupten. Aber so gut bist du wahrscheinlich nicht.«

»Das kommt darauf an, wie gut du bist«, sagte ich. Das Haus war ganz still.

»Ich bin sehr gut!« rief sie hell.

Irgend etwas quietschte leicht. Es war die Stahltür. Der Mann, der sich Onkel Arnold nannte, trug eine Schreibtischlampe vor sich her. »Vorsicht, die Schnur«, sagte er. »Sehen Sie, Chef, der liegt ganz friedlich da.«

»Du wirst ihm doch nicht Schmerzen zugefügt haben?« sagte Dr. Danzer.

Onkel Arnold grinste. »Ich bin nicht für Schmerzen.«

»Wie geht es Ihnen?« fragte Danzer.

»Ich habe Schmerzen. Es ist mir wichtig, Ihnen zu sagen, daß die junge Frau in die Geschichte reingeschliddert ist und das meiste gar nicht mitbekommen hat. Lassen Sie sie frei.«

»Wir sind aber sehr edel«, lächelte er. »Sie können sich dieses Theater sparen, Baumeister. Dinah Marcus weiß einiges, aber ich weiß, daß Sie entschieden mehr wissen. Sie haben jetzt die Wahl. Sie erzählen mir alles, oder aber wir warten, bis Sie alles erzählen, und bis dahin kümmert sich Onkel Arnold um Sie.«

»Was wollen Sie denn wissen?« fragte ich.

»So ist es recht«, flüsterte Onkel Arnold.

»Alles, was Sie über diesen dubiosen Fall des Pierre Kinn und seiner Geliebten wissen. Ich will den Hintergrund, Baumeister.«

»Ich bin hier, um den Hintergrund zu erhellen«, erklärte ich. »Ich kenne den Hintergrund nicht.«

»Das klingt sehr dumm«, er war vorwurfsvoll. »Sehr, sehr dumm.«

»Wir sollten die Brausetherapie machen, Chef«, schlug Onkel Arnold vor.

»Arnold hat immer so exquisite Ideen«, sagte Danzer ohne jede Betonung. »Erzähl uns mal, was das ist.«

»Ziemlich einfach, Chef«, erwiderte Onkel Arnold. »Ich hab das mal von Leuten gehört, die für die Kokainkartelle in Bogota und Rio gearbeitet haben. Die pickten sich von Zeit zu Zeit einen von der Drogenbehörde heraus, der was Wichtiges wußte. Sie klebten ihm den Mund zu, steckten einen Trichter in ein Nasenloch und gossen Sprudelwasser rein. Sie sagten, das hätte kein Mensch länger als ein paar Minuten ausgehalten, und er hätte freiwillig alles gesagt.«

»Lassen Sie die Frau gehen«, forderte ich.

»Sie ist immer noch ein erfreulicher Anblick«, sagte Danzer. »Sie können sie sehen. Friedchen, zeig sie ihm.« Er trat einen Schritt beiseite.

Zwei Frauen tauchten in der Tür auf. Eine war sehr groß und massig und wirkte dunkel und grau. Sie hielt Dinah vor sich fest. Sie hatten ihr beide Augen zugeschlagen, und sie konnte mich nicht sehen.

»Heh«, sagte ich. »Sie lassen dich sicher laufen.«

»Das tun wir sicher nicht.« Danzer war erheitert.

»Tritt ihnen in die Eier, Dinah«, brüllte ich.

»Das ist unhöflich«, Onkel Arnold war empört. Er schlug mich in die linke Halsbeuge, er schlug geschickt mit der Handkante. Es tat höllisch weh, und ich schrie und krümmte mich zusammen.

Bevor der nächste Schlag kam, sagte Danzer gelassen: »Ich habe sehr viel Zeit.«

Ich wollte sagen, daß er mich am Arsch lecken könne, ich wollte so unendlich viel sagen, aber Onkel Arnold traf mich erneut, diesmal vorne am Hals, und ich verlor sofort das Bewußtsein.

Das Geschick hatte keine freundlichen Bilder für mich, es schickte einen Alptraum. Ich taumelte in einem matten blauen Neonlicht durch einen mit Sackleinwand verhängten engen Gang. Es gab keine Decke, es gab eigentlich auch keinen Fußboden. Ich mußte durch matschigen Untergrund waten, in dem sich große weiße Würmer ringelten, die fluoreszierend ein mattes Licht abstrahlten. Ich war der letzte Mensch im Untergang der Erde, und rechts und links hinter der Sackleinwand wurden von Zeit zu Zeit Kojen sichtbar, in denen eine tote Frau lag. Die Frau war in ein weißes schlichtes Seidenkleid gehüllt, hatte die Hände über dem Bauch gefaltet, und zwischen den Fingern steckte ein silbernes Kreuz. Es war Dinah, und sie hatten versucht, ihr die zugeschwollenen Augen wegzuschminken. Das war nicht gelungen. In jeder Koje lag Dinah.

Ich schrie, ich wurde wach, ich lag auf dem Beton neben dem Feldbett. Es herrschte Schwärze.

Onkel Arnold fragte von der Tür her: »Befinden wir uns wohl?«

»Ich hätte gern ein Aspirin oder etwas Stärkeres.«

»Ein Aspirin? Sind wir denn gewillt zu reden?«

»Ich bin gewillt.«

»Das ist fein«, rief er fröhlich.

Als ich das nächste Mal aufwachte, lag ich auf dem Feldbett. Onkel Arnold hatte sich einen kleinen Fünfziger-Jahre-Sessel in den Raum geschoben, neben sich die Schreibtischlampe gestellt und lümmelte sich.

»Ich finde es gut, daß du reden willst«, meinte er. »Ich darf dir erneut Aspirin geben. Dann werden wir klären, ob du etwas anderes sagen willst, als nur Beschimpfungen auszustoßen.«

»Sag Danzer, ich rede mit ihm. Ich rede nicht mit dir, nur mit Danzer.«

»Mit mir braucht kein Mensch zu reden«, entgegnete er.

»Wer redet auch schon gern mit Henkersgehilfen«, sagte ich.

»Das ist nicht recht«, sagte er vorwurfsvoll. »Ich arbeite sehr umfassend.«

»Das glaube ich. Hol Danzer.«

»Das geht nicht. Er hat anderweitig zu tun. Ich habe ein kleines, feines Tonband hier. Und ich weiß auch genau, was ich dich fragen soll.«

»Meine Bedingung ist, daß ihr Dinah freisetzt. Laßt sie gehen, dann rede ich.«

»Keine Bedingung«, stellte er fest. »Du kannst keine Bedingung stellen, du bist schwach, in einer schwachen Position.«

Ich überdachte das. »Also gut. Hol Danzer. Nicht auf dieses Tonband.«

»Das Tonband ist aber gut«, beharrte Onkel Arnold.

»Also, deine erste Frage«, lenkte ich müde ein. »Nein, halt, erst mal Aspirin. – Wieso nur zwei? Im Krankenhaus würden sie mir wahrscheinlich Morphium spritzen.«

»Ich gebe dir vier«, sagte er und stand auf. Er bewegte sich behende. Er stellte ein Glas Wasser neben das Feldbett und legte die Tabletten daneben auf den Beton.

Es war sehr schwierig, die Tabletten zu schlucken, mein Mund war trocken.

»Also, erste Frage.«

»Erste Frage. Wie bist du eigentlich in die Geschichte hineingeraten?«

»Ich habe die zwei Toten gefunden, oder sagen wir, ich war der zweite, der sie fand. Der erste ist jemand aus meinem Dorf, der auf dem Golfplatz arbeitet.«

»Kanntest du die beiden, also den Kinn und die Kutschera, schon vorher?«

»Nein. Ich kannte sie nicht.«

Frag ruhig, bis jetzt bist du auf gänzlich ungefährlichem Terrain.

»Warum mischt du dich ein? Du bist nicht von der Polizei, oder?«

»Ich bin nicht von der Polizei. Ich bin Journalist. Morde faszinieren mich.«

»Du machst dich aber hübsch harmlos, mein Junge. Und was ist mit deinen zahlreichen Verbindungen in die Welt der hehren Geheimdienste? Du solltest das Onkel Arnold doch nicht verschweigen.«

»Wie bitte?«

»Wir wissen, daß du undercover arbeitest. Eigentlich wollen wir nur herausfinden, wieso du so ausgesprochen freundschaftlich mit Männern wie Wiedemann und Rodenstock umgehst. Rodenstock ist ein Fuchs, und er ist auch für den Bundesnachrichtendienst tätig. Wie du siehst, wissen wir das alles.«

Er verwirrte mich, und ich war bemüht, es nicht allzu deutlich werden zu lassen. Weich aus, Baumeister, versuche einen großen Bogen, laß ihn hängen, tritt ihm in die Eier, mach ihn sauer.

»Du meinst, weil ich Wiedemann und Rodenstock kenne, müßte ich irgendwas mit Geheimdiensten am Hut haben?« Ich war belustigt, und ich zeigte es ihm.

»Ts, ts, ts. Das ist doch durchaus ehrenhaft, warum verschweigst du das? Du bist ein Journalist, du machst heikle Themen. Du machst sie mitten in der Eifel, wo Fuchs und Hase sich gute Nacht sagen, wo kein Schwanz dich liest. Aber du stehst manchmal im *Spiegel*. Da wird man doch mißtrauisch sein dürfen. Du sagst, du kennst Rodenstock. Warum sagst du Onkel Arnold nicht die Wahrheit, kleines Schweinchen? Er lebt doch gegenwärtig in deinem Haus, du Wichser!« Er war sehr laut geworden und rutschte mit einem einzigen Schritt an mich heran. Blitzschnell schlug er mit beiden Händen zu. Es schmerzte, es nahm mir den Atem, ich wollte schreien, aber es war zu spät. Ich versank in einem grauen Nebel, der die Schmerzen kaum dämpfte. Als ich nach einigen Minuten den Kopf wieder heben konnte, saß Onkel Arnold im milden Schein der Lampe lächelnd in seinem Sessel.

»Sieh mal, wir sind seriöse Liechtensteiner Geschäftsleute, wir gehen mit großem Ernst unserem Beruf nach. Du bist in diesem Spielchen weniger als eine Kellerassel. Ich liebe Kellerasseln, sie sind so grau und platt, und sie kommen überall durch. Siehst du, was ich hier habe? Es ist dein Reisepaß. Baumeister, Siegfried, geboren in Duisburg und so weiter. Sieh mal, wie viel du uns wert bist!« Er blätterte den Paß auf, riß einzelne Seiten heraus und ließ sie auf den Beton flattern. »Du bist eine Assel.«

»Wohl kaum«, nuschelte ich. »Du gibst der Assel verdammt viel Aspirin und verdammt viel Zeit. Arnold, du bist nichts anderes als ein Zwerg. Dein Gesicht sagt, daß du ein Verlierer bist. Es macht dir Spaß, Leute zu quälen, die in einer schwachen Position sind. So einfach ist das.«

Friß das, Zwerg! Ich wollte ihn zornig haben, ich fürchtete seine Schläge nicht mehr, sie waren mir egal. Ich hatte zugleich das dumpfe Gefühl, daß mir all mein Mut nichts nutzte, ja, daß er mich töten würde. Aber auch das war mir gleichgültig.

»Also gut, lieber Onkel Arnold. Was soll ich denn zugeben? Daß ich Geheimagent beim Bundesnachrichtendienst bin? Gut, gebe ich zu. Daß ich vielleicht hin und wieder für den deutschen Verfassungsschutz arbeite? Kein Problem, entspricht ebenfalls der Wahrheit. Vielleicht noch eine Prise CIA? Bitte sehr, kannst du haben, Arnold-Schätzchen. Um das Bild abzurunden und dich richtig froh zu machen, könnten wir uns vielleicht einigen, daß ich hin und wieder auch für den israelischen Mossad gearbeitet habe, ganz zu schweigen vom lieben alten KGB. Magst du es so, Arnold?«

»Ihr rollt Finanzverwicklungen auf«, sagte er seltsam sachlich. Er hatte die Hände über dem dicklichen Bauch gefaltet und wirkte sehr gelassen.

»Na sicher, wir tun von morgens bis abends nichts anderes.«

»Der tote Kinn und die tote Kutschera sind nur Beiwerk«, setzte Arnold seine Feststellungen fort.

»Richtig. Irgendwelche Leutchen gehen immer dabei drauf. Mach nur weiter, Arnold-Schätzchen.«

»Rodenstock ist reaktiviert, wir wissen das. Wiedemann arbeitet ihm zu. Es geht uns darum, daß du uns den Hintergrund skizzierst. Unter Freunden, sozusagen. Warum bist du sofort bei Udler aufgetaucht?«

»Bei Udler?« Was wußten sie eigentlich nicht? »Ich mußte bei Udler auftauchen, weil er der Chef von Kinn war. Aber Udler ist sauber, wie es aussieht. Wir finden kein Motiv, Arnold. Deshalb bin ich hier. Wann wirst du endlich vernünftig, Onkel Arnold? Ich bin ein Journalist, sonst nichts. Der Doppelmord ist Realität. Rodenstock ist ein alter Freund, und er hat absolut nichts mit dem Bundesnachrichtendienst zu tun. Ihr habt eine Paranoia.«

Er lächelte. »Das hier ist ein internes Papier«, sagte er und wedelte mit einem DIN A4-Blatt. »Darf ich vorlesen? Hier heißt es: ›Der gemeinsame Ausschuß des Bundestages schlägt in dieser Sache vor, eine Kommission zur Aufhellung der finanziellen Verflechtungen zu gründen. Dabei ist darauf zu achten, daß die Kommission als Gremium nicht öffentlich bekannt wird und erfahrene Beamte zugezogen werden. Für die Leitung schlagen wir den Kriminaloberrat Rodenstock vor, derzeitiger Wohnsitz Cochem an der Mosel.‹ – Hast du zugehört, Baumeister? Damit du nicht auf den Verdacht kommst, ich hätte geblufft oder irgend etwas getürkt, gebe ich dir das Papierchen.« Er reichte es mir, ich nahm es.

Es war die Kopie eines Originals, und ich hatte nicht eine Sekunde Zweifel daran, daß es echt war.

Warum, um Himmels willen, hatte Rodenstock mir nichts davon gesagt? Oder hatte diese Sache mit unserer Sache nichts zu tun? Er war nicht verpflichtet, mir etwas zu erzählen.

»Das heißt gar nichts«, meinte ich ruhig. »Hier steht etwas von der Aufhellung finanzieller Verflechtungen. Aber welche Verflechtungen das betrifft, steht hier nicht. Rodenstock ist ein kluger alter Mann, und er wird sicher zu recht berufen. Was soll das aber in Verbindung mit der Ermordung von Kinn und Kutschera? Arnold, denk doch mal nach.«

Arnold rührte sich nicht, und es hatte den Anschein, als würde er langsam in dem Sessel nach vorn rutschen und irgendwann auf den Boden plumpsen. »Es hat damit zu tun«, seufzte er. »Sieh mal auf das Datum, es ist acht Tage alt.«

Es war acht Tage alt. Ich war ganz sicher, daß sein Rattengesicht deshalb so gelassen wirkte, weil er tatsächlich die beschissene Wahrheit sagte. Die Wahrheit war, daß Rodenstock für den BND tätig war, daß die Bundesregierung sich eingeschaltet hatte, Rodenstock zum

Vorsitzenden einer Untersuchungskommission gemacht hatte, daß hier irgend eine Riesenschweinerei lief, von der ich nicht die geringste Ahnung hatte. Während ich hinter Motiven und möglichen Mördern herjagte, passierte die ganze Zeit über parallel zu meiner Atemlosigkeit etwas, von dem ich nichts wußte. Ich war ausgeschlossen, kein Mitglied des Clubs. Und Rodenstock hatte mich verraten.

»Ich weiß nichts davon«, murmelte ich.

»Du solltest nicht so widerspenstig sein«, sagte Arnold aufgeräumt. »Das ist der Nachteil der freien Mitarbeit. Na sicher, sie schätzen dich sehr, aber sie können dich auch jederzeit fallen lassen. Also, sag dem Onkel Arnold, was los ist, und du kannst nach Hause.«

»Du bist wirklich ein Wichser, Arnold. Ihr könnt mich gar nicht nach Hause schicken. Ihr müßt mich töten.«

»Du bist manchmal richtig helle«, strahlte er.

»Dann schickt wenigstens die Frau heim«, forderte ich. »Sie weiß absolut nichts von dem ganzen Blödsinn.«

»Aber sie hat gesagt, daß zwischen dir und Rodenstock Einstimmigkeit herrscht. Und sie hat auch zugegeben, daß zwischen dir und einem ordentlichen Mitglied der Mordkommission so gut wie kein Unterschied gemacht wird. Sie ist klüger als du, Baumeister. Wir haben sie auch gefragt, ob sie sich vorstellen kann, daß du für Geheimdienste arbeitest. Sie gab zur Antwort, daß du wahrscheinlich besser wärst als die meisten Geheimdienst-Hengste. Woher hat sie das wohl?«

»Verdammt, sie ist in mich verknallt. Was soll sie sonst sagen?«

»Du bist wirklich stur, mein Junge«, flötete er manieriert.

Plötzlich hatte ich eine Idee, ich wollte die Situation umkehren. Ich fragte schnell: »Warum, um Gottes willen, wollt ihr denn hier in Liechtenstein wissen, was bei uns in der Eifel los ist?«

Er grinste. »Das kann doch keine ernsthafte Frage von dir sein, Junge. So dumm kannst du gar nicht sein.«

»Ich bin so dumm«, beharrte ich.

»Es ist ganz einfach. Wir haben direkte finanzielle Interessen, verstehst du? Wenn ihr blöden Geheimdienste drin rumrührt, werden wir sauer und wissen nicht, wie wir weiter verfahren sollen. Deshalb sollst du uns erzählen, wie weit eure Ermittlungen gediehen sind.«

Na sicher, es war so einfach. Sie wollten wissen, was ich nicht wußte. Es war sehr grotesk, und ich mußte grinsen. Sein Gesicht umwölkte sich unheilvoll.

»Du solltest mich nicht verscheißern«, sagte er. »Ich kann alles vertragen, nur kein fieses Mitleid, keine Arroganz und keine Herablassung. Dazu, Kleiner, bin ich viel zu gut. Ich sage dir, du hast nur noch eine Chance. Falls du das nicht begreifen solltest, wird es trübe aussehen. Danzer ist nicht gerade milde, wenn es um seine Existenz geht.«

Er war immer lauter geworden, ich hatte die Arme gehoben, er stand neben mir und schlug zu. Diesmal gestattete er sich mehr als einen Schlag, und er führte sie alle mit der Handkante. Er mußte jahrelang geübt haben, denn er traf mit einem Wirbel von Schlägen immer nur Stellen, an denen es wirklich verheerend schmerzte. Ich wurde erneut bewußtlos.

Jemand rüttelte an meiner Schulter, jemand faßte sehr hart zu.

»Du hast deine Chance«, meinte Onkel Arnold. Er stand neben dem Feldbett, und ich sah nichts als die Kugel seines Bauches.

»Wir wissen also, daß Sie geheimdienstlich arbeiten«, sagte Danzer von irgendwoher. »Sie sollten mich aufklären, wie weit Ihre Arbeit gediehen ist. Erfreulicherweise sind Sie selbst hierhergekommen, so daß ich mir eine Reise in die schöne Eifel sparen konnte, und ...«

»Aber Sie haben einen Killer geschickt«, sagte ich.

Er war einen Augenblick lang verwirrt, faßte sich aber schnell, sah mich an und nickte betulich. »Sie meinen Medin? Natürlich meinen Sie Medin. Nein, den habe ich nicht geschickt. Wissen Sie, Medin galt im Gewerbe lange

Jahre über als die beste Notbremse, die man kaufen kann. Aber in den letzten Jahren baute er rapide ab. Das wußte ich natürlich. Nein, Medin stammte nicht von mir ...«

»Aber Sie kennen ihn«, fragte ich rasch nach.

Danzer nickte lächelnd. »In diesem Gewerbe tätig zu sein und Medin nicht zu kennen, würde bedeuten, eine absolute Null zu sein. Immerhin war er eigentlich gut genug, die Sache zu erledigen. Aber Medin traf Baumeister. Baumeister legte Medin um. Künstlerpech. Selbstverständlich weiß ich, daß Sie Onkel Arnold und mich gnadenlos umlegen würden, wenn Sie nur die Chance einer einzigen Sekunde hätten. Aber diese Chance gebe ich Ihnen nicht. Wie Sie sehen, kenne ich Sie gut, und meine Informationen über Sie sind umfassend. Ich will Ihnen gerne zugestehen, ein äußerst gefährlicher Mann zu sein. Aber ich bin besser, Herr Baumeister, viel besser.«

»Sie wissen nicht viel«, sagte ich.

»Niemand weiß alles«, erwiderte er milde. »Also fassen wir zusammen, wobei es vollkommen unerheblich ist, in welcher Weise Sie und Wiedemann und dieser Rodenstock dienstlich miteinander verschränkt sind. Sie ermitteln die Finanzsituation bei etwa sechzehn Projekten in der Bundesrepublik Deutschland. Wir wollen wissen, wie weit Ihre Arbeit fortgeschritten ist. Sollten Sie nicht antworten, würde das dazu führen, daß Onkel Arnold Ihre letzte Ruhestätte bestimmen darf. So etwas tut er gern. Wollen Sie es sich noch einmal überlegen?«

»Ich kann Ihnen nichts sagen, weil Ihre gottverdammte Exegese falsch ist. Ich habe mit Geheimdiensten nichts zu tun. Ich will herausfinden, weshalb Kinn und Kutschera getötet worden sind, sonst nichts.«

»Deshalb zieht Rodenstock in Ihr Bauernhaus ein?« fragte er sarkastisch.

»Deshalb«, nickte ich.

»Deshalb dürfen Sie Zeuge eines Verhörs sein, bei dem der Bankdirektor Udler vernommen wird?« Er lächelte schmal.

»Ach, scheiß drauf, Danzer. Sie sind doch von einer Paranoia besessen.«

»Ich bin nur ein Geschäftsmann, der seine Chance wahrt«, antwortete er, und er glaubte selbst daran.

»Udler ist ein kleiner Bankpisser in der Eifel. Schon in Koblenz weiß kein Mensch von seiner Existenz«, sagte ich. Reg ihn auf, Baumeister, mach ihn an, gib nicht nach!

»Udler ist zugegeben ein kleiner Mann«, nickte er. »Er ist sehr katholisch und sehr gläubig. Ich übrigens auch.«

»Das glaube ich aufs Wort. Weil Kinn und Kutschera was miteinander hatten und wahrscheinlich gut miteinander ficken konnten, müssen Sie mir doch keine Geheimdiensttätigkeit anhängen.«

»Sie sind vulgär«, sagte er.

»Wirklich!« bestätigte Onkel Arnold aufgebracht.

»Wie auch immer, ich kann Ihnen nicht von etwas berichten, von dem ich nichts weiß. Sie sollten endlich die Frau gehen lassen. Sie kommen in Teufels Küche, falls uns etwas passiert.«

»Das klingt nicht sehr überzeugend«, murmelte Danzer. Das Schlimme war, er hatte recht, und er wußte es.

»Ich bitte um einen kurzen Tod«, stöhnte ich.

»Nicht doch«, seufzte Onkel Arnold, und er hob den Blick, wie jemand, der sich unendlich langweilt.

Plötzlich gab es ein fiepsendes Geräusch, und Danzer griff in die Innentasche seines Jacketts. Er holte ein Telefon heraus und klappte es auf. »Ja, bitte?« fragte er.

Ich habe ein gutes peripheres Blickfeld. Ohne Danzer aus den Augen zu lassen, sah ich, wie Onkel Arnold sich straffte und seinen Chef neugierig anstarrte. Ich wußte sofort, daß sich etwas gewandelt hatte.

»Ja«, sagte Danzer tonlos. »Reden Sie.« Er stand auf und ging langsam durch die Tür hinaus und verschwand.

»Nicht doch«, hörte ich von irgendwo. »Davon ist mir nichts bekannt, und Sie müssen mir schon glauben, daß ...« Er stockte.

»Die Scheiße dampft«, sagte ich voll Hoffnung.

»Nicht doch, mein Junge«, meinte Onkel Arnold sanft.

Danzer kam zurück. Er sagte mit völlig steinernem Gesicht: »Sie können gehen.«

Onkel Arnold war empört, warf sich in die Brust, aber er schwieg.

»Ich gehe nicht ohne die Frau«, sagte ich.

»Sie sind sehr clever«, murmelte Danzer nicht ohne Anerkennung.

»Wo ist Dinah?«

»Sie wird gleich bei Ihnen sein.«

»Wo ist mein Wagen?«

»Ich lasse ihn vorfahren. Sie sind wirklich sehr clever.«

»Lecken Sie mich am Arsch«, sagte ich. »Mach's gut, Zwerg.« Ich strahlte Onkel Arnold an. Langsam stand ich auf, ich konnte gehen. Sie ließen mich vorangehen, sie redeten kein Wort. Es ging über eine ordentliche, saubere Kellertreppe nach oben in einen breiten, von Licht erfüllten Flur. »Wie lange war ich Ihr Gast?«

»Eine Nacht, einen Tag, eine Nacht«, sagte er. »Aber natürlich waren Sie niemals hier.«

»Natürlich nicht«, nickte ich.

»Nichts für ungut«, sagte Onkel Arnold unsicher.

»Ich werde dich nie vergessen«, beteuerte ich. »Wo ist Dinah?«

»Moment«, Danzer öffnete eine Tür und rief: »Bring sie her, Friedchen.«

Der Teppich, auf dem ich stand, war teuer und von einem leuchtenden Blau, wie ich es mochte. »Wo kann man so etwas kaufen?« fragte ich.

»Zürich, Bahnhofstraße«, antwortete er.

Friedchen brachte Dinah. Sie konnte gehen, aber nicht gut sehen.

»Ich bin hier«, rief ich.

Sie kam nahe an mich heran und hielt sich fest.

»Das Auto«, sagte ich.

»Steht dort«, entgegnete Danzer.

Ich öffnete die Tür, das Tageslicht traf mich grell. Die Sonne schien.

»Das hättest du nicht gedacht, was?« fragte Onkel Arnold.

»Das hätte ich nicht gedacht«, bejahte ich. »Langsam, die Treppe.« Ich führte Dinah Stufe um Stufe hinunter, öffnete die Beifahrertür und half ihr hinein, ging um den Wagen herum und setzte mich hinter das Steuer.

»Sie sollten etwas für sich tun«, sagte Danzer nebenbei. »Jenseits des Tals ist eine Klinik.«

»Wahrscheinlich gehört die auch Ihnen.«

»Leider nicht«, meinte er, hob leicht die Hand und verschwand im Haus. Onkel Arnold blieb noch ein paar Sekunden stehen und sah mir zu, wie ich startete und wegfuhr. Sein Gesicht war so ernst wie das eines Mannes, der überlegt, ob ihm jetzt vielleicht ein Geschäft durch die Lappen gegangen ist.

Dinah saß vollkommen verkrampft, sie hatte den Sicherheitsgurt nicht angelegt, beugte sich weit vor, stützte die Arme auf die Knie und hatte die Hände vor dem Gesicht.

»Was haben sie mit dir gemacht?« fragte sie dumpf.

»Nur geschlagen«, sagte ich. »Immer wieder geschlagen.«

»Mich nur einmal. Dieser Fette hat gesagt, er würde es gern mit mir machen. Da habe ich was erzählt. Aber ich weiß nicht mehr genau, was ich erzählt habe. Ich glaube, ich habe dir geschadet.«

»Hast du nicht«, beruhigte ich sie. »Konntest du gar nicht, denn wir wußten nichts.«

»Ist das wirklich so?«

»Das ist wirklich so.«

»Aber warum haben sie uns so plötzlich rausgelassen?«

»Das weiß ich nicht. Ich habe nicht einmal eine Ahnung. Wir brauchen ein Krankenhaus und ein Telefon.«

»Ich brauche kein Krankenhaus, ich habe nur zwei Veilchen. Wieso brauchst du ein Krankenhaus, Baumeister.« Sie hob den Kopf, sie sah jämmerlich aus.

»Wo ist denn deine Brille?«

»Kaputt. Der Fette hat sie mir zerschlagen.« Sie fuhr sich mit der Hand über den Nasenrücken. Da war ein tiefer Schnitt. »Da steht ein Schild mit einer Krankenhausanzeige. Was hast du denn, Baumeister?«

»Ich weiß es nicht genau. Sicherheitshalber«, meinte ich. »Hast du Aspirin oder so was?«

»Nein, aber im Krankenhaus werden sie was haben.«

»Ich möchte wissen, wer den Danzer angerufen hat«, murmelte ich.

»Sollen wir nicht erst zu den Bullen und Anzeige erstatten?« fragte Dinah.

»Oh, nein, doch nicht sowas«, sagte ich wütend. »Glaubst du im Ernst, daß das irgendeinen Sinn macht? Was willst du beweisen? Du kannst doch nicht mal einen Beweis dafür bringen, daß wir in seinem Haus waren.«

»Solche Leute sind das«, sagte sie nach einer Weile.

»Natürlich. Er ist reich, er ist wahrscheinlich sehr reich. Er ist von Gangstern soweit entfernt wie der Nordpol vom Südpol. Die Polizei würde lachen.«

»Läuft so etwas immer so?«

»Das weiß ich nicht, aber hier ist es so gelaufen.«

»Du mußt da raus, Baumeister. Das ist doch viel zu gefährlich.« Sie begann zu weinen. »Was sagst du denn im Krankenhaus?«

»Irgendwas. Meinetwegen sind wir in eine Prügelei geraten oder so. Beruhige dich, wir sind frei und können heim in die Eifel.«

»Ich habe Kopfweh«, quengelte sie wie ein Kind.

»Wir sind gleich da. Ich hätte dich nicht mitnehmen dürfen.«

»Hast du denn so etwas geahnt?«

»Nein, natürlich nicht.«

Das Krankenhaus war klein und wirkte solide. Im Empfang saß eine dicke Frau, aß Torte von einer Pappplatte und trank Kaffee dazu.

»Kein Besuch«, beschied sie uns. Dann blickte sie auf, sah mich an, dann Dinah und winkte nach rechts. »Ambulanz, letzte Tür links. Unfall?«

»Nein. Schlägerei.«

»Guts Nächtle. Letzte links.« Ihre Augen blinkten so mitfühlend wie die einer toten Forelle.

Wir gingen also den langen Gang entlang, und es war ein gutes Gefühl, als Dinah ihren Arm unter meinen schob und ihn drückte.

Die Ärztin war blutjung, und um ein Haar hätte ich sie gefragt, ob ihr Abitur länger als zwei Monate her sei. Aber sie hatte die drahtige Art der Ambulanzärzte bereits gut drauf. Sie sah uns an und entschied: »Die Dame in den Stuhl da, der Herr auf die Liege. Autounfall?«

»Nein«, wiederholte ich. »Wir sind in eine Prügelei geraten.«

»Wo denn? Wieder im *Tamburin*?«

»Wir wissen nicht genau, wie die Kneipe hieß. Es waren Jugendliche.«

»Das können wir später klären«, meinte die Ärztin. Dann schrie sie: »Ulf! Ulf!«

Von irgendwoher kamen schnelle Schritte, ein junger Mann bog um die Ecke.

»Zieh mir Spritzen auf. Dalli. Und guck nicht so! Lokale Betäubung bei der Dame für den Nasensattel. Bei dem Herrn werden wir später sehen.« Sie wandte sich zu mir. »Wo tut es Ihnen denn besonders weh?«

»Überall. Aber eigentlich brauchten wir erst mal ein Telefon.«

Sie sah mich an, als hätte ich ihr einen unsittlichen Antrag gemacht. »Später«, entschied sie. »Bei Prügeleien ist das immer so, daß es sich erst nach einigen Stunden herausstellt, was denn in die Brüche gegangen ist.«

»Aha«, nickte ich, weil mir nichts anderes dazu einfiel.

Zuerst verarzteten sie Dinah, und sie tauchte unter ihren Händen mit einem phantastischen Pflaster zwischen den Augen wieder auf.

»Jetzt geben wir Ihnen eine Lösung, und Sie baden die Augenpartie damit. Wo kommen Sie eigentlich her?«

»Aus der Eifel«, gab Dinah Auskunft.

»Muß man wissen, wo das ist?« fragte die Ärztin.

»Muß man nicht, Schwester«, grinste Dinah. »Aber jetzt mal ran an den Macker.«

Die Ärztin war irritiert und fragte: »Was? Ach so, der Mann. Na ja, also dann der Mann. Ziehen Sie sich aus.«

»Ich fürchte, das geht nicht«, sagte ich.

»Wieso geht das nicht?«

»Rippenbrüche, Prellungen«, murmelte ich eingeschüchtert.

Sie machte ein hübsches Kußmaul und fragte: »Wollen Sie mich verarschen? So schlimm sehen Sie doch nicht aus.«

»Lieber Gott«, hauchte Dinah bleich.

»Na, gut. Also, Ulf, hilf ihm mal.«

Ulf versuchte, mir zu helfen. Er war ein bißchen linkisch und drehte mich zu scharf nach links. Ich rutschte ab und wurde ohnmächtig. Ich hörte noch, wie die junge Ärztin sehr überzeugt flüsterte: »Du Arsch!«

Ich wurde wach, weil jemand mit etwas sehr Kaltem an meinem Hintern herumfummelte. Ich hatte ja einige aktuelle Erfahrungen mit meinen Ohnmachten und riskierte deshalb nur ein Auge. Eine durchaus veritable Krankenschwester versuchte gerade, mir eine Schüssel unterzuschieben.

»Was soll das denn?« fragte ich verblüfft.

»Du drohst mit Stuhlgang«, sagte jemand. Es war Dinah. »Du hast zwei Rippen links und drei rechts gebrochen. Dein linkes Schlüsselbein hat einen Knacks. Wahrscheinlich ist die Milz angerissen. Aber sonst bist du völlig in Ordnung, Baumeister.«

»Ich will keine Schüssel«, knötterte ich störrisch.

»Du kannst nicht aufstehen«, erklärte Dinah sanft mit deutlicher Befriedigung. »Jedenfalls jetzt nicht. Du bestehst im wesentlichen aus Blutergüssen. Du mußt hierbleiben.«

»Das geht aber doch nicht.«

»Ruhig liegen«, sagte die Schwester dicht neben meinem Kopf. »Und, schwupp, jetzt hockst auf, oder?«

»Lieber Gott«, keuchte ich.

»Schöne Grüße von Rodenstock«, sagte Dinah, wohl um mich abzulenken. »Er war es übrigens, der Danzer angerufen hat.«

»Wieso das?«

»Du hast ihm am Telefon den Namen Danzer genannt. Dann hat er sich gewundert, weshalb wir uns nicht melden. Schließlich hat er Danzer angerufen. Er sagte mir, daß er damit mindestens gegen sechzig Gesetze verstoßen hat. Er ist auf dem Weg hierher.«

»Wie denn?«

»Er fliegt nach Zürich. Von dort mit dem Taxi. Das geht am schnellsten.«

»Das dauert doch einen Tag«, jammerte ich.

»Er muß bald kommen«, sagte sie. »Du liegst hier schon seit achtzehn Stunden. Sie haben dich ruhig gestellt.«

Die Krankenschwester stand herum und sah mich an, mit Erwartung in den Augen.

Als ich »Oh Gott« stöhnte und dann: »Bitte, geht raus«, strahlte sie und erklärte: »Ich wußte doch, daß er Stuhlgang haben würde. Also, ich seh das immer schon weit vorher. Besonders Männer haben dann so einen entzückenden entrückten Ausdruck in den Augen.«

Neuntes Kapitel

»Wo schläfst du eigentlich?« fragte ich Dinah, nachdem alle hygienischen Einzelheiten zu meiner intensivsten Pein erledigt waren. »Und was ist das für eine Brille?«

»Eine Leihgabe. – Nebenan ist eine Pension. Sehr nette Leute. Ich habe mich informiert. Ich wollte wissen, wer dieser Dr. Danzer ist. Also, hier ist er nichts Besonderes, halt auch nur einer, der viel Geld verdient, und kein Mensch weiß genau, womit. Aber anscheinend will das auch kein Mensch wissen. Er ist ein sehr ehrenwerter Mann mit einer sehr hübschen jungen Frau, die aus dem

Tessin kommt. Hätte ich erzählt, wie Danzer uns traktiert hat, hätten sie todsicher gelacht und mich rausgeschmissen.«

»Habe ich nun wirklich einen Milzriß, oder sieht das nur so aus?«

»Wahrscheinlich nicht«, beruhigte mich Dinah. »Sie sagen, wenn du Dünnpfiff kriegst, hast du einen. Aber du hast keinen Dünnpfiff. Auf dem Röntgenbild ist das wohl schlecht zu erkennen. Die Ärztin, die junge, die hat mich angeguckt und gemeint, eigentlich müßte sie die Polizei verständigen. Du sähst nicht aus, wie einer, der verprügelt wurde, du sähst aus wie einer, den man gefoltert hat.«

»Und? Was hast du gesagt?«

»Nichts«, antwortete sie. »Ich möchte nur wissen, was Danzer weiß und was wir nicht wissen. Rodenstock muß bald hier sein. Er ist ganz verrückt gewesen vor Sorge. Er liebt dich.«

»Ich ihn weniger«, sagte ich, aber ich sagte nicht, weshalb.

Rodenstock traf ein, während ich wohlig und schmerzfrei schlief. Ich wurde wach, als er mit einem vor Kummer grauen Gesicht hereinstürmte und fragte: »Was, zum Teufel, hast du getan?«

»Das frage ich dich«, brüllte ich. »Dinah, laß uns bitte ein Weilchen allein.«

»Scheiß Männergeheimnisse«, trompetete sie. Aber sie ging hinaus.

Rodenstock rutschte sich einen Stuhl neben mein Bett. »Also, was ist? Was hast du? Rippen im Eimer, gequetscht, geprellt. Sag mir genau, was los war.«

»Die Rippen machen mir keine Sorgen«, sagte ich. »Ich mache mir Sorgen um das, was du vielleicht dem Danzer gesagt hast. Weshalb hat der uns so nahtlos die Freiheit geschenkt? Und gleich noch etwas: Wenn du schon in eine Kommission berufen wirst, die sich mit illegalen oder fragwürdigen Finanzgeschäften beschäftigt, wenn schon der Verdacht besteht, unser Doppelmord hängt damit zusammen, dann solltest du mir das vorher sagen, statt in meinem Haus zu wohnen und die Schnauze zu halten.«

Zuweilen glaubst du, einen Menschen ziemlich gut zu kennen. Plötzlich entdeckst du andere Gesichter an ihm, die du nie gesehen hast. Es kam mir so vor, als sehe ich Rodenstock zum ersten Mal. Was ich sah, machte mir keine Freude.

Er starrte mich an, und seine Augen wurden ganz weit. Dann schloß er sie, und es hatte den Anschein, als wolle er seine Hand begütigend auf meine legen. Das tat er nicht. Er öffnete die Augen, sah mich erneut an und griff zum Telefon. Er wählte eine sehr lange Nummer. »Knubbel? Rodenstock hier. Ich bin angekommen. Natürlich glaubt er mir nicht. Erkläre du ihm das, er ist einfach stinksauer.« Er reichte mir den Hörer.

»Wie geht es Ihnen?« ertönte Wiedemanns sonores Organ. »Ich habe gehört, Sie mußten sich im Dienste der Gerechtigkeit die Fresse polieren lassen. Schadensersatzansprüche richten Sie bitte an die Bundesregierung, Anschrift bekannt. Im Ernst, jetzt hören Sie gut zu: Vorgestern, als Sie nach Liechtenstein abgedüst sind, hat Rodenstock bei sich zu Hause in Cochem die Putzfrau angerufen. Sie hat ihm die Post vorgelesen. Dabei war der Brief des Gemeinsamen Ausschusses der Bundesregierung. Bis dahin hatte Rodenstock nicht die geringste Ahnung. Das bedeutet, daß dieser merkwürdige Danzer eher von Rodenstocks Berufung wußte als Rodenstock selbst.«

»Was ist das Ziel dieser Kommission?«

»Das weiß Rodenstock noch nicht genau. Aber ich habe inzwischen erfahren, daß es darum gehen soll, ganz bestimmte Vorgänge bei der Verschiebung und Einsetzung hoher Barmittel im Bereich bestimmter Sparkassen zu untersuchen.«

»Auf gut deutsch, bitte«, drängelte ich.

Er lachte. »Es besteht der Verdacht, daß in vielen öffentlichen Bauvorhaben Schwarzgelder untergebracht wurden, um sie auf diese Weise blütenrein zu waschen. In der Regel sind das so Projekte wie in Kyllheim, also mit Mischfinanzierungen. Da schwirren öffentliche Gelder rum, private Kunden legen Gelder ein, Firmen kaufen sich ein. Es entsteht ein Durcheinander. Dieses Durcheinander, so der Verdacht, ist gezielt, gewollt. Kein Mensch kann hinterher mehr sagen, wohin die öffentlichen Gelder wanderten, was mit ihnen bezahlt wurde, was mit den privaten Mitteln passierte und so weiter und so fort. Nur noch mit dem Projekt befaßte Fachleute könnten für eine Klärung sorgen. Solange aber die privaten Geldgeber befriedigt werden, solange sich also kein Mensch beklagt, ist alles in Butter.«

»Weil die Steuergelder und Subventionsgelder keinen interessieren, weil sie kostenlos sind?«

»Genau das«, bestätigte er.

»Und Kyllheim sieht so aus?«

»Kyllheim sieht verdammt so aus. – Und jetzt geben Sie mir mal den Rodenstock.«

Ich reichte den Hörer weiter, und Rodenstock hörte zu, was Wiedemann ihm zu sagen hatte.

Dann legte er den Hörer zurück und murmelte: »Tut mir leid, das mußte sein. Ich wußte wirklich nichts von dieser Berufung. Jetzt erzähl! – Halt, halt, erst mal holen wir Dinah rein, sonst wird sie sauer. Die sieht ja fürchterlich aus.«

Rodenstock holte sie, dann erzählten wir.

»Es gab einen Punkt, an dem ich schier verrückt wurde«, sagte ich. »Plötzlich behauptete dieser Arnold, du arbeitest für den Bundesnachrichtendienst. Ich will wissen, ob das wahr ist.«

Rodenstock nickte bekümmert. »Es ist wahr. Ich weiß, daß du etwas gegen Geheimdienste hast. Ich bin oft hinzugezogen worden, wenn im Umfeld eines Geheimdienstfalles Tötungsdelikte vorkamen. Zum Beispiel wurde ich in deutsche Botschaften in aller Welt geschickt, wenn der Bundesnachrichtendienst unklare Todesfälle zu untersuchen hatte. Siggi, ich bin Beamter, ich diene diesem Staat, es war meine Pflicht. Das kannst du wörtlich nehmen.«

»Du hast mir nie etwas davon erzählt.«

»Das ist richtig. Ich hätte es sicher irgendwann erzählt. Ich frage mich, wie Danzer an diese Information kommt. Vermutlich durch Bestechung, der Mann ist hochgefährlich. Dinah, fahr mal zu Danzers Haus und fotografiere die gesamte Tafel mit den Firmennamen.«

»Das mache ich«, nickte sie und ging hinaus.

»Warum hat Danzer uns sofort freilassen müssen?«

Rodenstock spitzte den Mund. »Ich sagte ihm, er solle nicht die geringste Schwierigkeit machen, weil ich ihn sonst sofort vor die Bundeskommission laden und gleichzeitig dafür sorgen würde, daß die wichtigen Nachrichtenmagazine Kenntnis davon bekommen. Ich sagte ihm, daß ich den Schweizer Geheimdienst kontaktieren und in seine Firma schicken würde. Und ich ließ ihm keine Zeit zu antworten.«

»Danke.«

»Schon gut.«

»Gibt es irgend etwas Neues bei der Recherche zum M 99?« fragte ich.

Er schüttelte den Kopf. »Es gibt einen Haufen Tierärzte, die sich das Zeug gelegentlich in den Giftschrank stellen, weil sie es mit schweren massigen Tieren zu tun haben. Aber nichts weist konkret auf unseren Fall hin, und natürlich gibt kein Tierarzt es freiwillig zu, wenn etwas von dem Zeug fehlen sollte. Was würdest du jetzt tun, wenn du nicht im Krankenhaus wärst?«

»Ich würde mir Danzer schnappen«, erklärte ich. »Ich würde mich auf die Lauer legen und ihn dazu zwingen, uns den Teil zu erzählen, von dem wir offensichtlich keine Ahnung haben. Er weiß genau, was in der Eifel gelaufen ist. Warum?«

»Er hat dort Gelder investiert«, meinte Rodenstock. »Wir können nicht riskieren, ihn hier unter Druck zu setzen. Wie lange mußt du noch hierbleiben?«

»Ich weiß es nicht. Wenn ich ihnen mein Ehrenwort

gebe, daß ich mich nicht bewege, nur flach atme und meistens schlafe, lassen sie mich vielleicht schnell wieder laufen.«

»Das ist aber wirklich ein Risiko«, sagte er väterlich.

Tatsächlich entließen sie mich am nächsten Morgen, nachdem ich schriftlich erklärt hatte, daß ich die Klinik gegen ärztlichen Rat verlassen würde. Ich verfrachtete mich auf den Rücksitz des Jeeps, weil ich dort wenigstens die Beine ausstrecken konnte. Sie hatten mir zwei Sorten Pillen mitgegeben: eine gegen Schmerzen, die andere, um ruhig zu werden. Sicherheitshalber nahm ich immer zwei von beiden Sorten, was dazu führte, daß ich tranig durch halb Europa kutschiert wurde, während vor mir Rodenstock und Dinah über Witze lachten, die ich nicht verstand. Zuweilen hielten sie an, um zu tanken oder einen Kaffee zu trinken, was mir Zeit gab, endlich zu schlafen. Zuweilen sahen sie sich sogar nach mir um und fragten besorgt, ob es mir denn auch gutgehe – aber im Grunde war das wohl nichts als reine Höflichkeit, und ich antwortete stets: »Mir geht es prima, wirklich.«

Nach einigen Ewigkeiten erreichten wir heimische Gefilde, und an der Reihenfolge ganz bestimmter Schlaglöcher merkte ich, daß wir auf den Hof rollten.

Rodenstock sah sich um und bemerkte: »Da ist aber jemand froh, endlich zu Hause zu sein, was? Machen wir es also so?«

»Was sollen wir wie machen?« fragte ich aus meinem Tablettendunst.

Rodenstock bekam große, kugelrunde Augen, und Dinah meinte herablassend: »Dachte ich es mir doch. Er hat überhaupt nichts mitgekriegt.«

»Wir laden Danzer zum Kaffee ein«, erklärte Rodenstock fröhlich.

»So verrückt ist der nicht«, sagte ich.

»Es kommt allein auf die Form der Einladung an«, erklärte Dinah und fuhrwerkte mir mit beiden Zeigefingern vor dem Gesicht herum.

Ich ahnte, daß es keinerlei Sinn machte, mir irgend etwas aus dem wirklichen Leben zu erklären. Ich schwieg also und bewegte mich langsam in Richtung meiner Matratze. Ich hatte das dumpfe Gefühl, endlich einen klaren Kopf bekommen zu müssen, und das erledigt man am besten schlafend. Ich rief nicht einmal meine Katzen.

Im Tran bekam ich schemenhaft mit, daß Dinah sich neben mich legte und »Gute Nacht« murmelte.

Das nächste Bild kam schneidend schnell und brutal. Der Arzt Tilman Peuster hielt meine Hand und schrie: »Können Sie mir sagen, wie es Ihnen geht?«

»Ich habe ihn geholt«, erklärte Dinah von der Tür her. »Du wolltest überhaupt nicht aufhören zu schlafen.«

»Das ist mein Recht«, sagte ich. »Mir geht es gut.«

»Der Verband um die Rippen ist noch in Ordnung«, nickte Peuster. »Bewegen Sie sich vorsichtig, und nehmen Sie keine dieser Tabletten mehr. Ach Quatsch, die spüle ich erst mal im Lokus runter.«

»Aber die sind richtig gut«, protestierte ich.

»Das glaube ich Ihnen«, lächelte er gutmütig. »Damit hätten Sie eine ganze Bundeswehrkompanie bewegungsunfähig halten können. Habe die Ehre.« Er sagte immer so komische Sachen wie ›Habe die Ehre‹.

Gegen Mittag versuchte ich leidlich klar die Treppe nach unten zu schaffen. Irgendwie gelang das.

»Wie willst du denn den Danzer einladen?« fragte ich.

Rodenstock saß am Küchentisch und aß einen Streifen Eifler Knochenschinken. »Wir müssen ein bißchen mogeln«, erklärte er. »Erst telefonieren wir ein bißchen, dann basteln wir ein bißchen, dann kommt er.«

»Du bist verrückt«, sagte ich.

»Das kommt auf den Standpunkt an«, sagte Dinah spitz. »Du solltest dir besser ein Sofa suchen.«

»Bin ich Rentner?« protestierte ich.

»Im Moment, ja«, sagte Rodenstock kühl. »Beweg dich nicht zuviel, reg dich nicht auf. Du wirst alles mitkriegen.«

»Wir bekommen nämlich Besuch«, sagte Dinah wie jemand, der deutlich machen wollte: Ätsch, wir sind besser als du.

»Und mich könnt ihr nicht vorzeigen?«

»Jetzt ist er auch noch beleidigt«, murmelte Rodenstock.

»Ich bin sauer«, sagte ich. »Ich habe ein Recht auf Zuwendung.« Aber ich merkte, daß meine leicht scherzende Beschwerde nicht ankam, sie befanden sich beide in einer ganz anderen Welt.

Rodenstock hockte sich samt Telefon auf den Sessel gegenüber, die Soziologin daneben. Sie hatten beide Notizzettel und Kugelschreiber vor sich und machten den Eindruck, als wollten sie mich verhören. Aber ich spielte nicht die geringste Rolle in ihrem Spiel.

Rodenstock wählte eine lange Nummer und sagte: »Bitte den Gentner im Wirtschaftsressort.« Er hatte plötzlich eine widerlich untertänige Stimme, und er lächelte, als mache es Spaß, einen Heidenspaß, jemandem bis zum Anschlag in den Hintern zu kriechen. »Doktor Gentner?« – »Ach, das ist aber nett! Ich habe ein Problem. Wie Sie sicher wissen, bin ich in die Kommission berufen worden.« – »Ja, vielen Dank auch. Nehmen wir mal an, Doktor, ich habe ein Projekt im Bau, irgend etwas Großes, eine Fußgängerpassage, ein Hallenbad, ein Sportzentrum. Etwas, das sowohl mit öffentlichen wie mit privaten Geldern finanziert wird. Jetzt kommt die Panne, jemand zieht Gelder raus. Ich brauchte also Geld. Was passiert dann?« Rodenstock drückte auf den Lautsprecherknopf.

Eine Stimme so tief wie Vater Rhein tönte: »Interessante Frage, mein Lieber. Ich nehme einmal an, Sie haben keine Zeit. Dann müssen Sie sich nach schnellem, kurzfristigen Kapital umsehen. Da gibt es zwei Zielgebiete: Luxemburg und die Schweiz. Eventuell noch einige Südseeinseln, das kommt darauf an, wo Ihre Freunde sind. Diese Plätze haben in der Regel sogenannte Risikogelder vorrätig. Das sind Anleger, die ohnehin schon satt sind und etwas riskieren wollen.«

»Sehr schön erklärt«, schlängelte Rodenstock kriechend wie ein Leibsklave. »Und wie funktioniert das?«

»Ganz einfach. Sie rufen an, schildern Ihre Lage. Der andere sagt entweder aus dem Stand ja oder nein. Das hängt davon ab, ob er Ihnen vertraut, wie seriös Sie sind.«

»Kann ich diesen Helfer veranlassen zu kommen? Hierher?«

Eine Weile herrschte Schweigen, man hörte sehr deutlich, daß der Mensch am anderen Ende der Leitung schneller zu atmen begann. »Oha, Rodenstock, ich rieche sozusagen eine menschliche Schweinerei.«

»Sie riechen richtig«, sagte Rodenstock gar nicht mehr kriecherisch.

»Das wird schwer, sehr schwer. Diese Leute haben gewöhnlich keine ganz saubere Weste. Möglicherweise wird ihr Finanzgebaren untersucht. Wahrscheinlich ist das doch so, oder?«

»Das können Sie einmal annehmen«, erwiderte Rodenstock leicht zittrig.

»Keine Ungesetzlichkeiten!« dröhnte die Stimme ganz ernst. »Da kann ich nicht mitmachen, davon darf ich nichts wissen. Wenn ich Sie richtig verstehe, wollen Sie einen ausländischen Finanzmakler in die Bundesrepublik Deutschland locken.«

»Ganz gesetzmäßig«, versicherte Rodenstock eifrig.

»Haben Sie denn einen Notfall zu beschreiben?« fragte die Stimme.

»Haben wir«, nickte Rodenstock fest.

Eine Weile war Schweigen.

»Aber Sie können sich vermutlich nicht auf Einzelheiten festlegen, nicht wahr?«

»Einzelheiten wären nicht so gut«, gab Rodenstock zu und grinste wie jemand, der beim Falschparken erwischt wurde.

»Hat Ihr Verbindungsmann ein voll ausgebautes Büro? Sekretärinnen, Sachbearbeiter, Spezialisten für verschiedene Fälle?«

»Hat er«, sagte Rodenstock.

Schweigen.

»Dann rate ich Ihnen folgendes: Warten Sie ab, bis es nachts ist. Rufen Sie also dort erst an, wenn die Büros geschlossen haben. Melden Sie sich mit der Kennummer und ...«

»Moment, was ist eine Kennummer?«

»Das kommt darauf an. Entweder haben Sie bei diesem Makler eine eigene Nummer, oder Sie geben die Nummer Ihres Institutes an, also der Bank, die diese Hilfe will. Banken haben Kennummern, Rodenstock, das sollten Sie wissen. Nicht etwa die Bankleitzahl. Das ist eine Art Code. Ach, du lieber Gott, Rodenstock, wie groß ist denn die Schweinerei, die Sie anrichten wollen?«

»Nicht sehr groß. Nicht skandalträchtig und nur sehr vorübergehend.«

Wieder Schweigen.

»Na ja, ich will Ihnen mal vertrauen. Ich nehme an, Sie haben gar keine Kennummer.«

Rodenstock hatte einen so breiten Mund wie ein Clown. »Habe ich nicht.«

»Um welche Bank geht es denn?«

»Die Sparkasse in Daun«, sagte Rodenstock. »Daun, Eifel.«

»Sparkasse? Ich glaube, mein Känguruh pfeift, wie mein Sohn zu sagen pflegt. Die haben zwei Nummern. Eine im Inlandverkehr, eine im internationalen Verkehr. Moment mal, bitte.« Es gab eine Reihe diffuser Geräusche. Dann war die Stimme wieder da. »Die Nummern sind im Inland SDAU 10-10. Im internationalen Verkehr D-W 16-10-10. Aber was machen Sie, wenn ein anderer Code vereinbart wurde?«

»Dann sind wir im Eimer«, entgegnete Rodenstock knapp. »Ich danke Ihnen sehr für die Hilfe.«

»Gott steh mir bei«, sagte die Stimme.

Rodenstock wandte sich an Dinah. »Wo ist das Foto mit den Firmennamen an Danzers Haus?«

»Hier«, sagte sie.

Er nahm es und starrte es an. »Wahrscheinlich hat jede Firma in Danzers Büro einen eigenen Code. Den knacken wir nie. Udler muß jetzt ran.« Er wählte eine Nummer und verlangte Udler.

»Herr Udler, Rodenstock hier. Sie waren so freundlich, uns Ihre Hilfe anzubieten. Ich nehme das an. Wir versuchten gerade herauszufinden, was Pierre und Heidelinde wohl in den letzten Tagen getan haben könnten. Dabei fiel uns eine Aussage Charlies auf, der sagte, er habe Geld aus der Finanzierung des Kyllheim-Projektes herausgenommen. Anschließend erzählte uns jemand, die Lücke sei durch eine Schweizer Firma geschlossen worden. Welche Firma ist das? Wissen Sie das, oder war das ausschließlich Pierres Werk?«

»Nein.« Udler klang sehr freundlich. »Bei so wichtigen Projekten mache ich das natürlich selbst. Es handelt sich um die Genève-Trade, niedergelassen bei dem Notar Dr. Danzer in Liechtenstein. Soll ich Ihnen eine Verbindung herstellen? Kein Problem.«

»Oh, nein, vielen Dank, das wird nicht nötig sein. Wie funktioniert das denn?«

»In der Regel durch persönliche Verbindungen. Danzer kennt mich gut. Habe ich vorübergehend ein Loch, kann ich mich mit ihm in Verbindung setzen. Je nach Lage schließt er das Finanzloch dann für eine bestimmte Zeit. Also nehmen wir an: Finanzloch über zwei Monate, weil öffentliche Gelder noch nicht zur Auszahlung bereitstehen. Dann kosten die zwei Monate natürlich erheblich mehr Zinsen, aber es wäre ungleich teurer, wenn ich den Bau für zwei Monate stoppen müßte. Abgesehen von dem Skandal, den das auslösen würde.«

»Sind das Risikogelder?«

Er lachte. »Ja, man nennt das so.«

Rodenstock wurde butterweich. »Wie behält man denn die Kontrolle darüber? Also, ich meine, da könnte doch jeder ein paar Millionen auf das Konto legen lassen.«

Udler lachte wieder. »So einfach ist das natürlich nicht. Wir haben eine Kennummer.«

»Aha, also in diesem Fall die D-W 16-10-10?«

»Richtig«, sagte Udler. »Sie sind gut informiert. Aber was soll das mit dem Mord zu tun haben?«

»Das wissen wir nicht«, entgegnete Rodenstock freundlich. »Wir müssen eben jede Spur verfolgen. Sie kennen doch die Genauigkeit von Beamten.«

»Und wie ich die kenne«, dröhnte Udler. »Die Eifel braucht Geld, die Eifel war zu lange Jahre bitterarm. Ich besorge Geld aus allen Quellen, die fließen. Und ich werde meistens von Beamten gestoppt. Das ist mein Alltag. Sparkassen sind immer der verlängerte Arm der Politiker. Und Politiker werden von Beamten gesteuert. Das ist eine Versammlung hochkarätiger Arschlöcher und gleichzeitig mein Untergang.«

»Sie Armer«, murmelte Rodenstock.

»Ach Gott, kein Problem. Man lernt eine Menge Schliche.«

»Danke für die Auskunft. Guten Tag.« Rodenstock legte auf.

»Ich glaube nicht, daß Danzer mit einer Armbrust durch die Eifel geschlichen und *M 99* verschossen hat«, meinte ich.

»Das glauben wir auch nicht, Baumeister«, sagte Dinah. »Wir glauben nur, daß wir bis heute nicht tief genug gegraben haben.«

»Kannst du das mal für den zweiten Bildungsweg übersetzen?«

»Ganz einfach«, murmelte Rodenstock. »Wir haben Helfer. Walburga, Charlie, Udler. Bisher ist aber nicht einmal der Schimmer eines wirklichen Geheimnisses aufgetaucht. Alles ist offen, alles wie aus Glas. Was Udler zum Beispiel eben erklärt hat, würden wir auch herausbekommen, wenn wir sein Büro durchsuchen. Da finden wir dann Unterlagen, in denen eine Genève-Trade der Sparkasse vorübergehend mit ein paar Millionen aushilft. Wir wittern dann ein Geheimnis, und Udler guckt entgeistert und fragt dagegen: Was daran ist denn ein Geheimnis, meine Herren?« Rodenstock wedelte mit beiden

Händen. »Es muß etwas in den tieferen Schichten verborgen sein, verstehst du? Sonst hätte Danzer es niemals riskiert, dich zu schlagen. Danzer ist kühl und handelt mit Geld. Wieso geht er das Risiko ein und will unter Folter von dir wissen, wieviel du weißt?«

»Und was ist, wenn wir offen spielen? Wenn wir Charlie holen, ihm die Sache erklären?«

»Was ist, wenn Charlie selbst drinhängt?« fragte Dinah.

»Aber er kann abschätzen, wann er aufgeben muß«, sagte ich.

»Da ist was dran«, nickte Rodenstock. »Er wird die Biege machen, wenn er begreift, daß es eng wird. Ruf ihn an.«

Also rief ich Charlie an, und er sagte sachlich, er habe keine Lust.

»Keine Lust gilt nicht. Ich war inzwischen in Liechtenstein.«

»Besseres Wetter als in der Scheiß Eifel, was?« Er wich aus.

»Aber ziemlich brutale Leute, Doktor Danzer und so. Wir brauchen dich, Charlie. Sei doch mal nett zu einfachen Leuten.«

»Ihr steckt eure Nasen in Sachen, von denen ihr nichts versteht«, maulte er. »Na gut, ich komme eben rüber.«

Während ich den Hörer auf die Gabel legte, versprach ich: »Wenn es gelingt, gebe ich einen aus.«

»Es wird jetzt eng«, sagte Rodenstock. »Ich werde Wiedemann benachrichtigen. Er kommt in Teufels Küche, wenn er nicht weiß, was wir tun.«

Doch das Telefon schellte, und Rodenstock meldete sich: »Bei Baumeister.«

»Chef«, sagte Wiedemann, »die Sache wird einigermaßen heiß. Wir haben einen Mann aufgetrieben, der möglicherweise einen Schlüssel hat.«

»Was für einen Schlüssel?«

»Er ist beschissen worden. Oder jedenfalls glaubt er, daß er beschissen wurde.«

»Und wie?«

»Von Udler. Er gab zwei Grundstücke ab für das Objekt in Kyllheim. Im Gegenzug sollte er für den Hausbau seines Sohnes einen Kredit bekommen. Natürlich zu besonderen Konditionen. Statt dessen bekam er einen sauteuren Kredit, der bisher nur teilweise ausgezahlt wurde. Der Mann könnte wirklich ein Schlüssel sein, er ist einfach stinksauer.«

»Udler wird niemals so dumm sein, irgendwen richtig übers Ohr zu hauen«, widersprach ich.

Wiedemann hatte das gehört. Er sagte: »Sie haben recht, Baumeister. Aber zuweilen gibt es auch Aufklärung, weil jemand sich irrte. Pannen sind nicht selten unsere Helfer.«

»Wer ist der Mann?« fragte Dinah.

»Schreibt es auf, aber geht nicht an ihn heran, bis ich grünes Licht gebe. Sein Name ist Sasse, Vorname Hermann; Gerolstein, Hasenweg 14. Sonst noch etwas?«

»Eine Menge«, sagte Rodenstock. »Hast du einen Tonadapter angeschlossen? Wenn ja, lege ich los.« Er legte los, es dauerte eine Weile.

»Wohin man schaut, nur Geld«, flüsterte Dinah.

Wir gingen in die Küche und machten uns einen Kaffee. »Da gab es mal einen Fall in Euskirchen«, erzählte ich. »Die Staatsanwaltschaft ermittelte wegen dringenden Verdachtes der Steuerhinterziehung gegen einen Unternehmer. Wie es sich ergab, stießen die Beamten nach einer halben Stunde auf ein Konto, auf dem sechs Millionen Mark Schwarzgelder lagerten. Die gehörten vierzehn Bankkunden. Die Bank hatte das ganz normal auf das Konto fließen lassen. Was ist, wenn wir hier das gleiche finden?«

»Dann haben wir den nächsten Skandal«, schmunzelte Dinah genußvoll. »Es ist schön, mit dir zu arbeiten.«

»Du bist richtig gut«, sagte ich. »Tut mir leid, daß wir so wenig Zeit haben.«

»Wenn es dir leid tut, ist das gut. Du solltest zusehen, daß du bald wieder groß und stark bist.«

»Ja, Tante Dinah.«

Ich widmete mich meinen Katzen, zog mich mit ihnen in mein Schlafzimmer zurück. Momo beklagte sich wie immer bitterlich, und Paul versuchte dauernd, mit seiner Zunge in mein Ohr zu gelangen. Es war ein schwieriges Unternehmen, und sicherheitshalber knurrte er zwischendurch wild, um das Ohr einzuschüchtern.

Endlich kündete Charlie sein Erscheinen an. Als Mann ohne Nerven schoß er in den Hausflur und sang lauthals »Schenkt man sich Roooosen in Tirooohl ...«, dann brach er abrupt ab und rief in die Stille des Hauses: »Was wollt ihr? Ich habe nicht viel Zeit.«

Wir fanden uns also wieder zusammen, und ich berichtete ganz gelassen, was wir im schönen Liechtenstein erlebt hatten.

»Danzer? Dr. Danzer?« fragte Charlie. »Kenn ich nicht, den Typen. Was wollt ihr jetzt genau wissen?«

»Wenn er als seriöser Geldmakler zu derartigen Methoden greift, dann muß es ihm eng um den Hals geworden sein, oder?« bohrte ich.

»Sehr eng«, nickte er. »Normalerweise gehen solche Leute sehr leise vor, normalerweise haben sie mit Gewalt nichts am Hut. Dem Mann muß es dreckig gehen. Aber ich weiß natürlich nicht, warum.«

Rodenstock seufzte. »Sie sind ein Schlitzohr, Charlie. Wir tappen im Dunkeln. Sie müssen doch eine Ahnung haben, vor welchen Situationen solche Leute Angst haben. Liegt das in Finanzdingen oder wo?«

»Ach so«, sagte Charlie und lächelte schmal, als habe er jetzt endlich begriffen, auf was wir aus waren. »Er hat wahrscheinlich vor einer bestimmten Sache Angst. Vor der habe ich übrigens auch Angst. Das ist der persönliche Skandal. Ich gebe mal ein Beispiel: Steht in der *BILD* ›Charlie vergab schmutzige Kredite‹. Im gleichen Moment kann ich meine Firma dichtmachen und das Land verlassen. Ganz einfach, weil kein Mensch mehr mit mir Geschäfte machen will. Kein Mensch wird mein Geld annehmen, selbst wenn ich es ihm schenke. Kann sein, daß der Doppelmord mit diesem Doktor Danzer nichts zu tun hat. Egal. Wenn irgendwo darauf hingewiesen wird, daß er in Geschäften drinhängt, die der Ermordete Pierre Kinn verwaltete, ist der Skandal für den Mann perfekt.«

»Nehmen wir an, du hast Pierre schwarzes Geld gegeben. Bar. Nehmen wir an, er transportierte es nach Liechtenstein. Ist Pierre dann dein Kontakt oder ist es Dr. Danzer?«

»Nehmen wir das an«, grinste Charlie süffisant. »Dann ist natürlich Pierre mein Kontakt. Das heißt, ich habe mit dem Danzer nichts zu tun, ich gebe meine Anweisungen an Pierre.«

»Und? Hast du sie an Pierre gegeben?« fragte ich.

»Ach, Junge«, sagte er sauer, »da mußt du aber eine Weile früher aufstehen.«

»Nicht böse sein«, beruhigte Rodenstock schnell. »Wir wollen nur herausfinden, was passiert sein könnte. Nehmen wir an, wir wissen genau, daß es diesem Mann beschissen geht. Er hat Angst vor dem Skandal, Angst, daß sein Name in der Öffentlichkeit auftaucht. Wie kann ich Danzer hierhin in die Eifel kriegen?« Er lächelte so unschuldig, als habe er einen Osterspaziergang in Planung.

Charlies Gesicht glühte auf, wurde breit wie ein Mond. Das war eine Sache, die ihm gefiel, das war ein Ding nach seinem Herzen. »Also, Danzer soll hierher?«

»Danzer muß hierher«, sagte Dinah streng.

»Dann mußt du ihm aber einen großen Happen hinhalten. Junge, Junge. Tja, wie macht man das?« Er bearbeitete beide Nasenflügel, und sein Blick geriet in unendliche Fernen. »Warum soll er denn hierher, wenn ich mal fragen darf?«

»Weil er wahrscheinlich Dinge weiß, die uns den oder die Mörder von Pierre und Heidelinde auf einem Tablett servieren«, erklärte ich.

»Ist das so?« fragte er verblüfft.

»Es ist so«, sagte die Soziologin.

»Man könnte so tun, als sei man eine Bank«, schlug

Charlie ernsthaft vor. Dann strahlte er unvermittelt, weil die Idee ihm sichtlich Spaß machte.

»Daran haben wir auch schon gedacht«, sagte Rodenstock. »Aber geht das nicht irgendwie intimer? Persönlicher?«

»Also, ich würde ihm das Gefühl geben: Wenn er hierher kommt, wird er keinen Skandal mehr zu fürchten haben, und sein Name wird nicht gedruckt.« Er sah uns an. »Ihr müßt ihm mit viel Schmalz in die Ohren gehen. Ihr müßt sagen: Wir brauchen dich! Also, ihr müßt fast schwul wirken oder so. Kriegt ihr das hin?«

»Das weiß ich nicht«, meinte ich. Ich sah Charlie an, und plötzlich wußte ich etwas. Ich mußte lachen. »Würdest du eine Frage beantworten, auch wenn sie dich persönlich betrifft?«

»Du kannst fragen, ich entscheide dann.« Er ließ den Kopf etwas sacken, so daß er plötzlich keinen Hals mehr hatte.

»Ich habe dich eben angerufen und dir angedeutet, daß wir deine Hilfe brauchen und daß das eindeutig mit Danzer in Liechtenstein zu tun hat. Richtig? Du bist nicht sofort ins Auto gesprungen, nicht wahr? Du hast erst telefoniert, Charlie.«

»Ach, du heiliger Schneemann, du bist ein Aas, Baumeister. Ja, ich habe telefoniert.« Er war erheitert.

»Ich weiß, mit wem«, behauptete ich, und ich war so unverschämt sicher, daß ich mir arrogant vorkam.

»Ich wette, du weißt es nicht«, hielt Charlie dagegen. »Ich wette mit dir ... um, Moment mal.« Er griff in die Tasche, holte einen zerknüllten Geldschein hervor und glättete ihn. Es war ein Tausender. »Den setze ich. Aber du rätst es sowieso nicht.«

»Ich schleppe keine Tausender mit mir rum. Vor Zeugen setze ich das Gleiche. Ich bin gutgelaunt und ziemlich fit. Du hast dir gedacht: Wenn die Truppe so verdammt nah an Danzer ist, wenn Pierre Kinn wegen seines Todes rausfällt, wenn die alles aufdecken, dann muß ich, der Charlie, zusehen, daß ich meine Mäuse rette. Du hast mit Danzer telefoniert, du hast gesagt: Weg mit meinem Zaster! Und da du genau weißt, wie man Geld schnell verschwinden lassen kann, hast du ihm wahrscheinlich eine Bankanschrift gegeben, wohin er dein Zeug augenblicklich verschieben soll.«

Charlie kniff die Lippen zusammen, legte eine breite Pranke auf seinen Tausendmarkschein und schob ihn zu mir hinüber.

»Das verstehe ich nicht.« Rodenstock war verwirrt. »Sie haben doch gesagt, Sie kennen den Dr. Danzer gar nicht.«

Charlie grinste flach und sagte kein Wort.

»War es viel, Charlie?« fragte ich.

»Ein paar Koffer voll«, antwortete er wegwerfend. »Ich muß jetzt gehen, Kinder. Ich melde mich noch mal, wenn mir was einfällt.«

»Es sollte dir etwas einfallen, Charlie«, sagte ich. »Und noch was, ich wollte dir nicht zu nahe rücken.«

»Schon gut«, nickte er. »Du nutzt es nicht aus.«

»Hier nutzt keiner was aus«, sagte Rodenstock freundlich. »Keiner redet.«

Charlie stand in der Tür, er sah uns ernst an. »Das ist schon mehr, als man sonstwo in der Welt kriegt.« Dann war er fort.

»Er ist ein Gauner«, sagte Dinah. »Aber ein netter.«

»Seine Heimat ist der Wilde Westen«, lächelte Rodenstock.

»Das Salz des Kapitalismus«, sagte ich. »Ohne diese Typen wäre dieser Staat längst pleite.«

»Wir sind heute aber sehr edel«, fügte Dinah ironisch hinzu.

Momo sprang auf meinen Bauch, und mir blieb die Luft weg. Aber woher soll eine Katze wissen, wie das ist, wenn ein paar Rippen gebrochen sind. Natürlich hüpfte auch Paul auf meinen edlen Körper, aber da er zwei Kilo weniger wiegt als Momo, war der Schmerz erträglicher.

Wiedemann rief nach einer Stunde an. »Ihr könnt den Mann jetzt haben. Was er sagt, klingt ziemlich übel. Er fährt jetzt hier in Daun weg und dürfte in einer halben Stunde zu Hause sein.«

»Gut«, sagte ich. »Hermann Sasse, Hasenweg in Gerolstein. – Fahren wir alle drei?«

»Natürlich«, nickte Rodenstock. »Wir können nicht einen von uns ausklammern.«

»Danke schön«, sagte Dinah artig.

Schon wieder meldete sich das Telefon. Es war noch einmal Charlie.

»Ich habe nachgedacht«, sagte er. »Also, ich helfe euch, und ich versuche nicht, euch nicht zu bestechen. Ich weiß, daß ein Beamter, wenn er Schwarzgeld hört, Meldung machen muß. Auch ein Beamter a. D. Also, was ist, können wir einen Handel machen?«

Dinah und ich sahen Rodenstock grinsend an. »Also, ich verstehe von Geld und Wirtschaftsdingen überhaupt nichts«, tönte er. »Bei Ihnen höre ich schon die ganzen Tage über nicht konzentriert zu. Wie könnte denn die Hilfe aussehen?«

»Ganz einfach. Ich sage dem Danzer, er soll schleunigst herkommen. Hierher zu mir.«

»Und? Wird er das tun?«

»Bei dem, was ich von ihm weiß, wird er notfalls tausend Kilometer auf den bloßen Knien rutschen«, murmelte Charlie. »Wann wollt ihr ihn denn serviert haben?«

»Was weißt du denn so von ihm?« fragte ich Charlie.

»Ich kenne ein paar Geschäfte von Danzer«, sagte Charlie. »Bei einem hätte er mich beinahe in die Scheiße geritten. Er hat mit den Geldern seiner Kunden einen Waffentransport finanziert, der in Deutschland hergestellte Waffen als Landmaschinen deklarierte, die nach Holland gingen. Dort wurde umgeladen, und die Knarren kamen als geröstete Erdnüsse nach Malta. Dann wieder umladen, diesmal als Saatgut nach Rumänien. Dann wieder umladen, und anschließend haben Tschetschenen mit deutschen Gewehren auf Russen geschossen. Ihr könnt euch vorstellen, wie sauer ich war.«

»Also, morgen abend?« fragte Rodenstock.

»Geht klar«, antwortete Charlie. »Aber, bitte, denkt dran: Ich bin ein seriöser Geschäftsmann! Also keine Unterwelttouren und keine Gewalt.«

»Igittigitt, bewahre«, versprach die Soziologin fromm.

Zehntes Kapitel

Hermann Sasse wohnte in Gerolstein in einem jener gelbgeklinkerten Bungalows, die mit einem protzigen handgeschmiedeten Kaminaufsatz demonstrieren, daß hier Ordnung und eine gewisse Wohlhabenheit herrschen. Sasse war ein kleiner, schmaler Mann mit Buckel, schiefem Gang und einem steten Entschuldigungslächeln. Er ging permanent schräg, als habe er gegen einen starken Wind zu kämpfen, war vielleicht fünfzig Jahre alt und trug unter seinem braunen Anzug eine dicke graue Wollweste, als stehe er ungeschützt auf dem Deck eines Fischkutters.

Seine Stimme krächzte: »Ich kann Ihnen gar nichts mehr sagen, das hat sich alles als ein Irrtum erwiesen. Man hat mich soeben benachrichtigt, daß alles seinen Gang geht. Herr Udler persönlich.«

»Aber Sie haben doch schon Herrn Wiedemann von der Mordkommission etwas erzählt«, sagte Rodenstock kühl.

»Das habe ich«, nickte er mit viel Reue in der Stimme. »Aber das war eben, weil ich sauer war. Es ging ja um schlechte Bankkonditionen. Das ist jetzt vom Tisch. Tut mir leid.«

»Wir benutzen Ihre Auskünfte doch gar nicht«, sagte ich schnell. »Wir brauchen nur einen seriösen Informanten, um uns selbst ein Bild zu machen. Ihr Name wird nirgends auftauchen!«

»Tja, das ist mir eigentlich egal«, meinte er mit einem ängstlichen Lächeln. »Der Herr Udler hat mich angerufen und versprochen, daß alles nun ordentliche Wege geht. Und mehr will ich ja nicht.«

Ich sah Rodenstock an. »Dann können wir keine Rücksicht nehmen und müssen schreiben, was wir bis jetzt wissen.« Ich drehte mich scharf zu Sasse um. »Es ist so: Wir können bestimmte Umstände der Morde auf dem Golfplatz nur mit finanziellen Schweinereien erklären, Herr Sasse. Wenn jemand uns aufklären würde, wie diese komischen Dinge zusammenhängen, könnten wir auf Namensnennungen verzichten. So aber müssen wir Namen nennen. Das heißt, meine journalistischen Recherchen erreichen die Staatsanwaltschaft in Trier, die ihrerseits die Namen rauspickt und dann hier auftaucht.«

»Aber ich bin doch nur ein kleiner Fisch«, wehrte Sasse ab.

»Das weiß ich auch«, nickte ich. »Aber da gibt es ja nun noch andere komische Fälle in Kyllheim, nicht wahr? Der CDU-Ortsbürgermeister mit seinem Grundstückstausch ist so jemand. Dann ein SPD-Ratsherr, dann die Flora Ellmann von den Grünen, die auf eine merkwürdige Weise zu viel Ruhm und noch mehr Kredit kommt. Ich sage Ihnen das, Herr Sasse, um Ihnen zu beweisen, daß ich schon längst genügend weiß, um das ganz Kyllheim-Projekt platzen zu lassen.«

Sasse bekam unvermittelt einen sehr roten Kopf, beugte sich vor und wiederholte laut zischend und mühsam beherrscht: »Aber ich bin doch nur ein kleiner Fisch.«

»Das interessiert die Staatsanwaltschaft gar nicht«, sagte ich scharf. »Irgendwann taucht selbstverständlich die Frage auf, wer da welchen Vorteil hatte, wer da unter ziemlich komischen Umständen Kredite und Sonderkonditionen bekommen hat. Oder muß ich Sie daran erinnern, daß es sogar Ratsherren gibt, denen beim Kauf eines Apartments bis zu 30 Prozent des Preises erlassen wurden? Herr Sasse, Herr Sasse, das Ding kann ein Bumerang werden, und Sie wissen das besser als jeder andere.«

Rodenstock spielte nun den freundlichen Mann. »Um Gottes willen, Siggi, mach bitte Herrn Sasse keine Angst.«

Er trat einen Schritt in den Vorraum hinein. »Es ist so, Herr Sasse. Tatsächlich ist mein Freund Baumeister hier nicht so furchtbar hart, wie er scheint. Wir sind nur langsam sauer, denn die Tatsache, daß Sie jetzt zu einem mehr als günstigen Kredit kommen, kann doch nichts daran ändern, daß wir allesamt verantwortungsvolle Bürger sind und daß es auch in unserer Verantwortung liegt, einen Doppelmord so schnell wie möglich aufzuklären.« Er lächelte wie der Heilige Antonius auf mittelalterlichen Holzschnitten. »Sehen Sie, so ein Ereignis trifft ja auch die Eifel. Und die muß sauber werden, nicht wahr? Der Leiter der Mordkommission, Herr Wiedemann, wird Ihnen doch sicher erzählt haben, daß ich sein Lehrmeister war, oder?«

»Das hat er, das hat er«, nickte Sasse schnell. Er tat mir leid, denn er hatte längst verloren, und wahrscheinlich wußte er genau, wie sich ein Verlierer fühlt. Abgesehen von diesem etwas peinlichen Gefühl, war ich zornig und setzte noch einen drauf.

»Nee, Kinder, ich kann doch nicht den Herrn Sasse hier überreden, mir etwas zu erklären, wenn er nicht will. Dann soll er sich eben mit der Staatsanwaltschaft auseinandersetzen, und er wird sein blaues Wunder erleben. Es geht doch nicht an, daß wir jedem eine faire Chance geben.«

»Siggi«, mahnte die Soziologin mütterlich, »nicht so hart. Also, Herr Sasse, damit eines klar ist: Wir wollen nicht wissen, wie hoch der Kredit ist, den Sie von Udler zu unglaublich günstigen Konditionen bekommen. Wir wollen nicht einmal wissen, was Sie im Gegenzug für die beiden Grundstücke am Kyllheim-Projekt bekommen haben. Wir wollen nur wissen, welcher Umstand Sie so geärgert hat.«

»Das ist einfach zu erklären«, sagte er rasch; er witterte eine Chance, uns zu entkommen. »Ich hatte ausgemacht, zwei Grundstücke für das Kyllheim-Projekt zum ermäßigten Preis abzugeben und im Gegenzug dafür einen günstigen Kredit für den Hausbau meines Sohnes zu bekommen. Aber irgendwas in der Bank ist falsch gelaufen. Deshalb war ich sauer.«

»Herr Sasse«, brauste ich auf, »das ist doch nur die Hälfte der Wahrheit. Sie haben ganz klar ausgesagt, daß andere enorme Kredite zu enormen Konditionen bekommen haben, und Sie sollen hohe Zinsen zahlen. Aber es gibt doch da noch einen anderen Bereich. Über den wollen wir sprechen, nur über den.« Lieber alter Mann, betete ich, laß mich jetzt nicht im Stich!

»Herr Sasse, wir müssen über die Schwarzgelder reden. Auch über Ihre! Daran führt kein Weg vorbei!« Dann drehte ich mich weg, und ich gebe zu, daß ich zitterte. Ich konnte auf dem Holzweg sein, ich konnte total neben der Spur liegen. Ich machte ein paar Schritte unter das Vordach. »Dinah, komm. Rodenstock, komm. Laßt uns gehen, wir haben einfach keine Zeit mehr für Diskussionen.«

»Nun bleib mal hier, Siggi«, sagte Rodenstock mit mildem Arbeitgeberlächeln. »Sie müssen das einfach verstehen, Herr Sasse, wir wissen ja, daß es um Schwarzgeld geht. Sie brauchen bei Schwarzgeld nicht zu nicken und nicht mit dem Kopf zu schütteln. Wir wissen das schon längst.« Rodenstock, so schien mir, war irgendwie ein Genie.

Sasse verzog das Gesicht, nahm die Haustür in die Hand und zog sie ganz auf. »Also gut, wenn es unter uns bleibt. Dann kommen Sie mal.«

Es ging in ein mit weißen Fliesen ausgelegtes, riesiges Wohnzimmer mit einer beeindruckenden Fensterfront nach Süden, einem Kamin, der mit alten Eisenbahnschwellen umrahmt war und in dem ein winziges Feuerchen glomm. Die Sitzecke war aus braunem Rindsleder, und alles in allem reichte sie für einen Fußballverein.

Sasse setzte sich auf einen Lederhocker und fragte: »Also, was wollen Sie denn wissen? Allerdings, Namen nenne ich nicht. Ich nicht.«

»Müssen Sie auch nicht«, sagte ich. »Keine Namen, keine Konten, nur Umstände. Wie lange laufen die

Schwarzgelder, wo laufen sie hin, wie werden sie angelegt?«

»Das geht doch nicht«, hauchte er. »Dann kann ja auch
der Landrat seinen Hut nehmen.«

»Wieso der?« fragte Rodenstock. »Landräte finden
doch immer einen Bauern, den sie opfern können.«

»Der Landrat sitzt im Aufsichtsrat«, flüsterte Sasse.
»Das ist doch bei den Sparkassen immer so. Ich kann mir
nicht vorstellen, daß Udler das ganz allein gefingert hat.«
Dann verzog er das Gesicht zu einem tieftraurigen Lächeln. »Doch, Udler kann das allein gefingert haben. Der
ist verrückt, wenn es um die Eifel geht. Er sagt immer:
Jahrhunderte war die Eifel das rheinische Sibirien, Jahrhunderte die ärmste Landschaft in Deutschland. Jetzt
machen wir Kies und halten die Schnauze. Sowas sagt er
dauernd.«

»Also Hans-Jakob Udler«, stellte Dinah sachlich fest.
»Wenn ich mich recht erinnere, ist er dauernd bereit,
Risiken einzugehen und neben seinen normalen rechtli-
chen Möglichkeiten auch alle Möglichkeiten auszunut-
zen, die nicht so ganz legal sind, oder?«

»Da sagen Sie was«, murmelte Sasse. »Also, es ging so
los, daß eine Menge Leute hier Schwarzgeld machen.
Eigentlich macht jeder Handwerksbetrieb Schwarzgeld.
Die Frage ist immer: Was mache ich damit? Udler sagte:
Gebt es her, ich bringe es unter. Es ging nach Luxemburg
und in die Schweiz, nach Liechtenstein. Der Trick war
ganz einfach. Wenn hier ein Projekt zu platzen drohte,
ging man zu Udler und sagte: Zur Quelle kam der Knabe.
Das hieß, Udler rief dann einen Teil dieser Gelder einfach
zurück und konnte helfen.«

»Mal langsam«, mahnte Rodenstock. »Sie gaben zum
Beispiel Schwarzgeld an den Pierre Kinn, der es dann
nach Luxemburg oder in die Schweiz brachte. Lief das
so?«

Sasse war verwirrt. »Wieso Pierre Kinn? Ist das der
Tote? Dieser Bankmensch unter Udler? Nein, wieso?
Hatte der damit zu tun?«

Es war sehr still.

»Ach du mein lieber Vater«, flüsterte Dinah. Sie war ganz weiß. »Also, das Schwarzgeld lief zu Udler? Wie? Über Konten?«

»Nein, er nahm es nur bar. Ich weiß hundertprozentig, daß das seit mindestens zehn Jahren so geht. Udler sagte immer: Verdammt noch` mal, gebt mir den Kies, sonst landet er beim Finanzamt! Her damit, ich mache euch reich. Sagte er immer.«

»Sagte er wie vielen Leuten?« fragte Rodenstock.

»Das weiß ich nicht so genau, ich kenn ja die Unterlagen nicht. Ich schätze mal, dreihundert oder vierhundert. Die meisten von denen richteten extra ein Konto bei Udler ein, damit sie überhaupt auf diese Möglichkeit zurückgreifen konnten. Das funktionierte prima und ganz still.«

»Also ging es um Millionen und nicht nur um ein paar Hunderttausend?« fragte Rodenstock.

»Viele Millionen«, nickte Sasse.

»Und wer kassierte die Vermittlung?« schaltete ich mich wieder ein.

»Udler natürlich. War ja auch sein gutes Recht. Er nahm irgendwas zwischen vier und fünf Prozent. Dafür bekam aber der Anleger auch verdammt viel Zinsen und Sondervergütungen, weil die Gelder ja laufend eingesetzt wurden.«

»Udler schaffte also das Geld aus Deutschland raus. So weit, so gut. Verwaltete er die Gelder dann auch?«

»Na sicher. Ich weiß hundertprozentig, daß er im Januar rumfuhr und Bares verteilte. Also die Gewinne. Und manche verdienen pro Jahr dabei ein feudales Einfamilienhaus.«

»Hermes, der Gott der Kaufleute und Diebe!« sagte Dinah ganz ergriffen. »Sowas kann doch gar nicht gutgehen!«

Sasse sah sie an und schüttelte den Kopf. »Sie sehen doch, daß das gutgehen kann. Selbst wenn die ganzen Leute vor den Kadi kommen: Die meisten haben so einen gewaltigen Reibach gemacht, daß sie getrost ein, zwei Jahre in den Bau wandern würden. Die können sich dann eine Suite leisten und sich selbst verpflegen.« Er war verbittert.

»Was ist das für ein Gefühl, Herr Sasse, nicht beteiligt zu werden?« fragte ich.

Er war ganz weit fort, er starrte irgendwohin, er hatte meine Frage gehört, aber er begriff nicht, daß sie an ihn gerichtet war. »Wie bitte? Ach ja, ich weiß nicht mal, ob ich da wirklich mitmachen wollte. Ich glaube, ich wollte das nicht. Irgendwie kommt ja doch alles raus ... Ich bin ja schwerbehindert, wie Sie sehen. Und Udler war schon in der Grundschule eine Sau. Ich meine, mir gegenüber. Er gab mir den Spitznamen Ständer, weil er sagte, mein Buckel wäre ein Kleiderständer. Er war immer schon brutal. Tja, mehr kann ich Ihnen nicht erzählen.«

»Mehr brauchen wir auch nicht«, meinte Rodenstock. »Wir danken Ihnen sehr. Und natürlich behandeln wir diese Unterhaltung vertraulich.«

»Da wäre ich Ihnen dankbar«, sagte Sasse leise.

Im Auto murmelte Rodenstock: »Er ist nicht in den Kreis der Erlauchten aufgenommen worden, weil Udler sein Schulkamerad war und immer schon etwas gegen Krüppel hatte. Jetzt ist eigentlich glasklar, was abgelaufen ist«, fuhr er zufrieden fort. »Mein Lehrling Wiedemann wird sich freuen.«

»Ich würde dich warnen, von glasklaren Zuständen zu sprechen«, murrte ich. »Scheiße, ich kriege Schmerzen.«

»Ich habe deine Tabletten dabei«, sagte Dinah.

Wir fuhren zum *Terrace*, tranken einen Kaffee, und ich nahm eine Schmerztablette der Sorte supermild, die Peuster mir verordnet hatte. Ich hätte statt dessen auch Milchzucker nehmen können.

»Irgendwie sind wir nun am Ende«, sagte Dinah. »Ist das so? Wenn das so ist, warum fallen wir uns nicht um den Hals und beglückwünschen uns?«

»Weil wir erschöpft sind«, entgegnete ich. »So ist das

immer. Du machst eine Geschichte, die hat irgendwie Erfolg, aber daß sie eigentlich zu Ende ist, willst du nicht wahrhaben. Die Atemlosigkeit war so schön. So ist das immer. Außerdem müssen wir die Geschichte noch schreiben!«

»Und Danzer kommt«, warnte Rodenstock. »Vorher würde ich niemanden zu verhaften wagen.«

»Ob Pierre Kinn gewußt hat, auf was er sich einließ?« fragte Dinah.

»Mit Sicherheit nicht«, sagte ich. »Er war ungeheuer positiv, er war vor lauter Positivismus dämlich. Er war der ahnungslose Yuppie ohne Hirn mit Erfolg. Und er mußte bezahlen.«

»Und seine Geliebte hat garantiert fest daran geglaubt, mit einem Genie zu schlafen. Dabei war er bloß ein hoffnungsloser Träumer. So sind wir Frauen.« Dinah zuckte leicht zusammen.

Wir fuhren nach Hause. Rodenstock sagte: »Ich ziehe mich zum Denken zurück«, und verschwand.

Momo kam, und Paulchen huschte hinter ihm her. Momo beklagte sich über das Elend der Welt, und Paul sah so aus, als wolle er sagen: »Stimmt, Momo hat recht!« Ich gab ihnen also ihren Fraß und sah ihnen zu, wie sie reinhauten.

»Gehst du mit ins Bett?« fragte Dinah.

»Ich wollte dich gerade darum bitten«, sagte ich. »Ich wollte dich bitten, mir ein paar Quadratzentimeter Haut zur Verfügung zu stellen und mit mir darüber zu schwatzen, ob wir diese Geschichte vielleicht zusammen schreiben können.«

»Ist das dein Ernst, Baumeister?«

»Na, sicher ist das mein Ernst. Ein Mann sollte ein Kind machen, einen Baum pflanzen und eine arbeitslose Soziologin beschäftigen. So stelle ich mir das Leben in Deutschland vor. Was ist? Willst du versuchen, sie zu schreiben?«

»Ich allein? Kann ich nicht.«

»Doch, du kannst es. Du riskierst es nur nicht.«

Das Telefon schrillte, ich nahm ab, es war Charlie. »Hör zu, Baumeister. Ich habe Danzer erreicht, und natürlich ist er morgen abend hier. Er kommt mit seinem eigenen Flugzeug nach Bonn, und ich lasse ihn abholen. Nun habe ich eine Frage: Bist du für Kaviar und Sekt? Oder bist du für Erbseneintopf mit westfälischen Mettwürsten? Klunkerchen kocht.«

»Kaviar ist mir zu salzig«, meinte ich.

»Wird Danzer festgenommen?«

»Nein, glaube ich nicht. Wir werden ihn bitten, für die Staatsanwaltschaft zur Verfügung zu stehen. Bloß keine Formalitäten.«

»Hat er eigentlich eine faire Chance?«

»Hat er nicht, Charlie. Das weißt du doch!«

»Das weiß ich«, seufzte er. »Dabei ist er ein Klassegauner.«

»Das Gesetz ist grausam, Charlie, es macht keinen Unterschied, und es hat keinen Humor.«

»Scheißgesetz«, fluchte er und hängte ein.

»Willst du einen Kaffee und etwas zu essen?« fragte Dinah.

»Einen Kaffee, aber nichts zu essen«, sagte ich. »Du könntest uns eine Badewanne einlassen.«

Irgendwie zwängten wir uns in die viel zu kleine Wanne, saßen uns neugierig gegenüber und fragten wortlos den anderen, wer er eigentlich sei und was er eigentlich wolle, wovon er träume und was er erwarte.

»Ich will nur arbeiten«, sagte sie. »Nur arbeiten und einigermaßen dafür bezahlt werden. Nicht vor jeder Rechnung Angst haben müssen, immer die Miete pünktlich bezahlen und mich spießig aufregen über die, die keine Rechnung bezahlen können. Mehr will ich eigentlich nicht. Was willst du?«

»Etwas Ähnliches. Ich wünsche mir aber zudem, daß gelegentlich der ARD-Unterhaltungschef hier einfliegt und mich fragt, was er eigentlich senden soll. Dann würde ich ihm ein Drehbuch schreiben, das ihm die Ohren verknorpelt, und hätte von da an nur noch gelegentlich zu arbeiten. Nur Perserkatzen würde ich mir nicht anschaffen.«

»Würdest du denn nicht gern nach Hawaii fliegen und unter Palmen liegen?«

»Die Palmen auf Hawaii sind numeriert, meine Liebe, und die nicht-betonierten Flächen auch. Die Eifel hat gegenüber Hawaii erhebliche Vorteile. Zum Beispiel ist sie ehrlicher. Also nix Hawaii, statt dessen Lauperath, Kelberg oder Hillesheim.«

»Hillesheim statt Hawaii? Bist du verrückt?«

»Verrückt bin ich auch. Aber kennst du eine Gegend in Deutschland, in der noch so riesige intakte Mischwälder stehen? Kennst du nicht, kannst du nicht kennen. Du bist in einer Stunde in Frankfurt oder Köln, und du hörst das Gras wachsen und den Wind von Westen husten. Verdammt noch mal, wozu dann Hawaii?«

»Du bist ein Kleinkrämer«, murmelte Dinah und trat mir in den Bauch. Das Wasser reichte bis an den Verband, und der war jetzt naß. »Ich will Hawaii sehen und basta.«

»Also gut. Wir machen Hawaii, aber erst nachdem der Unterhaltungschef der ARD hier war«, sagte ich und freute mich daran, wie sie lachte.

Irgendwann landeten wir im Bett, weil das generell gesehen überhaupt der beste Landeplatz in einer zaghaften Verbindung ist.

»Findest du, daß ich zu dick bin?«

»Das nicht. Aber du solltest vorbauen. Ich weiß eine hervorragende Gymnastik, die an den schlimmsten Stellen ansetzt. Und paß auf meine Rippen auf und auf die Prellungen und Blutergüsse und Stauchungen und Sehnenabrisse und dergleichen mehr.«

»Sei still, beweg dich nicht und genieße.«

»Hör auf mit dem Werbedeutsch«, murmelte ich, aber im Prinzip war ich einverstanden.

Morgens um vier Uhr hörte ich Rodenstock mit Wiedemann telefonieren. Er sprach bedächtig, lachte ab und zu, und seine Stimme war voller Zuversicht. Dinah bewegte sich träge neben mir. Lag aufgedeckt bis zur Hüfte, schien sich wohlzufühlen und bewegte schmatzend die Lippen wie ein sattes Baby.

Plötzlich fiel mir siedendheiß ein, was geschehen könnte, wenn Danzer auf die Idee kommen sollte, vor seiner Verabredung mit Charlie ein informatives Gespräch mit Udler zu führen. Ich sprang aus dem Bett, rannte hinunter und nahm Rodenstock das Telefon aus der Hand.

»Was ist, wenn Danzer Udler anruft?« fragte ich.

Wiedemann lachte. »Keine Sorge. Charlie ist ein Sauhund. Charlie hat Danzer gesagt: Wenn du irgend jemandem sagst, daß du hierherkommst, brauchst du die Reise gar nicht erst anzutreten.«

»Wie hübsch«, sagte ich erleichtert und verzog mich wieder. Erst dann bemerkte ich, daß ich nackt war, und Rodenstock mir etwas verständnislos nachschaute.

Wir schliefen bis in den Nachmittag, waren wortkarg, schauten dauernd auf die Uhr und gingen uns auf die Nerven. Jeder suchte ein Zimmer, in dem er allein sein konnte, und fühlte sich gestört, wenn ein anderer auftauchte, um ein Schwätzchen zu halten. Wir warteten auf Danzer und wußten doch eigentlich nicht, was er bringen würde. Es konnte durchaus sein, daß die ganze Sache ein Flop wurde, daß sie uns zurückwerfen würde auf eine Ebene, die etwas völlig Neues erforderte oder mit neuen Erkenntnissen aufwartete, die alles Bisherige über den Haufen warf. Wir waren nervöse Sensibelchen.

Selbstverständlich waren wir eine volle Stunde vor der verabredeten Zeit bei Charlie und deuteten verlegen an, wir müßten uns erst noch einmal besprechen.

Charlie roch natürlich unsere Aufregung und sagte: »Also, ich habe für sechs Leute decken lassen. Silber, versteht sich. In den Strohblumenarrangements stecken die Mikros. Aufgenommen wird nebenan auf drei Tonbändern, von denen eines stromlos läuft, so daß absolut nichts passieren kann. Klunkerchen bedient uns, damit bleibt alles in der Familie. Ich habe das Personal aus dem Haus geschickt. Der Fahrer, der Danzer abholt, wird ebenfalls verschwinden. Störungen sind also ausgeschlossen. Danzer hat übrigens in Bonn eine Nachtstarterlaubnis beantragt, er rechnet also damit, sofort wieder heimwärts zu fliegen.«

»Das darf er«, nickte Rodenstock gutmütig.

Warten, das Tischarrangement betrachten. Danzer sollte an dem einen Kopfende sitzen, am anderen Charlie. Rechts von Charlie Dinah und ich. Links von ihm Wiedemann und Rodenstock.

»Was ist, wenn ich schwanger bin?« flüsterte Dinah mir zu.

»Wir nehmen es, wie es kommt, und freuen uns«, antwortete ich. Dann schreckte ich zusammen. »Was hast du gesagt?«

Sie lachte.

Rodenstock marschierte an der anderen Schmalseite des Tisches auf und ab. Er wirkte wie ein Bär in einem zu engen Käfig. Er fragte: »Sind die Mikros gecheckt? Laufen sie?«

»Die laufen«, sagte Charlie. »Die laufen einwandfrei. Nun entspannt euch doch, Kinners. Das ist ja furchtbar mit euch.«

Wiedemann kam rein, besah sich den Raum, nickte dann, fand sich zu förmlich angezogen, zog die Krawatte aus und steckte sie zusammengefaltet in die Innentasche seines Jacketts. Er klagte: »Es muß euch klar sein, daß Danzer es glatt ablehnen kann, auch nur ein Wort zu sagen. Niemand kann ihn zwingen.«

»Da bin ich nicht so sicher«, grinste Charlie. Er war die Ruhe selbst.

»Laufen die Mikrofone einwandfrei?« fragte Wiedemann.

Charlie bejahte.

»Und nach Hawaii vielleicht Florida oder sowas?« fragte Dinah. »Oder wäre dir Borneo lieber? Oder Neuseeland?«

»Demerath und Desserath«, entgegnete ich.

Wiedemann erklärte: »Ich habe eine formvollendete Bitte des Oberstaatsanwaltes an Danzer zu übergeben. Er möge uns helfen, steht darin. Strafverfolgung sei unter diesen Umständen ausgeschlossen. Ich frage mich, warum ich kein Geldhai geworden bin.«

»Weil du kein Talent zum Bescheißen hast«, sagte Rodenstock trocken.

Klunkerchen trat auf. Von rechts. Sie trug ein wallendes Gewand, irgend etwas aus blumiger Seide. Sie trällerte den *Chor der Gefangenen* aus *Nabucco* und zwitscherte: »Na, Kinderchen, alles parat? Habe ich euch nicht eine schöne Festtafel gezaubert? Nach der Erbsensuppe gibt es Reibekuchen an Räucherlachs. Ihr werdet sabbern, werdet ihr!«

»Weiß sie, was los sein wird?« fragte Rodenstock Charlie.

»Natürlich nicht«, sagte der. »Sie weiß nie, was los ist. Selbst wenn du es ihr sagen würdest. Sie will sowas Ekelhaftes nicht wissen. Geschäft sagt sie, ist immer ein Sumpf. Und Sumpf klebt. Sie ist mein Schätzchen.«

»Was ist, wenn Danzer Bedingungen stellt?« fragte ich.

»Nicht hinhören«, antwortete Wiedemann. »Einfach nicht zur Kenntnis nehmen.«

»Würdest du mich auch heiraten, Baumeister?« hauchte Dinah leise.

»Frag mich in zwei Stunden«, sagte ich.

»Er kommt«, verkündete Charlie. »Setzt euch und macht ein freundliches Gesicht.«

Er kam herein, er trug einen arroganten, nahezu weißen Seidenanzug, eine blaue Krawatte auf weißem Hemd. Er hatte die Hände in den Hosentaschen, und er lächelte, als sei er dabei, die Welt zu erobern. Dann sah er mich und blieb abrupt stehen. Er bemerkte ein wenig klagend: »Das war nicht vorgesehen, Charlie.«

»Das war doch vorgesehen«, sagte Charlie. »Ich habe es dir nur verschwiegen. Setz dich, setz dich.«

Danzer drehte sich herum zur Tür, und den Bruchteil

einer Sekunde lang sah es so aus, als wolle er loslaufen. Aber er ließ es sein, denn der Fahrer von Charlie stand in der Tür, hatte wie ein militärischer Wachposten die Arme im Kreuz verschränkt und starrte ihn überheblich an.

»Charlie, was soll das? Du sagtest, wir beide, du hast nichts von diesen Leuten hier erzählt.« Danzer stand immer noch und bewegte sich nicht.

»Ich bin selbst ein bißchen erpreßt worden«, erklärte Charlie munter. »Komm, setz dich und sei brav. Das ist Baumeister, den kennst du ja. Seine Freundin Dinah kennst du auch. Das ist Rodenstock, der Vorsitzende der Kommission. Und das ist Wiedemann, Leiter der Mordkommission. Komm, setz dich.«

»Setzen Sie sich«, sagte auch ich sehr freundlich.

Er sah mich an und bewegte sich zu seinem Stuhl.

»Erst mal ein Stückchen Vollkornbrot und Griebenschmalz!« zwitscherte Klunkerchen. Sie kam mit einem gewaltigen Holzbrett herein, und Dinah ging ihr entgegen, um es ihr aus den kurzen Armen zu nehmen. »Seid gemütlich, Leute, nehmt einen Happen. Nichts ist wichtiger als gutes Essen. Du schellst, mein Lieber, wenn es weitergehen soll.«

»Ich schelle«, nickte Charlie gnädig. Dann sah er Danzer an. »Es ist ganz zwanglos, mein Lieber. Nichts Offizielles. Hier gab es ja einen Doppelmord, wie du weißt. Du hast Baumeister ein bißchen verprügelt, weil du glaubtest, er arbeitet für Geheimdienste. Weil ich es nicht gerne habe, daß meine Freunde verprügelt werden, habe ich gedacht, ich hole dich her. Nein, du mußt dich nicht umsehen. Du kommst nicht mal raus, wenn du eine Panzerfaust hast. Aussichtslos, mein Lieber. Bleib sitzen.«

»Das kannst du nicht mit mir machen«, sagte Danzer voll unterdrückter Wut.

»Ich habe es schon gemacht«, meinte Charlie zufrieden und strich sich ein Brot mit Griebenschmalz. »Von der Gans. Langt zu, Leute, Klunkerchen hat das selbst gemacht. Mit etwas Apfel, schmeckt phantastisch.« Er biß in das Brot und mampfte.

»Deshalb hast du dein Geld abgezogen«, stellte Danzer kühl fest.

»Deshalb«, nickte Charlie. »Aber mach dir nichts draus. Ich schiebe es dir gelegentlich wieder zu, wenn du aus dieser Sache heil rauskommst.«

»Werde ich verhaftet?« fragte er kalt.

»Nein«, sagte Wiedemann. »Ich habe einen Brief meines Oberstaatsanwaltes an Sie. Es reicht, wenn Sie den zu Hause lesen.« Er stand auf, ging umständlich um den ganzen Tisch und reichte ihn Danzer, der ihn wortlos einsteckte.

»Vielleicht lockern wir die Runde durch ein paar Fragen auf«, sagte Rodenstock. »Erste Frage: Wieviel, glauben Sie, wieviel Geld hat Ihnen Udler ins Haus gebracht? Sagen wir, in den letzten zehn Jahren.«

»Das sind ganz normale Geschäftseinlagen«, erklärte Danzer. »Das weiß ich nicht, ich müßte meinen Chefbuchhalter fragen.«

»Sie sollen nicht lügen«, sagte ich. »Wir meinen ausschließlich die Schwarzgelder.«

»Schwarzgelder? Keine Ahnung davon«, erwiderte er knapp.

»Übertreib es nicht«, warnte Charlie. »Den Jungens geht sonst die Geduld aus. Dann sind sie sauer, und du bist abbruchreif.«

»Also, Ihre Antwort«, forderte Rodenstock.

»Ich werde nicht antworten«, sagte Danzer. Er faßte sich an den Krawattenknoten und richtete ihn aus.

Eine Weile herrschte Schweigen.

»Schlagen Sie immer Frauen?« fragte Dinah. »Oder nein, lassen Sie Frauen immer schlagen?«

Danzer sah sie an und antwortete nicht. Er wußte ein paar Sekunden lang nicht, was er mit seinen Händen tun sollte. Dann griff er in den Brotkorb und nahm ein Stück. Nicht die Spur von Zittern.

»Ich hasse Machos wie Sie«, fuhr Dinah fort. »Machos wie Sie machen die Frauen kaputt. Weiß Ihre Frau, daß Sie Frauen schlagen lassen?«

Danzer antwortete nicht, konzentrierte sich auf das Brot und biß kräftig hinein.

»Ihre Frau soll hübsch sein. Tessinerin, wie ich hörte.« Dinah konnte nicht aufhören.

»Hör auf, Mädchen«, sagte Charlie milde. »Man muß dem Danzer anderen Tabak ins Gesicht blasen, wenn er reden soll. Nicht wahr, Doktor? Soll ich die Geschichte erzählen, wie du einen Herointransport für die Chinesen in Amsterdam verraten hast, um deinen eigenen Transport durchzubringen? Soll ich? Die Amsterdamer haben immer noch keine Ahnung, wer es war.«

»Also los«, sagte Danzer. »Aber niemand kann verlangen, daß ich mich selbst belaste.«

»Die erste Frage war, wieviel Geld du ungefähr für Udler in zehn Jahren untergebracht hast«, wiederholte Charlie.

»Ich weiß es wirklich nicht. Überschlägig würde ich sagen: irgend etwas zwischen dreißig und vierzig Millionen.«

»Deutschmark?« fragte Wiedemann.

»Nein, nein, wir rechnen in Dollar«, antwortete Danzer. »Aber natürlich war mir unbekannt, daß es schwarze Gelder waren.«

»Vergiß den Scheiß!« murmelte Charlie voller Verachtung.

»Es können also sechzig Millionen gewesen sein«, nickte Wiedemann bedächtig. »Seit zehn Jahren. Hübsches Geschäft. Wie kam es dazu?«

»Udler kam über das Gebirge«, erzählte Danzer leichthin. »Wie viele Bankchefs suchte er nach Auswegen. In Deutschland gibt es zu viele Vorschriften seitens der Behörden. Ich machte ihm das Angebot, mit mir zu arbeiten. Seitdem läuft das gut. Wieso? Was ist daran Besonderes?«

»Nichts«, sagte ich. »Schaffte Udler das Geld in bar zu Ihnen?«

»In der Regel, manchmal schickte er Pierre Kinn. Aber selten.«

238

»Wie kam er denn mit dem Baren über die Grenze?«
fragte ich.

»Durch Pendler«, sagte Danzer. »Das ist normal. Irgendeiner der Leute, die aus der Schweiz täglich zur
Arbeit nach Deutschland fahren. Kein Problem. Sie werden fast nicht gefilzt.«

»Das Geschäft lief also normal und gut«, nickte Rodenstock freundlich. »Was passierte denn, als Pierre Kinn
häufiger bei Ihnen auftauchte?«

»Kinn kam mit einem Vorschlag«, erwiderte Danzer.
»Der Vorschlag war gut, ich fand ihn erwägenswert. Kinn
sagte, er habe Kontakt zu sehr vielen Anlegern. Ob er mit
mir zusammen eine Firma machen könnte. Warum nicht,
habe ich gesagt.«

»Und? Haben Sie diese Firma gemacht?« fragte Wiedemann.

»Und wann war das genau?« ergänzte ich.

»Das war genau vor vier Monaten. Kinn kam zusammen mit Frau Kutschera.«

»Mein Gott, wie einfach«, meinte Dinah.

»Wie nannten Sie die Firma?« fragte Rodenstock.

»Finance Mehren. Mehren deshalb, weil die nächste
Autobahnausfahrt hier Mehren ist.«

»Woher hatte Kinn die Kunden?« fragte Wiedemann.

Danzer antwortete nicht sofort, nahm sich ein neues
Stück Brot. »Das weiß ich selbstverständlich nicht.«

»Danzer«, Charlie war voller Verachtung, »du kriegst
den Hals einfach nicht voll. Kinn hat die Leute hier aus-
genommen, in Udlers Bereich. Erst hast du Udler bedient
und dann die Konkurrenz gepäppelt.«

»Das ist Geschäft«, sagte er leise.

»Das ist Scheiß«, fluchte Charlie.

»Wieso sitzt Udler eigentlich nicht in dieser Runde?«
fragte Danzer arrogant.

»Udler hat eine wichtige Sitzung beim Landrat«, erklärte Wiedemann.

»Weiß er denn, daß ich hier bin?« fragte der Liechtensteiner grinsend.

»Selbstverständlich«, nickte ich. »Was hat Kinn anläß-
lich der Geschäftsgründung gesagt? Wieviel würde er
Ihnen pro Jahr rüberbringen können?«

»Wir legten eine Marge von drei Millionen für das erste
Jahr fest«, sagte Danzer. »Aber er brachte auf Anhieb fünf
Millionen. Fragen Sie mich nicht nach der Herkunft, die
Geldgeber kenne ich nicht.«

»Das ist richtig«, bestätigte Charlie. »Die kennt er
wirklich nicht. Warum hast du akzeptiert, daß Kinn die
Eifel abgraste? Du wußtest doch, daß er seinem Chef
Konkurrenz machen würde.«

»Konkurrenz belebt das Geschäft«, sagte Danzer.

»Ich brauche jetzt die Erbsensuppe«, entschied Charlie
und läutete. »Bei ausgeleierten Sprüchen brauche ich
immer eine Erbsensuppe.«

»Ich nehme also an, Sie haben dann Udler informiert,
daß Kinn ab jetzt die Konkurrenz ist.«

»Nein, um Gottes willen«, rief Danzer erstaunt. »Wieso
sollte ich das? Wir Liechtensteiner sind bekannt für unsere Diskretion.«

»Herr Udler wußte also nichts?« fragte ich nach.

»Nicht von mir«, sagte er. »Er wird es gemerkt haben,
daß er Konkurrenz hatte. Aber er wußte nicht, daß es
Kinn und Frau Kutschera waren.«

»Dieses Geschäft wollten die beiden also ausbauen?«
fragte Dinah.

»Selbstverständlich.« Danzer war aufmerksam und
argwöhnisch, aber freundlich.

Mit dem lärmenden Schlager *Es ist noch Suppe da* hatte
Klunkerchen ihren Auftritt. Sie trug eine große Sèvres-
Terrine – eine Fünfzig-Pfennig-Suppe in einem 5000-
Dollar-Pott. Sie sagte: »Ich liebe euch, Kinderchen. Und
wenn ihr das gegessen habt, werdet ihr mich auch lieben.
Ihnen zuerst, meine Liebe«, sie gab Dinah etwas auf den
Teller.

Dinah probierte sofort, verzog verzückt das Gesicht
und säuselte: »Ich kann nicht kochen, aber das müssen
Sie mir verraten!«

240

»Das Geheimnis, meine Liebe, besteht darin, daß man eine bestimmte Kartoffelart so lange kocht, bis die Kartoffeln fast Brei sind. Aber eben nur fast. Die Erbsen etwa 14 Stunden wässern. Und keine gelben, nur grüne! Und die Mettwurst muß aus dem katholischen Wallfahrtsort Telgte bei Münster kommen. Voilà.«

Sie ging reihum und verteilte die Köstlichkeit. Zuletzt tat sie Charlie auf, beugte sich neben seinen Kopf und meinte: »Du bist so rot. Du wirst dich doch nicht aufregen!«

»Nein«, sagte er. »Kein Grund zur Besorgnis.«

Eine Weile löffelten wir und überdachten das Gesagte. Vor mir stand eine Kerze in einem silbernen Leuchter. Sie brannte schräg, ich versuchte den Docht geradezurücken. Komisch, daß Kerzen immer zum Fummeln verleiten.

»Es paßt doch nicht zu Ihrem Metier, Leute wie Baumeister zu verprügeln«, setzte Wiedemann das Gespräch gemütlich fort und sah Danzer nicht an. »Sie verachten Leute wie Baumeister, weil Sie selbst vollkommen lautlos immer reicher werden. War das nicht ein Fehler?«

»Und was für einer«, erklärte der Befragte mit offenem Jungenlächeln. »Meine Information war tatsächlich die, Baumeister sei ein Geheimdienstmann.«

»Von wem kam das?« fragte ich.

»Das möchte ich nicht sagen.«

»Ich würde Ihnen aber raten, das zu tun«, meinte Rodenstock.

»Es kam vom Wirtschaftsministerium in Bonn. Ich erhielt die Information, daß Sie, Rodenstock, Vorsitzender des Ausschusses sein würden. Und da sei ein gewisser Baumeister, offiziell Journalist, der eng mit Ihnen arbeitet und wahrscheinlich BND-Mitarbeiter sei.«

»Schmieren Sie diese Quelle?« erkundigte sich Wiedemann.

»Jede Quelle versiegt, wenn sie nicht gepflegt wird.«

»Hatten Sie den Eindruck, daß Udler massiv am eigenen Reichwerden interessiert ist, oder steckten auch noch andere Überlegungen dahinter?«

»Es gab eine Zeit, da wollte er selbst auch Geld verdienen. Aber dann ließ das nach, dann wollte er nur noch seine Eifel hochbringen. Wie, war ihm vollkommen egal. Hauptsache, es diente der Landschaft hier. Er war wirklich gut, aber er war auch ... nun ja ...«

»Verbissen, fanatisch«, half Wiedemann.

»Genau das.«

»Was genau haben Sie mit Pierre Kinn und Heidelinde Kutschera ausgemacht, als die das letzte Mal bei Ihnen waren?«

»Oh, so genau weiß ich das nicht mehr. Ich weiß noch, daß wir einen Sekt getrunken haben, weil die Sache so gut lief.«

»Du weißt es noch«, murmelte Charlie, »also sag es.«

Danzer hatte sich entschlossen, einen ersten Riegel vorzuschieben. Er blockte. »Ich weiß es wirklich nicht mehr.«

»Gut«, nickte Charlie und schlürfte seine Suppe. »Dann werde ich die Geschichte von Wassiliew aus Moskau erzählen. Mafia-Chef. Alle Leute, inklusive BND und einige Bundestagsabgeordnete, sind dahinter her, wieso dieser Wassiliew soviel Ahnung von Investitionen in Deutschmark hat. Du bist die Nahtstelle, Danzer. Und ich kann es beweisen. Also, erinnere dich.«

»Wassiliew hat dich angeschmiert. Du hast in Sonnenblumenkerne aus der Ukraine investiert, und Wassiliew hat dir ein paar Tonnen Haschisch untergejubelt. Das kann *ich* beweisen.«

Charlie grinste schmal. »Es klappt nicht immer.« Kein Anzeichen von Nervosität.

»Ich bin an eurem Privatkrieg nicht so sehr interessiert«, sagte Dinah. »Herr Danzer! Als Sie von Kinns Tod in der Zeitung lasen oder hörten: Was war Ihr erster Gedanke?«

»Mein erster Gedanke war, Udler hat sich Hilfe geholt.«

»Kennen Sie einen Mann namens Claudio Medin?« fragte Wiedemann.

»Selbstverständlich«, nickte Danzer schnell.

»Sehr schön«, sagte Wiedemann. »Also direkt gefragt, Sie haben Medin nicht in Bewegung gesetzt, um Baumeister abzuschießen? Sie haben auch nicht Medin in Frankfurt angerufen, ihm zwanzigtausend Dollar per Fax angewiesen und Baumeisters Adresse gegeben?«

»Nein.«

»Sie lügen«, behauptete Wiedemann. »Das tut mir leid. Auf dem Tonband des Medin ist Ihre Stimme. Wer hat Sie darum gebeten? Udler?«

»Niemand hat mich darum gebeten.«

»Kennen Sie einen Stoff namens *M 99*?« fragte ich.

»Nein. Ich habe im Zusammenhang mit dem Doppelmord zum ersten Mal in meinem Leben davon gehört.« Danzer lächelte. »Ich kann auch nicht mit einer Armbrust umgehen.«

»Sie machen sich die Hände nicht schmutzig, nicht wahr?« fragte Dinah. »Nur manchmal, wenn Sie Adam in sich entdecken. Dafür haben Sie dann Onkel Arnold.«

»Wir werden beweisen können, daß es Ihre Stimme ist«, beharrte Wiedemann. »Noch einmal die Frage: Hat Udler Sie beauftragt?«

»Noch einmal die Antwort: Es ist nicht meine Stimme, und niemand hat mich beauftragt, einen Killer anzuheuern. Das ist doch verrückt!«

»So verrückt ist es nun wieder nicht«, meinte Rodenstock gelassen. »Bei Licht besehen, haben Sie jahrelang mit Udler ein Schweinegeld verdient, dann den Nachwuchs gepäppelt und Udler fallenlassen. Würden Sie dem zustimmen?«

»Das können Sie formulieren, wie Sie wollen. Das ist der Lauf der Dinge. Charlie macht es genauso. Nicht wahr, Charlie?«

»Leck mich«, sagte Charlie. »Danzer ist der Mann, der deutsche Chemie für den Irak im Golfkrieg über eine seiner Firmen in Fernost abwickelte.«

Wir erwarteten, daß Danzer auch wieder etwas aus dem Hut ziehen würde.

Aber er tat es nicht. Er sagte: »Du hast keinen Beweis.«

»Doch«, nickte Charlie. »Habe ich. Du hast diese Firma verkauft, aber du weißt nicht, an wen. Und ich habe in Kartons mit alten Abrechnungen geblättert. Ich kann sie dir zeigen.«

»Oha!« amüsierte sich Wiedemann. »Und wer wird Kinn und Kutschera ersetzen?«

»Das wird sich ergeben«, sagte Danzer. »Es gibt immer Nachwuchs. Ich glaube, meine Zeit ist um, meine Dame, meine Herren.«

»Ich lasse dich zurückfahren«, bot Charlie an. »Ich will den Nachtisch in angenehmer Gesellschaft zu mir nehmen.«

Danzer stand auf. Er ging langsam zur Tür, weil er selbstverständlich damit rechnete, daß irgendwer ihn aufhalten würde. Aber niemand hielt ihn auf. Und schließlich rannte er fast.

»Hat er den Killer wirklich beauftragt?« fragte Dinah, als er draußen war.

»Hat er«, nickte Wiedemann. »Aber er weiß natürlich, wieviel Möglichkeiten er hat, die Stimmenidentifizierung anzugreifen. Er kann ganz gelassen in die Zukunft blicken. Und seine Rente ist auch gesichert.«

Dann kam wieder ein Auftritt von Klunkerchen: »Jetzt, meine Lieben, Lachs an Reibekuchen. Oh, wir sind ja geschrumpft. Hat der Herr sich empfohlen?«

»Klunkerchen!« mahnte Charlie milde.

Elftes Kapitel

Wir fuhren zu mir nach Hause und hingen dort unseren Gedanken nach.

Da fiepste das Handy in Wiedemanns Tasche. Er nahm es und klappte es auf. Er sagte nur: »Ja«, und hörte zu. Dann steckte er das Ding wieder in seine Tasche.

»Ich habe Udler in seinem Haus unter stillen Arrest gestellt. Aber er ist uns entwischt. Irgendwie ist er aus

dem Haus raus, und keiner meiner Leute hat es ge-
schnallt. Scheiße! Scheiße!«

Nach einer Sekunde des Schweigens überlegte Wiedemann: »Er ist Jäger. Vermutlich hat er doch irgendwo
eine Hütte.«

»Die hat er«, nickte Rodenstock. »Eine in Kelberg. Und
er hat eine zweite bei Hetzerath. Wir sollten uns trennen.«

»Ich schicke zwei Leute nach Kelberg«, sagte Wiedemann und begann zu telefonieren. »Kannst du Hetzerath
machen?«

»Natürlich«, sagte Rodenstock. Er sah mich an. »Fährst
du mich?«

Ich schüttelte den Kopf. »Geht nicht, Papa, ich habe
Schmerzen, ich habe es übertrieben.«

»Ich fahre«, sprang Dinah ein. »Nimm eine Tablette.«

»Ja«, sagte ich folgsam. Nur Rodenstock spürte, daß ich
etwas anderes im Sinn hatte, aber er sagte nichts.

Ich wartete, bis sie aus dem Haus waren, zog mich
dann aus, duschte ausgiebig und wickelte mich in einen
Bademantel ein. Ich legte mir das Video *Platoon* ein, rief
Momo und Paul, und beide hockten sich neben mich und
beäugten den Vietnamkrieg. Ich rechnete damit, daß er
etwa eine Stunde brauchen würde, wenn er es geschickt
machte. Und ich war sicher, er machte es sehr geschickt.

Platoon befand sich ungefähr an der Stelle der Handlung, in der der Erkundungstrupp ein vietnamesisches
Dorf explodieren läßt und in der völligen Verrücktheit
des Krieges eine alte Frau erschießt, als es schellte. Er
mußte den Wagen hinter das Haus gefahren haben.

Ich öffnete ihm. »Kommen Sie herein.«

»Haben Sie mich erwartet?«

»Sagen wir, ich bin nicht überrascht.«

Udler trug ein schwarz-weiß kariertes Holzfällerhemd,
grüne Jeans und bequeme Slipper. Er wirkte locker, nicht
überdreht, er wirkte wie jemand, der genau weiß, was er
will.

»Sind Sie allein?«

»Ja. Die anderen suchen Sie in Ihren Jagdhütten.«

»Das dachte ich mir. Darf ich mich setzen?«

»Selbstverständlich. Kaffee, Tee?«

»Etwas Mildes. Also Tee.«

Momo lief zu ihm hin und schabte seinen Kopf an seinem rechten Bein und maunzte. Er bückte sich und streichelte ihn, der Kater gab eine Reihe zärtlich kehliger Laute von sich, Momo schnurrte.

Ich ging in die Küche und setzte Wasser auf. »Auch etwas zu essen?«

»Das nicht«, winkte er ab.

»Wie sind Sie aus dem Haus gekommen?«

»Zur Seite hin über den Hof des Nachbarn. Es war ein Kinderspiel. War Danzer hier?«

»Ja, er war hier.«

»Hat er etwas gesagt?«

»Brauchte er nicht. Wir wußten schon, daß Sie der Mörder sind.«

»Seit wann?«

»Seit wir vor rund 48 Stunden begriffen haben, daß Kinn und Kutschera Sie übers Ohr gehauen haben. Trinken Sie lieber Earl Grey oder reinen Assam?«

»Assam, bitte.«

Ich stand vollkommen verkrampft in der Küche. Ich konnte zu ihm gehen, mich setzen und mit ihm schwatzen. Aber das brachte ich nicht. Ich hatte die verrückte Idee, er würde eine Waffe ziehen und mich erschießen. War es nicht lächerlich, darauf zu warten, daß das Wasser kochte? Es war lächerlich.

Ich ging also zu ihm. Ich sah keine Waffe bei ihm, wahrscheinlich hatte er keine, wahrscheinlich dachte er an alles Mögliche, nur nicht daran, mich zu töten.

»Haben Sie eine Waffe?« erkundigte sich Udler.

»Nein, selbstverständlich nicht. Ich nehme an, Sie wollen ohnehin warten, bis die Jäger nach Hause zurückkehren.«

»Richtig«, sagte er und lächelte wieder.

»Hat eigentlich Danzer Medin geschickt?«

»Ja. Ich rief ihn an, war panisch, ich hatte den Eindruck, die Notbremse ziehen zu müssen. Ich habe nicht die Polizei gefürchtet, ich habe die Medien gefürchtet. Also Sie.«

»Das haben wir begriffen. Glücklicherweise hatte Medin eine Panne. Aber wir haben Danzers Stimme auf Tonband.«

»Danzer war völlig aus dem Häuschen. Auch aus Furcht vor den Medien. Wenn er in Liechtenstein aus der Anwaltskammer fliegt, kann er sich einen Strick nehmen.«

»Wo haben Sie die Armbrust gekauft?«

»Sie werden lachen, in Ravensburg auf einem Trödelmarkt. Jemand hatte sie gekauft und war enttäuscht. Er wollte sie loswerden.«

»Hatten Sie das *M 99* schon?«

»Oh ja, seit Anfang des Jahres.« Udler sprach nicht zu mir, er sprach mit sich selbst. »In Daun campierte ein kleiner Wanderzirkus. Sie kennen das: Menschen und Tiere haben Hunger und kein Geld. Meine Frau kümmerte sich um sie und sammelte. Dann wurde der Elefant krank und mußte operiert werden. Meine Frau holte einen Zooarzt aus Köln. Ich war dabei, es war ja auch Werbung für die Bank. Der Arzt spritzte dem Tier dieses Zeug, und es legte sich nach Sekunden um. Das hat mich fasziniert, ich war vollkommen baff. Ich habe den Beipackzettel genommen und gelesen, was das war. Unfaßbar, daß Menschen solche Stoffe ersinnen. Ich nahm zwei Ampullen an mich, es war ganz einfach. Wenn Sie mich fragen, warum, so habe ich darauf keine Antwort. Gefährliche Stoffe haben mich schon immer gereizt. Totenschädel übrigens auch.«

Ich stand auf, ging in die Küche, goß den Tee auf. Er roch stark und gut. Ich trug zwei Becher, den Zucker und die Kanne hinüber.

»Eine Ampulle haben Sie vermutlich für Kinn, Kutschera und den alten Mann gebraucht?«

»Ja. Es hätte natürlich für eine Kompanie der Bundeswehr gereicht, ich weiß. Aber es ist schwierig, mit dem Zeug umzugehen. Der Bruchteil eines Tröpfchens auf die Zunge oder in die Augenwinkel, und Sie sind unwiderruflich tot. Die zweite habe ich noch.« Er griff in die Brusttasche seines Hemdes und legte eine Ampulle auf den Tisch.

»Um Gottes willen«, hauchte ich.

Er lachte. »Es beißt nicht. Muß ich erklären, weshalb ich hier bin?«

»Eigentlich nicht.« Ich goß ihm Tee ein.

»Es ist etwas merkwürdig, nicht wahr? Aber, ich wollte Sie eigentlich nicht töten lassen. Ich wollte nur erreichen, daß Sie schweigen.«

»Ich weiß«, sagte ich. »Brauchen Sie Milch?«

»Keine Milch, danke. Der Pierre hätte alles versucht. Der Pierre war ein Luftikus. Er redete zuviel und zu oft. Er hätte alles versucht.«

»Sie haben ihn wohl geliebt.«

»Ja, habe ich. Er war mein Sohn, irgendwie. Er war noch nicht reif. Aber diese gottverdammte Romanze hatte ihn vollkommen um den Verstand gebracht. Sie wollten die Welt erobern, die zwei. Das wollten sie wirklich. Pierre war noch gar nicht soweit, er mußte noch wachsen und werden. Und dann geht das Arschloch hin in seinem Sexualrausch und macht mir Konkurrenz.«

»Haben Sie das sofort gemerkt?«

»Na, sicher. Er wandte sich an meine Kunden, und er unterbot mich um glatte zwei Prozent.«

»Haben Sie nicht mit ihm geredet?«

»Oh doch! Nicht einmal, zehnmal. Ich habe ihm gesagt: Junge, mach keinen Scheiß, du bist sowieso mein Erbe. Laß dir Zeit. Geht erst mal ein paar Jahre woanders hin, kommt dann zurück und übernehmt meine Arbeit.« Udler trommelte mit seinen Fingern auf die Sessellehne.

»Was sagte er?«

»Das Übliche. Deine Zeit ist vorbei, alter Mann. Meine Zeit ist gekommen!«

»Es war also ein Krieg?«

»Ja, es war ein Krieg. Er war so hoffnungslos weg von dieser Welt. Er hat überhaupt nicht registriert, daß diese Geschäfte lautlos laufen müssen. Er fing schon an, in Kneipen herumzureden, er könne Schwarzgeld gewinnbringend unterbringen. Es war eine Frage der Zeit, wann ihn die Staatsanwaltschaft kassiert hätte. Damit wäre auch meine Arbeit hinfällig gewesen.«

»Sie sind ein reicher Mann, nicht wahr?«

»Ja. Aber das interessiert mich nicht. Schon lange nicht mehr. Ich bin ein Eifler Jung, ich wollte diese Landschaft hochbringen. Tourismus, Industrieansiedlung und so. Verdammt, wir waren lange genug arm, wir hatten nie die Butter auf dem Brot. Und da kommen Sie mir mit der blöden Natascha!«

»Tut mir leid, aber das sah anfangs nach einer Spur aus.«

Er sah mich an. »Immer nur das Trivialste«, sagte er. Dann trank er einen Schluck Tee.

Ich starrte auf die Ampulle. »Gab es denn keinen anderen Weg?«

Er schüttelte den Kopf. »Es gab keinen anderen. Pierre machte nicht nur mein Lebenswerk kaputt, er tötete die Eifel politisch. Der Skandal hätte jeden Politiker verschreckt, wir hätten nicht mehr mit Subventionen rechnen können. Pierre war noch kein Profi, Pierre wollte ficken und nebenbei reich werden. Er hätte locker zweihundert bis vierhundert Existenzen vernichtet mit allem Drum und Dran. Nein, es gab keine andere Lösung. Haben Sie etwas zu rauchen? Ich rauche nie, aber jetzt möchte ich rauchen.«

»Ich kann Ihnen eine Pfeife stopfen, etwas anderes habe ich nicht.«

»Dann versuche ich das mal«, nickte er. Seine Stimme war wie die eines kleinen Jungen, der dem Vater eine Kippe klaut und damit hinter die Stachelbeeren geht.

Was gab ich ihm für eine Pfeife? Es sollte etwas Stilvolles sein. Es war seine erste und vermutlich auch seine letzte Pfeife. Ich entschied mich für die *Filtro* von *Lorenzo*.

Sie ist groß und leicht, und sie brennt niemals auf der Zunge. Ich stopfte sie bedächtig.

»Was wollen Sie eigentlich von mir?« fragte ich, weil ich die Stille unterbrechen wollte.

»Einfach nur reden«, antwortete er freundlich.

»Anzünden, dann leicht niederdrücken und noch einmal anzünden.«

Er war ein Anfänger, er wirkte linkisch, und er mußte husten. »So ein Blödsinn! Warum soll ich ausgerechnet jetzt rauchen?«

»Sie sind ein guter Banker, sagt man.«

»Das bin ich wohl«, erwiderte er. Aber es interessierte ihn nicht mehr. »Privatleben hatte ich nie und wollte ich nie. Komisch, erst Pierre hat mich drauf gebracht, daß es einen privaten Udler gibt.«

»Haben Sie den Mord lange geplant?«

Er sah mich an, er hatte wahrscheinlich nie darüber nachgedacht. »Nein, eigentlich nicht. Pierre hat mir mal erzählt, die Heidelinde sei richtig geil, wenn sie es im Freien macht, mit einem Rock an und nichts darunter. Also haben sie immer auf der Bahn sechzehn gevögelt. Jedenfalls dann, wenn sie den Teil des Geländes allein für sich hatten. Es war ganz einfach, die beiden waren aber auch so dumm.«

»Sie waren schlicht naiv«, gab ich zu. »War denn das mit dem alten Mann notwendig?«

»Mir schien es so«, murmelte er. »Jetzt weiß ich, daß die ganze Sache die Folge einer scheinbaren Ausweglosigkeit war. Der alte Mann hat mich gesehen, das Auto gesehen, die Schneeketten gesehen. Es mußte sein. Und es wäre perfekt gewesen, wenn Sie sich nicht eingemischt hätten.«

»Das ist nicht wahr. Wiedemann hätte Sie allein erwischt, Rodenstock auch.«

Udler lächelte müde. »Ich bin anderer Ansicht. Wissen Sie, was ich glaube, was Pierre mit dem Video der Natascha vorhatte? Er wollte es mir schenken. Das hätte zu ihm gepaßt. Er war nicht nur naiv, sondern manchmal auch geschmacklos. Glauben Sie, daß es Danzer erwischen wird?«

Es war erstaunlich, wie breit noch immer seine Interessen waren.

»Er wird sich über diesen Fall das Genick brechen«, vermutete ich. »Ich habe übrigens noch immer nicht verstanden, wo der Unterschied zwischen Luxemburg, Liechtenstein und der Schweiz liegt, wenn es darum geht, Schwarzgelder unterzubringen.«

»Das klärt der Fachmann in Sekunden«, sagte er und fuhr sich mit den Fingern der rechten Hand an den Mund, als müßte er sich vergewissern, noch da zu sein. »Jahrzehntelang versteckte man sein Geld in der Schweiz oder Liechtenstein, was banktechnisch dasselbe ist. Dann hieß es, dort seien die Banken gezwungen, Konten und ihre Inhaber preiszugeben. Das stimmt absolut nicht, solange Sie dort einen Statthalter haben. Gleichzeitig machte Luxemburg seine Pforten auf für alle Gelder dieser Welt. Der Irrsinn war nun, daß viele Leute hingingen, ihr Geld in der Schweiz einpackten und es nach Luxemburg transportierten. Es war eine dieser völlig sinnlosen Modeströmungen, denn selbstverständlich hatten die Schweizer Spezialisten schnell herausgefunden, daß bestimmte Gelder in Luxemburg tatsächlich mehr Rendite brachten. Also gründeten sie dort ebenso blitzschnell Firmenableger. Mit anderen Worten: Ob ich Geld in die Schweiz brachte oder nach Luxemburg, das war egal – es landete immer auf Danzer-Konten. Pierre hat dämlicherweise lauthals behauptet, Luxemburg sei günstiger, obwohl er den Hintergrund kannte. Pierre war ein Anpasser.«

»Aber Sie haben Pierre geliebt, nicht wahr?«

Er sah mich an und ließ den Kopf ein wenig nach vorn hängen. Er nickte, sagte nichts, er nickte nur. Er versuchte etwas zu sagen, aber er konnte es nicht. Schließlich schlug er die Hände vor das Gesicht und weinte.

Das dauerte unendlich lange, und ich verspürte den Drang, ihn zu umarmen. Aber ich tat es nicht.

»Ich habe selbst zwei Kinder«, erzählte er. »Aber eben
Kinder. Ich hatte wirklich nur Pierre, und er war klug,
doch er mußte reifen. Dann machte er alles kaputt, wirklich alles.«

Dann wieder dieses lautlose Weinen.

Plötzlich griff er nach der Ampulle, schob sie sich in
den Mund und biß zu. Es war ein furchtbar leises Geräusch, es war furchtbar endgültig.

Ich fuhr nicht hoch, ich schrie nicht, zuckte nicht zusammen, ich hatte das erwartet und doch nichts dagegen
tun können.

Er sah mich an und starb, und ich ließ ihn da sitzen
und schloß seine Augen.

Dann marschierte ich zur Anlage und legte Christian
Willisohns *My own Blues* ein, und als Dinah reinkam, war
er beim 12. Stück *Cajun groove*.

Lieber alter Mann, geh gut mit ihm um.

Krimis von Jacques Berndorf

Eifel-Blues
ISBN 978-3-89425-442-1
Der erste Eifel-Krimi mit Siggi Baumeister

Eifel-Gold
ISBN 978-3-89425-035-5
Der zweite Eifel-Krimi mit Siggi Baumeister

Eifel-Filz
ISBN 978-3-89425-048-5
Der dritte Eifel-Krimi mit Siggi Baumeister

Eifel-Schnee
ISBN 978-3-89425-062-1
Der vierte Eifel-Krimi mit Siggi Baumeister

Eifel-Feuer
ISBN 978-3-89425-069-0
Der fünfte Eifel-Krimi mit Siggi Baumeister

Eifel-Rallye
ISBN 978-3-89425-201-4
Der sechste Eifel-Krimi mit Siggi Baumeister

Eifel-Jagd
ISBN 978-3-89425-217-5
Der siebte Eifel-Krimi mit Siggi Baumeister

Eifel-Sturm
ISBN 978-3-89425-227-4
Der achte Eifel-Krimi mit Siggi Baumeister

Eifel-Müll
ISBN 978-3-89425-245-8
Der neunte Eifel-Krimi mit Siggi Baumeister

Eifel-Wasser
ISBN 978-3-89425-261-8
Der zehnte Eifel-Krimi mit Siggi Baumeister

Eifel-Liebe
ISBN 978-3-89425-270-0
Der elfte Eifel-Krimi mit Siggi Baumeister

Eifel-Träume
ISBN 978-3-89425-295-3
Der zwölfte Eifel-Krimi mit Siggi Baumeister

Eifel-Kreuz
Hardcover, ISBN 978-3-89425-650-0
Der dreizehnte Eifel-Krimi mit Siggi Baumeister

Die Raffkes
Berliner Banken-Thriller mit Jochen Mann
ISBN 978-3-89425-283-0

|grafit|

Jacques Berndorf/Christian Willisohn

Otto Krause hat den Blues
CD, 73 Minuten
ISBN 978-3-89425-497-1
€ 15,90/sFr 30,50

»Er ist nicht nur einer der besten Blues- und Boogie-Pianisten und -Sänger weit und breit, Christian Willisohn setzt sich auch mit Notenbüchern für den Nachwuchs und mit einem eigenen Label für Kollegen ein. Und er hat sich jetzt mit Jacques Berndorf, dem bekannten Eifel-Krimi-Autoren, auf ein spannendes literarisch-musikalisches Experiment eingelassen. Auf der Hörbuch-CD ›Otto Krause hat den Blues‹ erzählen die Reibeisenstimmen der beiden ein Bluesmärchen. Willisohns eigens dafür komponierte Stücke gehen nahtlos in die mal witzigen, mal traurigen Episoden rund um eine große Liebe über.«
Süddeutsche Zeitung, SZ Extra

»Kein Krimi diesmal von Jacques Berndorf, sondern ein Märchen, ein Bluesmärchen. Nichts fehlt darin: die große Liebe und die bittere Enttäuschung, Verlust und Hoffnung, Depression und Durchhaltevermögen, Mülltonnen und Fische im trüben Teich, Momente des Glücks und lange Phasen der Einsamkeit, Riesenschlangen und ein Happy End.«
Jazz Podium

»Das Zusammenspiel von Krimiautor Jacques Berndorf und dem Jazzer Christian Willisohn macht diese Scheibe zu einem schauerlich schönen Hör-Erlebnis.«
Neues Deutschland

Das Jacques Berndorf-Fanbuch

**Jacques Berndorf –
Eifel-Täter**
Mit Texten von und
über Jacques Berndorf
Herausgegeben von
Rutger Booß
Fotografie: Karl Maas
Erweiterte Neuausgabe
Französische Broschur
16 x 24 cm, 176 Seiten
ISBN 978-3-89425-496-4

»Jetzt aber diese Bilder. Sie haben das Schwarz-Weiß der
Krimis lebendig gefärbt, den beigegebenen Texten neues
Leben eingehaucht, Lust am Wiederlesen gemacht. Vor allem
aber haben sie eine Sehnsucht nach Besichtigung geweckt, die
gar nicht stillbar ist. So anrührend kann man – bloß zu
Besuch – die Eifel niemals vorfinden. Nehmen wir also das
Buch in der Ferne dankbar nicht als die Eifel, sondern als die
Eifel-Welt, die heile Welt des Eifel-Krimis.«
Prof. Erhard Schütz/WDR 5

»Für eingefleischte Berndorf-Fans ist dieses exzellent
vierfarbig gedruckte Begleitbuch fast ein Muss.«
Bergsträßer Anzeiger

770 Jahre vor Siggi Baumeister

Beate Sauer

Die Buchmalerin
537 Seiten, € 12,00 ISBN 978-3-89425-600-5

Im Westen des Deutschen Reiches, zu Beginn des Jahres 1235 n. Chr.: Der Machtkampf zwischen Papst Gregor IX. und Kaiser Friedrich II. bestimmt das Schicksal Donatas, einer jungen Buchmalerin. Seit vier Jahren vor der Inquisition auf der Flucht, beobachtet sie einen Mord und wird damit zur Schlüsselfigur in dem perfiden Intrigenspiel eines Kardinals.

»Beate Sauer führt uns ... in die Eifel, und dort ist es im tiefen Winter des Jahres 1235 so bitter kalt, dass Sie dieses Buch nur in einer warmen, kuscheligen Ecke lesen sollten. Am besten am Wochenende, wenn Sie ohnehin nicht mehr vor die Tür wollen. Denn die Geschichte der Buchmalerin Donata, die von der Inquisition verfolgt wird, weil sie Menschen und Heilpflanzen zeichnen kann, als wären sie lebendig, ist wirklich so spannend, dass man diesen Wälzer nicht aus der Hand legen kann. Und so interessant wie das Leben der Beginen, die unter ihrer Vorsteherin Luitgard in Köln und Umgebung Gutes tun, bis die dunklen Mächte in diesem Kloster-Ketzer-Krimi den frommen Frauen die Hölle heiß machen.« Brigitte

»Die höchst spannende Hetzjagd vor historischer Kulisse ist sehr gekonnt inszeniert und wartet nur auf eine Verfilmung mit Julia Roberts ...« Badische Neueste Nachrichten

»Autorin Beate Sauer hat ihr zweites Buch, einen historischen Kriminalroman, als einen packenden Schmöker voll Nervenkitzel und überraschenden Wendungen angelegt.« bücher-Magazin